서유기

일러두기

1. 이 번역은 대만의 이인서국里仁書局에서 나온 이탁오비평본李卓吾批評本『서유기교주西遊記校注』(2000년 초판 2쇄)를 저본底本으로 삼고, 상해고적출판사上海古籍出版社 및 북경인민출판사北京人民出版社 등에서 나온 세 종류의 다른 판본을 참고로 하되, 이탁오의 이름으로 된 평점評點은 생략하고 이야기 본문만 번역한 것이다.

2. 이 번역에서 혹시 발견될 수도 있는 오류는 역자 모두의 책임이다.

3. 기본적인 줄거리를 이해하는 데 반드시 필요한 사항은 각주 형식의 역주를 두어 설명하였고, 그 외에 불교나 도교와 관련된 개념어 등에 대한 설명은 '●'으로 표시하여 각 권의 맨 뒤에「부록」('불교·도교 용어 풀이')으로 실었다.

4. 주석에서 중국 고유명사의 표기는 현행 맞춤법의 규정에 따라 신해혁명(1911)을 분기점으로 하여, 그 이전은 한자 발음대로, 그 이후는 중국어 원음대로 표기하였다. 단, 현행 외래어 표기법이 중국어 원음을 올바로 나타낼 수 없다고 판단되는 경우는 예외로 두었다. 예를 들어, '曲江縣'은 현행 외래어 표기법에 따르면 '취장시앤'이라고 써야 하지만 이 책에서는 '취쟝시앤'으로 표기하였다.

5. 본문 삽화는 청나라 때의『신설서유기도상新說西遊記圖像』에서 발췌하였다.

6. 책명은『 』으로, 편명이나 시 등은「 」으로 표기하였다.

7. 이 책의「부록」에 포함된 '불교·도교 용어 풀이', '등장인물', '현장법사의 서역 여행도'는 서울대학교 서유기 번역 연구회의 역자들이 직접 작성한 것이다.

8. '불교·도교 용어 풀이'는 가나다순으로 정리했다.

西遊記

서유기

오승은 지음

홍상훈 외 옮김

9

솔

차례

제81회
요괴가 승려들을 잡아먹다

그러니까 삼장법사 일행이 진해사鎭海寺로 들어가자, 승려들이 나와 인사를 하고 식사를 차렸어요. 일행은 모두 식사를 마쳤고, 여자도 요기를 했어요. 해가 기울자 방장方丈 안에도 등불을 밝히기 시작했지요. 승려들은 삼장법사가 불경을 가지러 가는 내력도 듣고, 또 그 여자를 훔쳐보려고 모두 등불 아래에 모여들었어요. 삼장법사는 처음에 만난 라마승에게 물었어요.

"주지스님, 내일 여기를 떠날 텐데, 여기서 서쪽으로 가는 길은 어떻습니까?"

그런데 그 승려가 무릎을 꿇는 바람에, 삼장법사는 놀라 붙잡고 일으켜 세웠어요.

"주지스님, 일어나십시오. 전 길을 물었을 뿐인데, 왜 절을 하시는 겁니까?"

"스님께서 내일 서쪽으로 가실 길은 평탄하니 걱정하실 필요 없습니다. 다만 좀 곤란한 일이 있는데, 들어오시자마자 말씀드리면 무례를 범하는 것 같아서 말입니다. 이제 공양도 끝났으니 외람되이 말씀을 올리려 합니다. 스님들께서는 동쪽에서 먼 길

오시느라 힘드실 테니 저희들의 방에서 쉬시면 됩니다만, 이 여보살만은 마땅히 어디로 모셔야 할지 모르겠습니다."

"주지스님, 이상히 여기지 마십시오. 저희가 무슨 못된 생각을 하고 있는 건 아닙니다. 아까 흑송黑松 숲을 지나오다가 나무에 묶여 있는 이 여인을 만났는데, 제자인 손오공은 구해주지 않으려 했습니다만 제가 자비심을 내서 구했습니다. 여기에 왔으니, 이 여인을 어디에 재울지는 주지스님께서 알아서 해주십시오."

라마승은 고맙다고 인사하며 말했어요.

"스님께서 그리 말씀해주시니, 천왕전天王殿으로 모시겠습니다. 천왕신상 뒤에 돗자리를 깔아 주무시게 하지요."

"좋습니다, 좋아요."

곧이어 승려들이 그 여자를 천왕신상 뒤로 데려가 쉬게 했어요. 삼장법사 일행은 그대로 방장에 머물렀고, 스님들은 들어가 쉬시라는 삼장법사의 말에 각자 흩어졌어요. 삼장법사는 손오공에게 이렇게 분부했어요.

"수고했다. 일찍 자고 일찍 일어나자."

그래서 모두들 함께 자면서 그 곁을 떠나지 않고 삼장법사를 보호했지요. 밤은 점점 깊어갔어요.

달 높이 떠오르니 천지는 고요하고
거리는 고요하니 다니는 사람 없네.
밝게 빛나는 은하수에 별빛 반짝이고
망루에서 북이 울려 급히 시간을 알리네.

玉兔高升萬籟寧　天街寂靜斷人行

銀河耿耿星光燦　鼓發譙樓趲換更

이날 밤의 얘기는 더 이상 하지 않겠어요.

날이 밝자 손오공은 일어나 저팔계와 사오정에게 짐과 말을 챙기게 하고 삼장법사에게 길을 떠나자고 아뢰었어요. 이때 삼장법사는 아직 깨어나지 않고 있었지요. 손오공은 가까이 다가가 "사부님" 하고 불렀지만, 삼장법사는 고개만 잠깐 들더니 대답을 하지 않았지요. 그러자 손오공이 물었어요.

"사부님, 왜 그러세요?"

"아이고, 왜 이렇게 어지럽고 눈이 통통 붓는 데다, 온몸이 뼛속까지 아픈지 모르겠다."

저팔계가 그 말을 듣고 손을 대고 만져보니 약간 열이 있었어요. 멍텅구리가 헤헤 웃으면서 말했어요.

"알았습니다. 이건 어제 저녁에 공짜 밥이라고 몇 그릇이나 더 드신데다 엎드려 주무셔서 체한 거라고요."

그러자 손오공이 버럭 호통을 쳤어요.

"쓸데없는 소리 그만해! 내가 사부님께 여쭤보마. 대체 어디가 어떠신데요?"

"한밤중에 일을 보러 가면서 모자를 쓰지 않았더니 감기에 걸린 것 같다."

"그럴 수도 있겠네요. 지금 길을 갈 수 있으시겠어요?"

"내가 지금 일어나 앉지도 못하는데, 말을 어떻게 타겠니? 또 가는 길이 늦어지겠구나!"

"그게 무슨 말씀이세요! '하루 스승은 평생 부모(一日爲師 終身爲父)'란 말도 있잖아요. 저희들은 스승님의 제자이니 자식이나 마찬가지지요. 또 '자식을 기를 때는 돈 버는 기술 같은 것이 필요한 게 아니라 그저 상황에 따라 임기응변만 잘 하면 된다고 하지 않습니까? 몸이 불편하시면 가는 길이 늦어진다느니 어쩌느니 말씀하실 것 없이, 며칠 머물렀다 간들 무슨 상관이 있겠어요?"

세 제자가 삼장법사를 간호하는 사이 어느새 아침이 다 지나고 오후가 되고 다시 황혼이 깃들더니, 밤을 지나 또 새벽이 되었어요.

시간은 빨리 흘러, 벌써 사흘이 지났어요. 이날 삼장법사는 겨우 일어나 손오공을 불렀어요.

"오공아, 요 며칠 병으로 앓다 보니 물어보질 못했구나. 우리가 구해준 여보살한테는 누가 밥이라도 갖다주었다니?"

손오공이 깔깔 웃으면서 대답했어요.

"그건 알아서 뭐 하시게요. 사부님 병이나 신경 쓰세요."

"그래, 네 말이 맞다. 날 좀 일으켜다오. 그리고 내 종이하고 붓, 먹을 꺼내고 절에서 벼루를 빌려 오너라."

"뭐 하시게요?"

"내가 편지를 한 통 써줄 테니 통행증명서와 한데 봉해서, 장안으로 가져가 태종 황제를 뵙도록 해라."

"그건 쉽지요. 제가 다른 일이라면 몰라도 편지 전하는 일은 따라올 자가 없으니까요. 사부님께서 편지를 써서 줘보세요. 먹물이 마르기도 전에 근두운을 타고 장안으로 가서 당나라 황제께 전해주고 돌아올 테니까요. 그런데 편지는 왜 보내시게요? 그 내용을 제게도 좀 들려주시지요. 그런 다음에 써도 늦지 않으니까요."

삼장법사는 눈물을 뚝뚝 흘리며 말했어요.

"그 내용은 이렇단다."

소승 세 번 머리 조아리고

세 번 만세 부르며 폐하께 절하옵니다.

문무 관리들이 함께 보았고

사백의 공경대부 모두 들었습니다.

그해 어명 받들어 동녘 땅을 떠나

영취산으로 가 부처님을 뵈려 했지요.

뜻밖에 도중에 횡액을 만나고

중간에 재난 때문에 멈추게 될 줄 어찌 알았겠습니까?

저는 병이 깊어 나아가기 어려운데

부처님 계신 곳은 심원하여 하늘 아득히 있사옵니다.

불경은 있어도 제 운명이 아닌지라 헛된 수고였사오니

이제 다른 사람 보내시기를 청하나이다.

臣僧稽首三頓首　萬歲山呼拜聖君

文武兩班同入目　公卿四百共知聞

當年奉旨離東土　指望靈山見世尊

不料途中遭厄難　何期半路有災迍

僧病沉疴難進步　佛門深遠接天門

有經無命空勞碌　啓奏當今別遣人

손오공은 이 말을 듣더니 참지 못하고 깔깔 웃어버렸어요.

"사부님, 정말 구제불능이시네요. 병 좀 걸렸다고 이런 생각을 하시다니요. 병이 심해져 꼭 죽을 것 같으면 저한테 말씀만 하세요. 저한텐 방법이 있으니까요. '어느 염왕閻王 녀석이 감히 그런 마음을 먹었더냐? 어느 판관이 감히 잡아 오라고 했으며, 어느 저승사자가 잡으러 왔더냐?' 이렇게 따지지요. 만약 제 성미를 건드린다면, 전 하늘궁전을 소란스럽게 했던 그 성질을 다시 부려, 이 여의봉으로 저승까지 치고 들어가 십대염왕十代閻王을 잡아다 놈들 힘줄을 죄다 뽑아버리든지 해서 어쨌든 절대 용서하지 않겠어요!"

"애야, 내 병이 정말 심하니, 그런 허풍은 그만두어라."

저팔계가 나서며 말했어요.

"사형, 사부님께선 아니라고 하시는데, 형님이 괜찮다고 계속 우기면 정말 난처하잖소! 늦기 전에 잘 상의해서, 먼저 말을 팔고 봇짐은 전당포에 맡기고 관을 사서 사부님을 장사 지내드립시다."

"멍청한 녀석, 또 헛소리냐! 네가 몰라서 그래. 우리 사부님은 석가여래 부처님의 둘째 제자로 원래 금선장로金蟬長老라고 하셨지. 그런데 불가의 법도를 어기셔서 이런 큰 곤란을 겪으시는 거라고."

"형님, 사부님께서 불가의 법도를 어기셔서 동녘 땅으로 쫓겨나 어지러운 세상에 사람으로 태어나셨고, 부처님을 뵙고 불경을 구하러 서역 땅으로 가겠다고 발원해서 요괴를 만나 붙잡히고, 요마를 만나 대롱대롱 매달리며 온갖 고초를 당하셨소. 그 정도면 됐지 어째서 또 병을 앓게 하는 거요?"

"네가 어찌 알겠냐? 사부님께선 부처님이 설법하시는 걸 듣지 않고 졸다가 발을 헛디디는 바람에 왼발로 쌀알 한 톨을 밟으셨지. 그 일로 아래 세상에 오셔서는 이렇게 사흘 동안 병을 앓으시는 거야."

"나처럼 사방에 음식을 흘려가며 먹는 놈은 병을 몇 년이나 앓게 될는지 모르겠네!"

"이봐, 부처님께선 너 같은 중생은 신경 안 쓰신다고. 그리고 넌 '땡볕 아래 호미로 김을 매니, 땀방울이 뚝뚝 논바닥에 떨어지네. 누가 알리, 밥그릇의 밥알들이 모두 피땀인 것을(鋤禾日當午 汗滴

禾下土 誰知盤中飡 粒粒皆辛苦)!'이란 말도 모르냐? 사부님께선 오늘 하루만 지나고 내일이면 바로 완쾌하실 거다."

삼장법사가 말했어요.

"오늘은 어제와 달리 목이 굉장히 마르구나. 목 좀 축이게 찬물 좀 구해 오너라."

손오공이 얼른 대답했지요.

"잘됐네요! 사부님께서 물을 찾으시는 걸 보니 곧 나으시겠군요. 이건 좋은 일이에요. 제가 물을 가져오지요."

손오공은 곧 바리때를 들고 절 뒤쪽의 주방으로 물을 가지러 갔어요. 그런데 그곳 승려들이 모두 눈이 온통 빨갛게 되어, 크게 소리 내지는 못하고 흐느껴 울고 있었어요. 손오공이 물었어요.

"아니 이 중들 좀 보게, 쩨쩨하기는! 우리가 여기 며칠 동안 묵었으니, 떠날 때면 사례를 할 거야. 땔감값도 날짜대로 계산하고. 어쩜 이렇게 못나게 구는 거야!"

승려들이 황급히 꿇어앉으며 대답했어요.

"아니, 아니, 그럴 리가요."

"그럴 리가 없긴? 보아하니 우리 가운데 주둥이가 삐죽 나온 중이 밥통이 커서 너희들 양식을 축냈나 보군?"

"나리, 저희 절에는 그래도 백여 명의 승려들이 있사오니, 한 사람이 나리들을 하루씩만 공양해도 백여 일은 모실 수 있습니다. 어찌 감히 양심도 없이 먹는 것을 가지고 따지겠습니까?"

"그렇다면 왜 우는 거지?"

"나리, 어느 산의 요괴가 저희 절에 왔는지 모르겠습니다. 저희는 밤마다 두 어린 승려를 보내어 종과 북을 치게 합니다만, 종소리 북소리만 들리고 승려들은 돌아오질 않는 겁니다. 다음 날 찾아보면 모자와 신발은 뒤뜰에 버려져 있고 해골만 남아 있으니,

누군가에게 잡아먹힌 거지요. 여러분이 머무시는 사흘 동안 우리 절에서 승려 여섯이 사라졌습니다. 그래서 저희들은 무섭고 마음이 아픕니다. 나리 사부님께서 병환을 앓고 계시니 이 일을 알려드릴 수도 없어, 눈물만 몰래 흘릴 수밖에요."

손오공은 이런 얘기를 듣고 놀랐지만 기쁘기도 했어요.

"더 말할 것 없다. 분명 요괴가 여기서 사람을 해치는 게야. 내가 없애주지."

"나리, '술수가 대단하지 않으면 요괴가 아니지요(妖精不精者不靈).' 구름과 안개를 타고 저승도 마음대로 드나들 수 있을 거라고요. '정직한 이가 정말 정직하다고 믿지 말고, 어진 이가 어질지 않을 수도 있음을 방비해야 한다(莫信直中直 須防仁不仁)'는 옛말도 있지 않습니까? 나리, 저희를 탓하지 마십시오. 나리께서 요괴를 잡는다면 저희 절의 화근을 없애주시는 것이니, 정말 길이길이 복이 있으실 것입니다. 그런데 만약 요괴를 잡지 못하신다면 정말 곤란하게 되지요."

"뭐가 곤란하게 된다는 거냐?"

"솔직히 말씀드려서 저희 절에는 비록 백여 명의 승려들이 있지만 모두 어려서 출가한 몸들인지라"

　머리가 자라면 칼을 찾아 깎고
　홑옷은 해지면 기워 입지요.
　새벽이면 일어나 얼굴을 씻고
　손 모아 절을 올리며
　큰 도에 귀의합니다.
　밤이면 주변을 정돈하고 향불을 올리며

경건한 마음으로 이를 마주치며[1]

불경을 읊지요.

고개 들어 부처님을 바라보며

구품 연화대에 앉아

삼승의 교법을 되새기고

자비로운 배[2]와 불법佛法의 구름을 타고

기원祇園에 계신 석가모니를 뵙기를 바랍니다.

고개를 숙이고 마음을 살펴

다섯 가지 계율을 받들고

삼천대천세계를 제도하며

만물을 낳은 위대한 우주의 법도 중에서

완공과 색공을 깨치기를 원합니다.

시주님들이 오시면

늙은 승려, 어린 승려, 키 큰 승려, 키 작은 승려, 뚱뚱한 승려,

마른 승려

모두 목탁을 두드리고 경쇠를 치며

나란히 늘어서

『법화경』 두 권과 『양왕참』 한 권을 강독해드리지요.

시주님들이 안 오시면

새로 온 승려, 원래 있던 승려, 어설픈 승려, 숙련된 승려, 촌

스러운 승려, 말쑥한 승려

모두 합장하고 눈을 감은 채

조용히 깊이깊이

---

1 불교에서는 절을 올릴 때 아래윗니를 딱딱 마주치는데 그래야 효험이 있다고 한다.
2 자비로운 배[慈航]란 부처님이 자비로운 마음으로 사람을 고해苦海에서 건져줌을 배에다 비
   유한 것이다.

부들방석 위에서 입정에 들어
달빛 아래 문을 단단히 닫아겁니다.
꾀꼬리 노래하고 새 울며 한가로이 다투건 말건
우리 대자대비 부처님께 가는 방편과는 상관이 없습니다.
이런 이유로
저희는 호랑이도 못 잡고
용도 제압할 수 없습니다.
또 요괴도 모르고
정령도 모릅니다.
나리께서 그 요괴의 화를 돋우시면
저희 백여 명 승려들은 요괴의 한 끼 밥이 될 뿐입니다.
그러면 첫째 저희가 윤회의 나락에 떨어질 것이고
둘째로 이 유서 깊은 절도 없어질 것이며
셋째로 여래님을 만날 한 점 희망의 빛도 사라지게 됩니다.
이것들이 곤란한 점들이지요.

髮長尋刀削　衣單破衲縫

早晨起來洗着臉　叉手躬身　皈依大道

夜來收拾燒着香　虔心叩齒　念的彌陀

擧頭看見佛　蓮九品　秖三乘

慈航共法雲　愿見祇園釋世尊

低頭看見心　受五戒　度三千

生生萬法中　愿悟頑空與色空

諸檀越來啊　老的　小的　長的　矮的　胖的　瘦的

一箇箇敲木魚　擊金磬　捱捱拶拶

兩卷法華經　一策梁王懺

諸檀越不來啊　新的　舊的　生的　熟的　村的　俏的

一箇箇合着掌　瞑著目　悄悄冥冥

入定蒲團上　牢關月下門

一任他鶯啼鳥語閑爭鬪　不上我方便慈悲大法乘

因此上　也不會伏虎　也不會降龍

也不識的怪　也不識的精

你老爺若還惹起那妖魔呵　我百十箇和尚只彀他一頓飽

一則墮落我眾生輪廻　二則滅抹了這禪林古跡

三則如來會上全沒半點兒光輝

這卻是好些兒不便處

손오공은 승려들의 이런 말을 듣고 더욱 화가 치밀고 오기가 나서 이렇게 소리를 질렀어요.

"이 중놈들, 정말 멍청하군! 요괴만 알고 이 손 어르신이 어떤 분인지는 모르느냐?"

승려들은 기어들어가는 목소리로 대답했어요.

"사실 모릅니다."

"내 지금 간단히 말해줄 테니 잘 들어라. 나는 화과산花果山에서 호랑이와 용을 제압했고, 하늘궁전을 휘젓기도 했다. 배가 고프면 태상노군太上老君의 단약丹藥을 두세 알 집어 먹고, 목이 마르면 옥황상제의 어주御酒를 예닐곱 잔 가볍게 들이켰지.

이 희지도 까맣지도 않은 금빛 눈동자를 부릅뜨면 하늘이 빛을 잃고 달이 흐려지며, 이 짧지도 길지도 않은 여의봉을 들면 그림자 흔적도 없이 솜씨를 부릴 수 있지.

어떤 요괴건 정령이건, 놈이 무슨 술수를 부리건 간에 내가 잡으려 달려들면 뛰어 도망치는 놈, 부들부들 떠는 놈, 숨는 놈, 허둥대는 놈을 하나같이 잡아다 분지르고, 삶고, 갈고, 찧어서 죽여

버렸지. 여덟 신선이 함께 바다를 건너는데, 나 홀로 신통력을 드러냈다고나 할까? 이봐, 스님네들, 당신들은 내가 저 요괴를 잡아다 보여줘야만 이 손 어르신을 알아 모시겠지?"

승려들은 이 말을 듣고 고개를 끄덕이며 수군댔어요.

"저 대머리놈이 자신만만 큰소리치는 걸 보니 무슨 내력이 있나 보네."

모두가 맞장구를 치는데 라마승만은 이렇게 말했어요.

"잠깐만요. 사부님께서 편찮으신 마당에 요괴를 잡는 건 중요하지 않습니다. '귀한 집 도련님이 잔치 자리에 가면 취하지 않으면 배불리 먹고, 장사가 싸움터에 가면 죽지 않으면 다친다(公子登筵 不醉便飽 壯士臨陣 不死卽傷)'는 말도 있지 않습니까? 스님께서 싸우시다가 자칫 사부님께 누를 끼치면 안 되지요."

"그 말씀도 맞습니다, 맞아요. 사부님께 냉수를 가져다드리고 다시 오지요."

손오공은 바리때로 냉수를 뜨고 주방에서 나와 바로 방장으로 가서 말했어요.

"사부님, 물 좀 드세요."

삼장법사는 마침 목이 마르던 터라 바로 머리를 들어 물을 받아 들고 한 모금 들이켰어요. 정말 '목마를 때 물 한 방울은 감로수와 같고 제대로 된 약방이면 병은 바로 물러난다(渴時一滴如甘露 藥到眞方病卽除)'는 격이었지요. 손오공은 삼장법사의 정신이 맑아지고 안색이 펴지는 것을 보고 물었어요.

"사부님, 밥 좀 잡수실 수 있겠어요?"

"이 찬물이 바로 영단靈丹이로구나. 병이 반은 나은 거 같으니, 밥이 있으면 좀 먹자꾸나."

손오공은 연달아 큰 소리로 외쳤어요.

"사부님이 나으셨다! 밥을 달라신다!"

그리고 서둘러 승려들에게 공양을 준비시켰어요.

승려들은 쌀을 일어 밥을 안치고 밀가루를 반죽해 떡을 굽고 찐빵을 찌고 당면국을 끓여서 네댓 상을 차려 왔어요. 삼장법사는 미음 반 사발만 먹었지요. 손오공과 사오정은 한 상씩만 먹었고, 나머지는 저팔계가 모조리 해치웠어요. 빈 그릇을 내가고 등불을 켠 후 승려들이 각자 돌아가자, 삼장법사가 손오공에게 물었어요.

"우리가 여기서 며칠 있었느냐?"

"꼭 사흘입니다. 내일이면 나흘째가 되고요."

"사흘이면 갈 길을 많이 손해봤구나."

"그렇지도 않습니다. 내일 떠나면 되지요."

"그래, 병이 좀 남아 있긴 해도 어쩔 수 없지."

"내일 가기로 했으니, 오늘 밤은 제가 요괴를 잡도록 허락해주십시오."

그러자 삼장법사는 화들짝 놀랐어요.

"또 무슨 요괴를 잡는다는 거냐?"

"이 절에 요괴가 하나 있어서, 제가 좀 잡아주려고요."

"애야, 내 병이 아직 다 낫지도 않았는데, 넌 또 어떻게 그런 생각을 한 게냐? 그 요괴가 신통력이 대단해서 네가 잡지 못한다면, 또 날 해치지 않겠느냐?"

"정말 기를 팍팍 죽이시네요. 이 몸이 가는 곳마다 요괴를 물리쳤지, 언제 제가 누구보다 약한 거 보셨어요? 제가 가만있어서 그렇지, 손을 썼다 하면 이기잖아요!"

삼장법사가 말렸어요.

"애야, '편의를 봐줄 수 있을 때 편의를 봐주고 용서할 일은 넘어가줘라. 마음을 졸이는 것이 어찌 마음을 편히 하는 것만 하며 분을 푸는 것이 어찌 분을 참는 것만 하랴(遇方便時行方便 得饒人 處且饒人 操心怎似存心好 爭氣何如忍氣高)'라는 말도 있지 않니?"

제천대성은 삼장법사가 요괴를 잡으러 가지 말라고 간곡히 말리자 솔직하게 말씀드렸어요.

"사부님, 사실대로 말씀드리지요. 그 요괴가 여기서 사람을 잡아먹었답니다."

삼장법사는 깜짝 놀랐어요.

"누굴 잡아먹어?"

"우리가 머문 사흘 동안 벌써 이 절의 승려 여섯을 잡아먹었습니다."

"'토끼가 죽으면 여우가 슬퍼하노니 같은 족속의 고난을 아파함이다(兎死狐悲 物傷其類).' 요괴가 절의 승려들을 잡아먹었다면, 나도 승려이니 너를 보내주마. 다만 제발 조심해야 한다!"

"더 말씀 마세요. 제가 손만 쓰면 바로 없앨 수 있다니까요."

보세요. 손오공은 등불 앞에 서서 저팔계와 사오정에게 사부님을 보살피라고 분부하고, 자신은 희희낙락하며 방장을 나와 곧장 불전佛典으로 왔어요. 이때 하늘에 별은 있지만 달은 아직 뜨지 않아, 불전 안은 칠흑같이 어두웠어요. 손오공은 진화眞火를 불어 유리등을 밝히고, 북을 치고 종을 두드려댔어요.

그리고 몸을 흔들어 어린 스님으로 변신했는데, 나이는 열두세 살 정도이고, 노란 비단 저고리에 하얀 가사를 걸친 채, 손에는 목탁을 들고 입으로는 불경을 외웠어요. 밤 여덟 시가 될 때까지 아무런 기척이 없었고, 밤 열 시 무렵이 되어서야 그믐달이 떠오르고 휙휙 바람 소리만 들려왔어요. 정말 대단한 바람이었지요.

검은 안개 하늘을 캄캄하게 가렸고
근심스러운 구름 땅을 어둡게 뒤덮었네.
사방이 먹을 뿌려놓은 듯
쪽물 들인 듯 온통 흐릿하구나.
처음 불 때는
먼지 날리고 흙 뿌리더니
다시 불어올 때는
나무를 쓰러뜨리고 숲을 짓부수네.
먼지 날리고 흙 뿌리니 별빛 사라지고
나무 쓰러뜨리고 숲 짓부수니 달빛 어두워지네.
부는 바람에 항아는 계수나무를 끌어안고
토끼는 빙글빙글 돌며 약절구를 찾네.
구요성관들은 모두 문을 닫았고
사해 용왕도 전부 문을 막았네.
성황묘의 성황들은 수하들을 찾지만
하늘 신선이라도 어떻게 구름을 탈 수 있겠는가?
저승의 염라대왕 저승사자를 찾고
판관은 날리는 두건 쫓아 이리저리 뛰어다니네.
이 바람에 곤륜산 꼭대기의 돌이 움직이고
강과 호수의 파도가 어지러이 일어나네.

黑霧遮天暗　愁雲照地昏

四方如潑墨　一派靛粧渾

先刮時　揚塵翻土

此后來　倒樹摧林

揚塵播土星光現　倒樹摧林月色昏

只刮得嫦娥緊抱桫羅樹　玉兔團團找藥盆

九曜星官皆閉戶　四海龍王盡掩門
廟里城隍覓小鬼　空中仙子怎騰雲
地府閻羅尋馬面　判官亂跑趕頭巾
刮動昆侖頂上石　捲得江湖波浪混

　바람이 그치는가 싶더니, 갑자기 난초와 사향내가 나며 패옥
소리가 들려왔어요. 손오공이 일어나 고개를 들고 살펴보았더니,
아! 바로 아리따운 여인 하나가 불전으로 올라오는 것이었어요.
손오공은 중얼중얼 불경만 입속으로 외었지요. 그 여자는 다가와
손오공을 와락 끌어안으며 말했어요.

"귀여운 스님, 무슨 경문을 읽으시나요?"

"시키신 대로 읽어요."

"남들은 편안히 잠을 자는데, 스님은 또 무슨 경문을 읽으시는
거예요?"

"시키신 건데 안 읽으면 어떡해요?"

여자는 손오공을 꽉 껴안고 입을 맞추며 말했어요.

"나랑 같이 뒤쪽으로 가서 놀아요."

손오공은 짐짓 고개를 돌려 여자 얼굴을 쳐다보며 말했어요.

"사리 분별이 좀 부족하시군요."

"관상을 볼 줄 아세요?"

"좀 알지요."

"제 관상은 어떤가요?"

"익은 것 날것 가리지 않고 훔쳐 먹다가 시부모한테 쫓겨날 상
인데요."

"뭐요, 틀렸어요! 나는 말이지요,

시부모에게 쫓겨난 것 아니며
익은 것 날것 가리지 않고 훔쳐 먹어서도 아니라오.
전생 업인지 박복한 운명이라
어린 남자에게 시집갔지.
부부의 예를 치르지 못하는지라
남편을 피해 도망 나온 것이라오.

不是公婆赶逐　　不因抓熟偷生
奈我的生命薄　　投配男子年輕
不會洞房花燭　　避夫逃走之情

이렇게 달 밝고 별빛 빛나는데 천 리 밖에서 이렇게 만난 것도 인연이니, 우리 뒤뜰로 가서 운우지정雲雨之情을 나눠봐요.”

손오공은 이 말을 듣고 몰래 고개를 끄덕이며 생각했어요.

‘그 멍청한 중들은 색욕에 유혹되어 목숨을 잃었구나. 저것이 지금은 나를 꼬드기는군.’

그리고 입에서 나오는 대로 대답했어요.

“아주머니, 저는 출가한 몸인 데다 나이도 어려 운우지정이 뭔지도 모릅니다.”

“따라오시면 제가 가르쳐드리지요.”

손오공은 속으로 피식 웃었어요.

‘그래, 같이 가주지. 어떻게 하는지 봐야겠다.’

둘은 어깨를 끌어안고 손을 붙잡은 채 불전을 나와 후원으로 갔어요. 요괴는 손오공의 발을 걸어 땅바닥에 넘어뜨리고 입으로는 “아이, 자기”를 연발하며 손으로 손오공의 사타구니를 더듬었어요.

“세상에, 정말 손 어르신을 먹어버리려고 하네.”

손오공은 이렇게 말하면서 상대의 손을 붙잡고 슬쩍 발을 걸어 넘어뜨리는 좌질법坐跌法을 써, 요괴를 꽈당 하고 땅에 꼬꾸라뜨렸어요. 요괴는 그래도 이렇게 소리쳤어요.

"아이 자기, 신부를 자빠뜨릴 줄도 아네!"

손오공은 속으로 머리를 굴렸어요.

'지금 손을 쓰지 않으면 또 언제 한단 말이냐! 바로 먼저 손을 쓰는 것이 제일, 나중에 손을 쓰는 쪽은 당하게 마련(先下手爲强後下手遭殃)이란 거지.'

그러더니 손오공은 양손을 엇갈리게 하고 허리를 굽히더니 풀쩍 뛰어올라 본모습을 드러내고 여의봉을 휘둘러 요괴의 머리를 향해 내리쳤어요. 요괴는 깜짝 놀라면서 이렇게 생각했어요.

'이 꼬마 중놈이 이렇게 사납다니!'

눈을 크게 뜨고 보니 삼장법사의 제자 손가놈이었지요. 요괴도 손오공을 무서워하지 않았어요. 이 요괴가 무슨 요괴인지 아세요?

금빛 코에
눈빛 털
땅속에 집을 지어
걱정 없이 지냈다네.
삼백 년 전부터 기를 길러
영취산에도 몇 번이나 다녀왔다네.
향과 꽃, 초를 훔쳐 먹어
부처님께서 하늘나라에서 내치셨네.
탁탑천왕이 사랑하는 딸이었으며
나타태자가 자매로 인정했지.

바다를 메우는 정위精衛[3]도 아니며

산을 지고 있는 자라도[4] 아닌데

뇌환의 검[5]도 무서워하지 않고

여건의 칼[6]도 두려워하지 않는다네.

왔다 갔다

장강 한수漢水만큼 멀리 오가고

오르락내리락

어디 태산 형산을 높다 여겼으랴?

보게나. 꽃 같고 달 같은 용모엔 교태가 넘치니

누가 이것이 난폭하고 교활한 요괴가 된 쥐인 줄 알겠는가!

金作鼻　雪鋪毛

地道爲門屋　安身處處牢

養成三百年前氣　曾向靈山走幾遭

一飽香花和蠟燭　如來分付下天曹

托搭天王恩愛女　哪吒太子認同胞

3　고대 전설에 따르면 염제炎帝의 딸이 동해東海에 빠져 죽어 정위精衛가 되었는데, 서산의 나무와 돌을 물어다 동해를 메웠다고 한다. 『산해경山海經』 「북산경北山經」과 남조南朝의 양임梁任이 편찬한 『술이기述異記』에 기록이 있다.

4　『열자列子』 「탕문편湯問篇」에 따르면, 발해渤海 동쪽에 신선이 사는 다섯 개의 큰 산이 있었다고 한다. 그런데 이 산들은 물 위에 떠 있어 파도에 떠다니고 고정되어 있지 못했다. 신선들이 천제에게 상소를 올리자, 천제는 산들이 서극西極까지 흘러가 신선들이 살 곳을 잃지 않도록 큰 자라 열다섯 마리에게 돌아가며 산을 이게 했고, 그때부터 산은 움직이지 않게 되었다고 한다.

5　『진서晉書』 「장화전張華傳」에 따르면, 진晉나라 혜제惠帝 때 광무후廣武侯 장화가 자줏빛 기운이 북두성과 견우성 사이로 솟구치는 것을 보았다고 한다. 뇌환雷煥에게 물었더니 뇌환은 예장豫章 풍성현豐城縣에 있는 보검의 정기가 하늘에 통한 것이라고 했다. 장화는 즉시 뇌환을 풍성 현령으로 보냈다. 뇌환은 임지에 도착해 현청의 감옥 밑을 파서 용천龍泉과 태아太阿라는 두 보검을 얻었다고 한다.

6　삼국시대 위나라의 여건呂虔은 서주자사徐州刺史였는데, 보검을 하나 가지고 있었다. 그런데 삼공三公의 지위에 오른 사람만이 그 칼을 찰 수 있다는 관상쟁이의 말을 듣고, 여건은 그 칼을 왕상王祥에게 주었고, 왕상은 죽을 때 다시 왕람王覽에게 주었다고 한다. 『진서晉書』 「왕람전王覽傳」에 그 이야기가 실려 있다.

也不是箇塡海鳥　也不是箇戴山鰲

也不怕的雷煥劍　也不怕的呂虔刀

往往來來　一任他水流江漢闊

上上下下　那論他山聲泰恒高

你看他月貌花容嬌滴滴　誰識得是箇老鼠成精逞點豪

　　요괴는 자신의 뛰어난 신통력을 믿고 얼른 두 자루의 검을 뽑아 들고 쟁쟁 소리를 내며 좌우에서 막고 동서로 검을 놀렸어요. 손오공이 좀 더 강하긴 했지만 요괴를 잡진 못했지요. 그때 음산한 바람이 사방에서 일더니 초승달이 빛을 잃었어요. 보세요. 둘이 뒤뜰에서 벌인 싸움은 너무도 살벌했어요.

　　음산한 바람 땅 위에서 일어나자
　　그믐달의 희미한 빛 흔들리네.
　　고요한 법당 안
　　퇴락한 복도는 귀신들의 소굴일세.
　　뒤뜰에서는 한바탕 싸움 벌어졌으니
　　손 보살님은 하늘의 대성님이고
　　은빛 머리칼의 미인은 여자들 중 으뜸인지라
　　신통력을 겨루며 항복하려 하지 않네.
　　하나는 꽃다운 마음 뒤틀려 시꺼먼 대머리 중을 욕하고
　　하나는 둥글고 지혜로운 눈으로 아름답게 치장한 이를 노려
보네.
　　두 손에서 검이 날 듯 노니니
　　어느 여보살이 이러할까?
　　몽둥이 하나로 때려대니

금강역사 살아난 듯 사납네.
쉭 하고 소리 내며 여의봉 벼락처럼 내리치고
순식간에 흰 검날이 별처럼 반짝이네.
옥루의 비취 무늬 긁히고
금전의 원앙 장식 부서지네.
이 무서운 싸움에
원숭이 촉나라 달이 어둡다고 울고
기러기 초나라 하늘길이 길다고 호소하는 듯
십팔나한들도
조용히 갈채를 보내고
삼십이제천도
모두 안절부절못하네.

陰風從地起　殘月蕩微光
闃靜梵王宇　闌珊小鬼廊
後園裡一片戰爭場
孫大士　天上聖
毛姹女　女中王　賭賽神通未肯降
一箇兒扭轉芳心嗔黑禿　一箇兒圓睜慧眼恨新妝
兩手劍飛　認得那女菩薩　一根棍打　狠似箇活金剛
響處金箍如電擊　霎時鐵白耀星芒
玉樓抓翡翠　金殿碎鴛鴦
猿啼巴月小　鴈叫楚天長
十八尊羅漢　暗暗喝采
三十二諸天　箇箇慌張

제천대성은 정신을 가다듬고 여의봉을 놀리는 데 조금도 어긋

남이 없었어요. 요괴는 당해내지 못하겠다고 생각하고 갑자기 미간을 찌푸리더니 계략을 생각해내고 몸을 빼내 달아났어요. 손오공이 호통을 쳤어요.

"이 못된 것, 어딜 가느냐! 빨리 항복해라!"

요괴는 상대하지 않고 달아나기만 했어요. 손오공이 바로 뒤까지 쫓아오자 요괴는 왼발의 꽃신을 벗어 신령스런 기운을 불어넣고 주문을 외며 이렇게 소리쳤어요.

"변해라!"

그러자 꽃신은 요괴와 똑같은 모양으로 변해 두 자루 칼을 춤추듯 휘두르며 다가왔고, 진짜 요괴는 몸을 흔들어 맑은 바람이 되어 사라졌어요. 이것이 바로 삼장법사가 재난을 만날 징조였지요. 요괴는 방장 안으로 쳐들어가 삼장법사를 채 가더니, 아득한 구름 위를 지나 눈 깜짝할 사이에 함공산陷空山에 이르러 무저동無底洞으로 들어갔지요. 요괴가 졸개들에게 식을 올릴 테니 징갈한 잔치 자리를 마련하라고 지시한 것은 더 얘기하지 않겠어요.

한편, 손오공은 싸우다 마음이 급해져서 살짝 몸을 빼더니 여의봉으로 요괴를 내리쳤지만, 맞아 쓰러진 것은 꽃신 한 짝이었어요. 손오공은 계략에 걸려든 것을 알고 급히 몸을 돌려 삼장법사에게 갔어요. 하지만 삼장법사가 어디 있겠어요? 멍텅구리와 사오정만이 뭐라고 중얼거리고 있었어요. 손오공은 화가 부글부글 끓어올라 앞뒤 가리지 않고 여의봉을 마구 휘두르면서 소리를 질렀어요.

"이놈들아, 죽어라! 죽어버려!"

멍텅구리는 놀라서 달아나려 했지만 달아날 길도 없었지요. 사오정은 그래도 신령한 산에서 대장 노릇을 하며 이런저런 일을 겪어봤던지라, 곧 가까이 다가가 무릎을 꿇고 웃는 낯으로 은근하게 말했어요.

"형님, 알겠습니다. 형님께선 우리 둘을 때려죽이고, 사부님도 구하지 않고 혼자 집으로 돌아가시려는 거지요?"

"너희 둘을 때려죽이고 나 혼자 구하러 갈 거다."

그러자 사오정이 웃으며 말했어요.

"형님, 그게 무슨 말씀이세요! '한 가닥 실오라기로는 실을 꼴 수 없고 손바닥도 마주쳐야 소리가 난다(單絲不線 孤掌難鳴)'고 했는데, 우리 둘이 없으면 어떻게 되겠어요? 형님, 이 봇짐과 말은 누가 돌본답니까? 관중管仲과 포숙아鮑叔牙의 사사로움 없는 우정[7]을 배워야지, 손빈孫臏과 방연龐涓이 지혜를 겨루었던 걸 따라서는 안 되지요.[8] 예로부터 '호랑이를 잡으려면 친형제가 가야 하고 전쟁에는 부자 사이인 병사를 내보내야 한다(打虎還得親兄弟 上陣須教父子兵)'고 하잖아요? 형님, 제발 그만 때리고 용서해주세요. 날이 밝으면 우리 한마음으로 힘을 합쳐 사부님을 찾으러 가요."

손오공은 크나큰 신통력을 지녔지만 또 이치에 밝고 때를 알아서, 사오정이 간곡히 애원하는 걸 듣고 마음을 돌렸어요.

---

7 『사기史記』「관안열전管晏列傳」에 의하면 중국 제나라에서, 포숙鮑叔은 자본을 대고 관중管仲은 경영을 담당하여 동업하였으나, 관중이 이익금을 혼자 독차지하였다. 그런데도 포숙은 관중의 집안이 가난한 탓이라고 너그럽게 이해하였고, 함께 전쟁에 나아가서는 관중이 세 번이나 도망을 쳤는데도, 포숙은 그를 비겁자로 생각하지 않고 그에게는 늙으신 어머님이 계시기 때문이라고 그를 변명하였다. 이와 같이 포숙은 관중을 끝까지 믿어주었고, 관중도 일찍이 포숙을 가리켜 "나를 낳은 것은 부모이지만 나를 아는 것은 오직 포숙뿐이다(生我者父母 地我者鮑叔)"라고 말하였다. 여기에서 '관포지교管鮑之交'라는 말이 유래되었다.

8 전국시대 제나라의 손빈과 위나라의 방연은 같이 병법을 공부했다. 방연이 먼저 위나라 장수가 되었는데, 손빈의 재능을 시기해서 조용히 손빈을 불러들여 죄를 덮어씌워 두 발을 잘라버렸다. 뒤에 손빈은 제나라로 도망쳐 군사軍師가 되었고, 위나라와 제나라가 싸울 때 손빈의 계교로 방연은 마릉馬陵에서 곤경에 빠져 결국 자살하고 말았다. 『사기史記』「손자오기열전孫子吳起列傳」에 그 기록이 있다.

"팔계야, 오정아, 모두 일어나라. 내일 사부님을 찾으러 갈 땐, 온 힘을 다해야 한다."

멍텅구리는 용서해준다는 말을 듣자 하늘이라도 한 쪽 떼어줄 것처럼 말했어요.

"형님, 그건 모두 나한테 맡기시오."

형제들은 이 생각 저 생각에 모두 잠을 이루지 못했어요. 당장 해를 불러내고 하늘 가득한 별들을 단번에 훅 불어 없애고 싶은 심정이었지요.

셋은 앉은 채 밤을 지새고 날이 밝자 짐을 꾸려서 떠나려 했어요. 그런데 일찌감치 절의 승려들이 문을 막아서며 물었어요.

"나리, 어디 가시나요?"

손오공이 웃으며 대답했어요.

"말하기가 그렇구나. 어제 요괴를 잡아주겠다고 여러분 앞에서 큰소리를 쳤는데 말이야. 요괴는 잡지도 못하고 사부님만 없어졌어. 우리는 사부님을 찾으러 간다."

승려들은 덜덜 떨며 물었어요.

"나리, 저희 때문에 사부님까지 큰일이 났네요. 그래, 어디로 찾으러 가시나요?"

"가볼 곳이 하나 있지."

"가시더라도 우선 아침이라도 들고 가시지요."

그러고서 승려들은 급히 밥을 두세 대접 가져왔어요. 저팔계는 주둥이를 박고 깨끗이 먹더니 이렇게 말했어요.

"착한 중들, 사부님을 찾으면 다시 여기로 놀러 오지."

그러자 손오공이 꾸짖었지요.

"또 와서 여기 밥을 축내겠다고! 넌 천왕전으로 가서 그 여자가 있는지 좀 봐라."

승려들이 대신 대답했어요.

"나리, 없어졌어요. 없다고요. 그날 하룻밤 자고는 다음 날 바로 없어졌어요."

손오공은 싱글벙글하며 승려들과 헤어져, 저팔계와 사오정에게 말을 끌고 봇짐을 메게 하고서 곧장 동쪽으로 갔어요. 저팔계가 손오공에게 물었지요.

"형님, 틀린 거 아니오? 어째서 다시 동쪽으로 가는 거요?"

"네가 어찌 알겠냐? 전에 흑송 숲에 묶여 있던 그 여자 말이야. 너희들은 모두 좋은 사람인 줄 알았겠지만, 이 어르신은 불같은 눈의 금빛 눈동자[火眼金睛]로 모두 꿰뚫어 보았지. 중들을 잡아 먹은 것도 사부님을 잡아간 것도 바로 그 여자야. 너흰 정말 대단한 여보살님을 구한 거지. 사부님을 잡아갔으니, 다시 온 길을 되돌아가 찾아야지."

두 사람은 탄복했어요.

"대단해, 참 대단해! 정말 뜻밖에 세심한 구석이 있단 말이지. 어서 가요, 어서!"

셋은 서둘러 숲속에 다다랐는데, 그곳의 풍경은 이러했어요.

　　구름이 뭉게뭉게
　　안개는 넘실넘실
　　바위는 층층
　　길은 구불구불
　　여우와 토끼 발자국 엇갈려 있고
　　호랑이 표범 승냥이 이리 왔다 갔다 지나다닌다.
　　숲속에는 요괴의 그림자 없으니

삼장법사는 어디에 숨겨놓았는지?

雲藹藹　霧漫漫
石層層　路盤盤
狐蹤兔跡交加走　虎豹豺狼往復鑽
林內更無妖怪影　不知三藏在何端

손오공은 다급해져서 여의봉을 꺼내 쥐고 몸을 흔들어 하늘 궁전을 떠들썩하게 했던 본모습으로 변했으니, 머리가 셋에 팔이 여섯이었고, 여섯 손으로 여의봉 세 자루를 들고 우당탕 숲속을 마구 헤집었어요. 저팔계가 그 모습을 보고 사오정에게 말했어요.

"사오정, 사형이 사부님을 못 찾으니까 화가 올라 발작이 나셨나 봐."

손오공은 이렇게 한바탕 쳐대더니 늙은이 둘을 잡아 왔어요. 하나는 산신이고 하나는 토지신이었는데, 둘은 가까이 다가와 무릎을 꿇고 인사를 여쭈었어요.

"제천대성님, 산신과 토지신이 인사를 올립니다."

그걸 보고 저팔계가 감탄했어요.

"대단한 여의봉인데! 한바탕 쳐대니까 산신과 토지신 둘을 잡아내잖아? 한바탕 더 하면 태세신太歲神도 튀어나오겠는걸!"

손오공이 물었어요.

"산신, 토지신, 이 못된 것들! 네놈들은 여기 강도들과 결탁해서 놈들이 강도질한 돈으로 산돼지와 산양으로 차린 제사상을 얻어먹고, 또 요괴와 한패가 되어 우리 사부님을 납치해 갔으렷다. 지금 사부님을 어디다 숨겨놓은 거냐? 맞기 싫으면 어서 이실직고하렷다!"

제자들이 흑송 숲에서 요괴에게 납치당한 삼장법사를 찾아 헤매다

두 신은 깜짝 놀라 얼른 대꾸했어요.

"제천대성님, 저희들은 억울합니다. 요괴는 저희 산에 있는 것이 아니며, 저희의 관할도 아닙니다. 다만 간밤에 바람 소리가 난 곳이 어딘지는 저희가 좀 압니다."

"아는 대로 말해봐라!"

토지신이 아뢰었어요.

"그 요괴가 대성님의 사부님을 끌고 간 곳은 저기 정남 방향으로 천 리 떨어진 곳입니다. 거기에 함공산이라는 산이 있고 산속에 무저동이라는 동굴이 있지요. 요괴는 그 산속에 사는데 딴 모습으로 변해 여기 와서 납치해 간 것입니다."

손오공은 이 말을 듣고 속으로 적잖이 놀랐어요. 산신과 토지신에게 물러가라 이른 후, 법신法身을 거둬들이고 본래 모습으로 돌아와 저팔계와 사오정에게 말했어요.

"사부님은 멀리 가셨다."

저팔계가 대답했지요.

"멀면 구름을 타고 쫓아가지요."

대단한 멍텅구리! 그가 뛰어오르자 광풍이 일어났고, 뒤이어 사오정도 구름에 올라탔어요. 백마는 원래 용의 아들이었던지라, 짐을 진 채 역시 안개를 딛고 바람을 탔어요. 제천대성도 곧 근두운에 올라 쭈욱 남쪽으로 나아갔어요. 얼마 지나지 않아 구름도 쉬 넘나들지 못하는 큰 산이 하나 눈앞에 나타났어요. 셋은 백마를 세우고 구름을 멈췄지요.

산꼭대기 푸른 하늘에 이어지고
산봉우리 파란 창공에 닿았네.
주위에 온갖 나무들 수천수만이요

오가는 새들 짹짹짹 시끄럽네.

호랑이와 표범 줄지어 지나가고

노루와 사슴은 떼 지어 가네.

양지바른 곳엔 기화요초 향기롭고

그늘진 곳엔 초겨울 눈과 얼음 녹지 않았네.

험준한 봉우리들

깎아지른 절벽들

곧추선 높은 봉우리

감돌아 흐르는 깊은 계곡

울창한 소나무

맑게 빛나는 바위

행인들 보고는 마음이 떨리네.

나무하는 나무꾼은 그림자도 보이지 않고

약초 캐는 선동도 종적이 없네.

눈앞의 호랑이와 표범 안개를 뿜을 듯하고

도처의 여우와 이리 멋대로 바람을 일으키는구나.

頂摩碧漢　峰接青霄

周圍雜樹萬萬千　來往飛禽喳喳噪

虎豹成陣走　獐鹿打叢行

向陽處　琪花瑤草馨香

背陰方　臘雪頑冰不化

崎嶇峻岭　削壁懸崖

直立高峰　灣環深澗

松鬱鬱　石磷磷　行人見了悚其心

打柴樵子全無影　採藥仙童不見踪

眼前虎豹能興霧　徧地狐狸亂弄風

저팔계가 말했어요.

"형님, 산이 이렇게 험하니 분명 요괴가 있을 거요."

"그걸 말이라고 하니? '산이 높으면 원래 요괴가 있는 법, 고개가 험한데 어찌 정령이 없겠느냐(山高原有怪 嶺峻豈無精)?' 오정아, 너랑 나는 여기에 있고, 팔계한테 골짜기로 내려가 어느 길이 좋은지, 또 동굴이 있는지 살펴보라고 하자. 그리고 동굴 문이 어디로 났는지도 자세히 살펴봐야 해. 그래야 우리가 함께 사부님을 구하러 가기 편하지."

그러자 저팔계가 투덜댔어요.

"아, 이 몸 참 재수 더럽네. 나한테 짐을 떠맡기다니."

"간밤에는 다 너한테 맡기라고 하더니, 왜 겁을 집어먹고 딴소리야?"

"관두쇼, 내가 가요, 간다고요!"

멍텅구리는 쇠스랑을 내려놓고 의관을 바르게 한 후, 빈손으로 높은 산을 풀쩍 뛰어 내려가며 길을 찾았어요.

결국 이번에 가서 일이 어떻게 될지는 알 수 없으니, 이에 대해서는 다음 회를 들어보시라.

제82회
미녀 요괴가 삼장법사를 유혹하다

한편, 저팔계는 폴짝폴짝 산을 내려가 오솔길 하나를 찾아냈어요. 오륙 리쯤 길을 따라가다 보니, 여자 요괴 둘이 우물에서 물을 긷는 것이 보였지요. 그들이 요괴인 것을 저팔계가 어떻게 알아차렸을까요? 그 요괴들은 한 자 두세 치 정도 되는 대나무 족두리를 쓰고 있었는데, 아주 유행에 뒤진 모습이었기 때문이지요. 멍텅구리가 가까이 다가가 불렀어요.

"요괴들아."

요괴들은 그 말을 듣고 버럭 화를 내며 저희들끼리 수군댔어요.

"저 빌어먹을 중놈이! 서로 알지도 못하고 평소 농담을 주고받는 사이도 아닌데, 어디다 대고 요괴라는 거야?"

요괴들은 성을 내며 물통을 메는 굵은 막대기를 휙 돌려서 저팔계의 정수리를 딱 하고 내려쳤어요. 멍텅구리는 가지고 있는 무기가 없어서 막지도 못하고 몇 대 얻어맞고는 머리를 감싸쥔 채 산 위로 올라왔지요.

"형님, 돌아갑시다! 요괴가 아주 흉악해요."

"어떻게 흉악한데?"

"골짜기에 갔더니 여자 요괴 둘이 우물에서 물을 긷고 있었소. 말 한마디 걸었을 뿐인데, 물통 멜대로 막 두들겨 패잖아요?"

"뭐라고 말을 걸었는데?"

"'요괴들아' 그랬지요."

"하하하, 맞아도 싸다."

"생각 꽤나 해주시는구려. 남은 맞아서 머리에 혹이 났는데 맞아도 싸다니!"

"'부드러우면 어디든 갈 수 있지만 뻣뻣하면 한 발짝도 움직이기 어렵다(溫柔天下去得 剛强寸步難移)'는 말도 있어. 그들은 이곳 요괴이고, 우리는 타지에서 온 중이야. 네가 아무리 재주가 뛰어나다 해도 자중해야 하는 법이야. 그런데 요괴라고 불렀으니, 너를 때리지 나를 때리겠어? '사람은 예악을 우선시해야 하는 법(人將禮樂爲先)'이야."

"도통 모르는 소리만 늘어놓는군."

"넌 어렸을 때부터 산에서 사람을 잡아먹으며 살았으니, 나무에는 두 종류가 있다는 걸 알겠지?"

"몰라. 그게 뭐요?"

"하나는 백양나무고 하나는 박달나무이지. 백양나무는 목질이 아주 물러서 솜씨 좋은 장인이 그걸 베어다 성상聖像이나 여래상을 깎아 금가루를 입히고 옥으로 상감을 해 잘 만들어놓으면, 만인이 와서 향을 사르고 절을 올리지. 그러니 그 나무는 무한한 복을 누리게 되지. 그런데 박달나무는 목질이 단단해 기름집에서 그걸 베어다 기름 짜는 절굿공이를 만들지. 그래서 쇠로 만든 테로 머리를 조이고 쇠망치처럼 휘둘러 내리치지. 이건 박달나무가 목질이 단단하기 때문에 고통을 받는 거야."

"형님, 그런 좋은 말은 진즉에 해주었어야지요. 그럼 얻어맞지도 않았을 텐데 말이오."

"그럼 다시 가서 사정을 물어보고 오너라."

"이번에 또 가면 나를 알아볼 텐데?"

"모습을 바꿔서 가면 되지."

"형님, 그런데 모습을 바꿔서 가면 뭐라고 말을 걸지요?"

"다른 모습으로 둔갑해 가서 공손히 인사하고, 몇 살이나 되는지 살펴봐. 너랑 비슷한 것 같으면 '아가씨'라고 부르고, 너보다 많을 것 같으면 '아주머니'라고 부르면 되지."

"쳇, 재수 없어! 이렇게 먼 데까지 와서 무슨 친척을 찾으라는 거야!"

"친척을 찾으라는 게 아니라 그들이 말을 하게 구슬려보라는 말이야. 만일 사부님을 잡아간 게 그것들이라면 당장 손을 써야 하지만, 그렇지 않다면 괜히 시간 낭비하지 말고 다른 데 가서 찾아봐야 되지 않겠니?"

"맞아, 맞아. 그럼 갔다 올게요."

멍텅구리는 쇠스랑을 허리춤에 끼우고 산골짜기로 내려가, 몸을 흔들어 거무스름하고 뚱뚱한 중으로 변했어요. 그리고 건들거리며 요괴들에게 다가가 공손하게 인사했어요.

"아주머니들, 소승이 인사 여쭙겠습니다."

요괴들이 반색하며 물었어요.

"이 스님은 괜찮은데? 공손하게 인사도 할 줄 알고 말도 잘 하네. 그런데 스님은 어디서 오셨소?"

"'어디'서 왔어요."

"어디로 가는데요?"

"'어디'로 가요."

"이름이 뭐요?"

"제 이름은 '뭐'이지요."

"이 스님은 괜찮긴 한데, 내력은 말하지 않고 우리 말만 따라 하네."

"그런데 아주머니들, 물은 길어서 뭐 하시게요?"

"스님은 모르겠지요. 우리 마님이 간밤에 당나라 중을 하나 잡아 왔는데, 잘 대접하려 하신대요. 그런데 우리 동굴의 물은 깨끗하지가 않아서, 음양이 잘 섞인 이 우물물을 떠 오라고 하셨지요. 고기 없는 음식과 과일로 잔치를 열어 당나라 스님을 대접한 후, 오늘 밤에 혼례를 치르실 거요."

명텅구리는 이 말을 듣고 급히 산 위로 뛰어 올라왔어요.

"사오정, 빨리 짐 챙겨! 우리 갈라서자!"

"형님, 왜 또 갈라서자는 거요?"

"갈라서! 오정이는 유사하流砂河로 돌아가 사람을 잡아먹으며 살고, 나는 고로장高老莊으로 마누라를 찾아가고, 형님은 화과산으로 가서 다시 제천대성으로 살고, 백마는 큰 바다로 돌아가서 다시 용이 되면 되지. 사부님은 요괴의 동굴에서 이미 결혼하셨단 말이야! 그러니 우리도 각자 살길을 찾아 떠나자고."

"이 멍청이가 또 헛소리를 지껄이는구나!"

"누가 헛소리를 한다고 그래요! 물을 긷던 요괴 둘이 그러는데, 고기 없는 요리로 잔치를 벌여 사부님을 대접하고 혼례를 치른대요."

"그 요괴가 사부님을 동굴에 가두어두었군. 사부님은 우리가 구하러 오기만을 눈 빠지게 기다리실 텐데, 너는 이따위 쓸데없는 소리나 지껄이다니!"

"어떻게 구할 건데요?"

"너희 둘은 말을 끌고 봇짐을 메라. 우리는 그 둘을 길잡이 삼아 따라가자. 그리고 동굴 앞에 이르면 일제히 손을 쓰는 거지."

멍텅구리는 손오공의 말을 따를 수밖에 없었어요. 손오공은 멀리서 두 요괴를 주시하며 점점 산속 깊이 따라 들어갔어요. 그런데 일이십 리 정도 가자 갑자기 요괴들이 사라졌어요. 저팔계는 당황했지요.

"사부님은 낮도깨비에게 잡혀가신 거야."

"눈썰미가 제법인걸! 어떻게 그것들의 정체를 금방 알아냈니?"

"요괴들이 물을 지고 걷다가 갑자기 없어졌단 말이오. 그러니 낮도깨비가 아니겠소?"

"동굴 속으로 들어갔을 게다. 내가 가서 보고 오지."

멋진 제천대성! 그는 불같은 눈에 금빛 눈동자를 이리저리 굴리며 온 산을 둘러봤지만, 요괴들의 그림자조차 보이지 않았어요. 그러다 깎아지른 듯한 절벽 앞에 산과 아름다운 꽃들이 정교하게 조각되고 오색으로 치장된 삼 층 처마를 얹은 패루牌樓가 보였어요. 손오공과 저팔계, 사오정이 다가가 보니 '함공산 무저동'이라는 여섯 글자가 크게 씌어 있었어요. 손오공이 말했지요.

"이리 와봐라. 요괴가 이런 데다 동굴을 만들어두었구나. 그런데 문은 대체 어디 있는 거야?"

사오정이 말했어요.

"틀림없이 근처에 있을 겁니다. 잘 찾아봅시다."

모두들 몸을 돌려 바라보니, 패루 밑 산기슭에 큰 바위가 하나 있었어요. 그 바위는 둘레가 십 리 남짓 되고 한가운데에 항아리 주둥이 같은 구멍이 나 있는데, 오르락내리락한 탓인지 반질반질 윤이 났어요.

저팔계가 말했어요.

"형님, 여기가 요괴들이 드나드는 구멍이오."

손오공이 내려다보며 말했어요.

"이상한걸? 이 몸이 사부님을 모시고 여기까지 오는 동안, 빈 말이 아니라 요괴도 꽤 잡았지. 그런데 이런 동굴은 본 적이 없어. 팔계야, 너 먼저 내려가서 얼마나 깊은지 좀 살펴봐라. 그래야 들어가서 사부님을 구하지."

저팔계가 고개를 설레설레 저었어요.

"그건 어렵소. 안 돼요! 이 몸은 둔해서 비칠비칠 내려가다가는 어느 세월에 밑에 닿을지 몰라요!"

"그렇게 깊을라고?"

"보라고요!"

제천대성이 구멍 곁에 엎드려 아래쪽을 자세히 들여다보니, 세상에! 얼마나 깊고 깊던지! 그리고 그 안의 둘레는 삼백 리도 넘어 보였어요. 손오공이 돌아보며 말했지요.

"동생, 정말 엄청나게 깊구나."

"돌아가는 게 낫겠소. 사부님은 구할 수 없어요!"

"무슨 소릴! '게으른 생각은 하지도 말고 나태한 마음은 품지도 말라(莫生懶惰意 休起怠荒心)'는 말이 있잖아? 짐은 내려놓고 말은 패루 기둥에 붙들어 매놓아라. 그리고 너는 쇠스랑을 들고 오정이는 항요장을 쥐고 동굴 입구를 지키고 있어. 내가 들어가서 알아보고 오마. 사부님이 안에 계시면 여의봉으로 요괴를 밖으로 내몰 테니, 요괴가 입구로 뛰쳐나오면 너희 둘이 여기서 막아라. 이게 바로 '안팎에서 서로 힘을 합친다(裏應外合)'는 것이지. 요괴를 때려죽인 다음에 사부님을 구해내자."

그리고 손오공은 몸을 훌쩍 날려 구멍 속으로 들어갔어요. 발아래로는 오색구름이 좍 퍼지고, 몸 주위에는 상서로운 기운이 수천 겹 감돌았어요. 얼마 후 깊은 곳에 이르렀는데, 그곳은 밝고 환했어요. 햇빛도 있고 바람 소리도 들리고 또 꽃과 나무도 있었지요. 손오공은 기뻐했어요.

"멋진 곳이야! 이 몸이 세상에 나오자 하늘이 수렴동을 내려주었지. 그런데 이곳도 하늘이 주신 복 받은 땅이로구나."

둘러보고 있노라니, 처마가 둘인 문루門樓가 보였어요. 그곳은 소나무와 대나무에 겹겹이 둘러싸여 있고 그 안쪽에는 많은 건물들이 있었지요.

"여기가 요괴의 소굴이군. 들어가서 알아보자. 아차! 이대로 가면 들킬 테니, 변신을 해야겠다."

손오공은 몸을 흔들며 손가락을 구부려 결을 맺고 파리로 변해 가뿐히 문루 위로 날아올랐지요. 그랬더니 그 요괴가 풀로 지붕을 얹은 정자 안에 높이 앉아 있는 것이 보였어요. 그 모습은 흑송 숲에서 구해달라고 할 때나 절에서 잡으려 했을 때와는 사뭇 달라서, 아주 아름다웠지요.

구름처럼 틀어 올린 귀밑털 까마귀 떼같이 새까맣고
녹색 융 걸친 모습은 꽃보다 예쁘구나.
전족한 작은 발은 보통 발의 딱 절반이요
열 손가락은 갓 나온 봄 죽순 같도다.
분칠한 둥근 얼굴은 은쟁반 같고
붉은 입술은 앵두처럼 반들반들
단정히 앉아 있는 미인의 모습
달 속의 항아보다 아름다워라.
오늘 아침 경전 가지러 가는 스님을 잡아두고
한 침대에 함께 누워 환락을 즐기려 하네.

髮盤雲鬢似堆鴉　身著綠絨花比甲

一對金蓮剛半折　十指如同春筍發
團團粉面若銀盆　朱唇一似櫻桃滑
端端正正美人姿　月裏嫦娥還喜恰
今朝拿住取經僧　便要歡娛同枕榻

　　손오공은 잠자코 앉아 무슨 말을 하나 엿듣고 있었어요. 잠시 후 요괴는 앵두 같은 입을 벌려 방실방실 웃으며 말했어요.

　　"애들아, 빨리 잔치 준비를 해라. 당나라 스님 오빠하고 혼례를 치를 것이니."

　　손오공이 속으로 생각했어요.

　　'정말이었네! 팔계란 놈이 장난으로 지어낸 말인 줄 알았더니. 안으로 날아 들어가 사부님이 어디 계신지 찾아봐야겠다. 그런데 사부님 마음은 어떨라나? 만일 요괴에게 반했다면 그냥 여기 남겨두지, 뭐.'

　　그러고는 날개를 펴 안으로 웽 날아 들어가 보니, 동쪽 회랑 아래 위쪽은 밝고 아래쪽은 어둡게 붉은 종이가 발린 격자창 안에 삼장법사가 앉아 있었어요. 손오공은 격자창을 뚫고 들어가 삼장법사의 반들반들한 머리 위로 날아가 앉았어요.

　　"사부님!"

　　삼장법사는 손오공의 목소리를 알아들었지요.

　　"애야, 구해다오!"

　　"사부님, 도울 일이 없는 걸요! 요괴가 잔치를 벌여 사부님을 대접한 후 혼례를 치를 모양입니다. 여기서 딸이든 아들이든 낳아 대를 이으면 될 걸, 뭘 걱정하세요?"

　　이 말을 들은 삼장법사가 부드득부드득 이를 갈았어요.

　　"애야, 내가 장안을 떠난 후 양계산兩界山에서 너를 거두고 서역으로 오는 동안 언제 계율을 어긴 적이 있더냐? 하루라도 부정한 마음을 먹은 적이 있었더냐? 지금 이 요괴가 나를 잡아두고 부부가 되기를 요구하는데, 여기서 동정을 잃는다면 내 몸은 곧 윤회에 떨어지고 저승에서 영원히 빠져나올 수 없을 것이다."

"하하하, 맹세까지 하실 건 없어요. 정말 경전을 가지러 서역에 갈 마음이 있으시다니, 이 몸이 모시고 가지요."

"들어온 길을 모두 잊어버렸는데?"

"잊어버릴 만도 해요. 이놈의 동굴은 걸어서 드나들게 되어 있지 않고, 위에서 아래로 뚫어놓은 것입니다. 이제 사부님을 구하면 아래에서 위로 뚫고 나가야 합니다. 운이 좋아 동굴의 입구까지 통과한다면야 그대로 나가면 되지만, 운이 나빠 그렇지 못한다면 여기서 속이나 태우며 지낼 수밖에요."

삼장법사가 그렁그렁 눈물을 흘렸어요.

"그렇게 어려우니 어찌하면 좋단 말이냐?"

"걱정 마세요. 괜찮아요. 요괴가 술상을 잘 차려놓고 대접하면 어쩔 수 없으니 드시고, 요괴에게도 한잔 권하세요. 그때 급하게 술을 따라 거품이 일어나도록 하면, 제가 모기 눈썹 사이에 사는 벌레로 변해 술거품 속으로 날아 들어갈게요. 그것이 한입에 저를 삼키면, 제가 그것의 배 속에서 심장과 간을 비틀어 뜯고 폐를 잡아 끊어서 죽여버릴게요. 그러면 사부님께서 도망칠 수 있지요."

"얘야, 그건 못할 짓이다."

"마냥 선행만 하시려다가는 사부님 목숨은 끝장이에요! 요괴는 사람을 해치는 근원인데 불쌍히 여겨서 어쩌시려고요?"

"그래, 알았다! 그저 내 곁에 꼭 붙어 있기만 해다오."

이것은 제천대성이 삼장법사를 단단히 지키고 삼장법사는 원숭이 왕에게 모든 것을 맡긴 격이었지요.

그런데 둘이 의논을 끝내기도 전에, 요괴가 벌써 상을 차려놓고 동쪽 회랑으로 걸어오는 것이었어요. 요괴는 자물쇠를 열고 "스님" 하고 불렀어요. 삼장법사는 감히 대답하지 못했어요. 요괴가 다시 한 번 불렀지만 여전히 대답하지 못했지요. 삼장법사가 왜 대답하지 못했을까요? '입을 열면 신기가 흩어지고 혀를 놀리면 시비가 생길까(口開神氣散 舌動是非生)' 걱정스러웠기 때문이지요. 그러나 다시 생각해보니, 죽기 살기로 입을 다물고 있다간 요괴가 성이 나 순식간에 자신을 죽일 것 같았어요. 정말 진퇴양난이라 혼자 끙끙거리며 골똘히 방법을 생각하고 있었어요. 그렇게 혼자 갈팡질팡하고 있는데, 요괴가 "스님" 하고 또 불렀어요. 삼장법사는 어쩔 수 없어 "낭자, 왜 그러시오?" 하고 대답했어요. 그는 이렇게 한마디를 내뱉었지만 몸은 갈가리 찢어지는 것 같았어요. 사람들은 누구나 이렇게 물을 테지요. 삼장법사는 참마음을 가진 스님이고 부처님을 배알하고 경전을 구하러 서역으로 가는 몸인데 어떻게 여자 요괴의 부름에 대답했을까요? 그건 지금은 목숨이 경각에 달려 있는 때라 모든 것이 어쩔 수 없었기 때문이지요. 겉으로는 응답했지만 사실 속으로는 그럴 마음이 없었답니다.

요괴는 삼장법사가 대답하자 문을 열고 그를 부축해 일으켰어요. 그러고는 손을 잡아끌며 어깨를 기대고 얼굴을 바짝 들이밀며 비벼댔어요. 보세요. 요괴는 온갖 교태를 다 부리며 삼장법사를 유혹했어요. 하지만 삼장법사의 마음이 온통 번뇌로 가득했다는 것을 어떻게 알았겠어요? 손오공은 속으로 키득거렸지요.

'사부님이 유혹에 끌려 잠시라도 마음이 흔들리면 어쩌지?'

참된 스님 고행 겪느라 아름다운 아가씨 만나니

요괴의 고운 자태 실로 칭찬할 만하구나.

옅게 그린 비췻빛 눈썹 버들잎을 나누어놓은 듯

방실방실 웃는 발그레한 얼굴 복사꽃을 보는 듯.

수놓은 신발 살짝 드러나니 전족한 두 발 봉황 부리처럼 굽어 있고

구름머리 높게 틀어 올렸는데 양쪽 귀밑머리 까마귀처럼 검네.

미소 머금고 삼장법사의 손을 잡아끌 적에

난초와 사향의 은은한 향기 가사 가득 스며드네.

眞僧魔苦遇嬌娃　妖怪娉婷實可誇
淡淡翠眉分柳葉　盈盈丹臉襯桃花
繡鞋微露雙鉤鳳　雲鬢高盤兩鬢鴉
含笑與師携手處　香飄蘭麝滿袈裟

요괴는 삼장법사를 잡아끌며 풀로 지붕을 얹은 정자로 다가갔어요.

"스님, 제가 술을 좀 준비했으니, 함께 드시지요."

"아가씨, 소승은 어려서부터 비린 것은 먹지 않습니다."

"저도 안 드신다는 걸 알아요. 그래서 동굴 안의 물이 깨끗하지 않아, 특별히 산 정상에 가서 음양이 잘 섞인 깨끗한 물을 길어와 정갈한 과일과 채소로 잔칫상을 마련하게 했어요. 같이 즐겨보시지요."

삼장법사가 들어가 살펴보니 정말 이런 차림었어요.

문 아래는

온통 수놓은 끈으로 지은 색색 매듭들 천지

뜰 안에는

향기 가득 뿜어내는 금 사자 모양 향로

죽 늘어선 자개 식탁과

화려한 대나무 광주리

자개 식탁엔 각양각색의 진귀한 음식

대나무 광주리엔 희귀한 채소들

능금, 올리브, 연밥, 포도, 비자, 개암, 여지, 용안, 산밤, 마름,

대추, 감, 호두, 은행, 귤, 등자.

산에서 나는 과일이란 과일은 모두 있구나.

채소는 때맞추어 나는 신선한 것들.

두부, 밀기울, 목이버섯, 갓 돋은 죽순, 송이버섯, 표고버섯,

참마, 황정,

우뭇가사리, 넘나물은 식물성 기름에 지지거나 볶아내고

불콩과 강낭콩은 껍질째 간장에 졸여 맛을 냈네.

오이, 조롱박, 배추, 순무.

가지 껍질 빙빙 돌려가며 벗겨 메추라기 모양을 만들었고

씨 파낸 동과는 원단元旦에 이름난 음식이지.

푹 고은 토란 설탕에 버무려 냈고

말갛게 끓인 물에 식초 넣고 무를 삶았네.

고추와 생강의 매운맛이 갖가지로 맛을 내고

짜고 담담한 맛의 조화 다양하게 어우러졌네.

盈門下　繡纏彩結

滿庭中　香噴金猊

擺列著黑油壘鈿桌　綵漆篾絲盤

壘鈿桌上　有異樣珍羞

篾絲盤中　盛稀奇素物

林檎　橄欖　蓮肉　葡萄　榧柰　榛松　荔枝　龍眼
山栗　風菱　棗兒　柿子　胡桃　銀杏　金橘　香橙
菓子隨山有　蔬菜更時新
豆腐　麵觔　木耳　鮮筍　蘑菰　香蕈　山藥　黃精
石花菜　黃花菜　青油煎炒
扁豆角　江豆角　熟醬調成
王瓜　瓠子　白菜　蔓菁
鏇皮茄子鵪鶉做　剔種冬瓜方旦名
爛煨芋頭糖拌着　白煮蘿蔔醋澆烹
椒姜辛辣般般美　鹺淡調和色色平

요괴는 섬섬옥수로 반짝반짝 빛나는 금잔을 들어 맛 좋은 술을 찰랑찰랑 따라 삼장법사에게 넘겨주었어요.

"스님 오빠, 멋쟁이, 합환주 한잔 드셔요."

삼장법사는 부끄러워하며 술을 받아 들어 하늘을 향해 뿌리며 마음속으로 축원했어요.

'불법을 수호하는 하늘의 신들이시여, 오방게체五方揭諦여, 사치공조四值功曹여, 저 진현장이 동녘 땅을 떠난 뒤 관세음보살께서 보내주신 여러 신들의 남모르는 보호를 받아가며 뇌음사雷音寺로 가 부처님을 배알하고 경전을 구하려 했습니다. 그런데 오는 도중에 요괴에게 사로잡혀 억지로 결혼을 강요받고 있습니다. 요괴는 이 잔을 주며 마시라고 합니다. 이 술이 정말 깨끗한 술이라면 제가 억지로 마시더라도 부처님을 뵙고 공을 이룰 수 있을 것입니다만, 만약 깨끗하지 못한 술이라면 저는 계율을 깨뜨린 죄로 영원히 윤회의 고통에 떨어질 것입니다.'

손오공은 가볍고 작은 벌레로 변해 삼장법사의 귀뿌리 뒤쪽에 있었기에, 마치 은밀한 정보원 같았어요. 그가 하는 말은 다른 사람에게는 들리지 않고 삼장법사만 들을 수 있었지요. 그는 삼장법사가 평소에 포도로 만든 정갈한 소주素酒는 잘 마신다는 것을 알고 있던 터라, 한잔 마시라고 했어요. 삼장법사는 어쩔 수 없이 한 잔을 죽 들이키고 얼른 술잔 가득 술을 따라 요괴에게 건넸어요. 술잔에는 정말로 거품이 일었지요. 손오공은 모기 눈썹 사이에 사는 벌레로 변해 거품 아래로 가볍게 날아 들어갔어요. 하지만 요괴는 잔을 받아 바로 마시지 않은 채 내려놓고, 삼장법사에게 절을 두 번하고 애교와 부끄러움이 섞인 사랑의 말을 몇 마디 건네고 나서야 잔을 들었지요. 그러니 거품이 다 사라져 안의 날벌레가 드러나게 되었어요. 요괴는 그것이 변신한 손오공인 줄 모르고 그냥 벌레려니 여겨, 새끼손가락으로 들어올려 아래로 튕겨버렸지요.

손오공은 일이 뜻대로 되지 않자 요괴 배 속으로 들어가기는 어렵겠다고 보고, 곧 굶주린 매로 변했으니 그 모습은 이러했지요.

단단한 발톱 금빛 눈동자에 무쇠 같은 날개
늠름한 모습 맹렬한 기세로 구름 뚫고 나는구나.
약은 여우와 교활한 토끼도 그를 보면 정신이 멍해져
천리만리 산으로 강으로 달아나 숨어버리네.
배고플 땐 바람 거슬러 참새를 쫓고
배부르면 높이 날아올라 하늘의 문에 앉아 있네.
노련한 발톱 금강석처럼 강해 가장 위험스럽고
득의양양 구름 위로 솟아오르면서 하늘이 너무 가깝다 하네.

玉爪金睛鐵翮　雄姿猛氣搏雲

매로 변한 손오공은 쏜살같이 날아올라 단단한 발톱을 벌린 채 쐥하며 상을 엎어 과일이며 채소, 온갖 접시들을 모두 부숴버렸어요. 그리고 삼장법사를 내버려둔 채 다시 휘익 날아올라 갔어요. 놀란 요괴는 가슴이 갈가리 찢어지는 것 같았고, 삼장법사는 온몸에 힘이 쭉 빠졌어요. 요괴는 바들바들 떨며 삼장법사를 부둥켜안고 물었어요.

"스님 오빠, 저놈이 어디서 날아온 걸까요?"

"모르겠소."

"온갖 정성 기울여 잔칫상을 봐놓고 오빠와 즐겨보려 했더니, 재수 없이 날개 달린 짐승이 어디선지 날아들어 내 살림을 몽땅 박살 낼 줄이야!"

하녀 요괴들이 이렇게 말했어요.

"마님, 깨진 그릇들이야 그렇다 치더라도 마련한 음식들이 땅에 엎질러져 못 쓰게 되었으니 어쩌지요?"

삼장법사는 손오공이 한 짓임을 알고 있었기에 입도 벙긋하지 않고 있었어요.

"얘들아, 알 만하다. 내가 저 당나라 스님을 잡아두는 걸 천지가 허락하지 않는가 보다. 그러니 저런 흉물을 내려보낸 게지. 너희들은 깨진 집기를 쓸어다 버리고, 채식이건 육식이건 가리지 말고 술과 안주를 다시 마련해라. 하늘을 중매로 삼고 땅을 증인으로 삼아 당나라 스님과 꼭 혼례를 치르고 말 테다."

그래서 삼장법사가 다시 동쪽 회랑의 방에 다시 갇힌 이야기는 더 하지 않겠어요.

한편, 손오공은 동굴을 날아나와 본래 모습으로 돌아와서, 동굴 입구에 이르자 "문 열어라!" 하고 외쳤어요. 저팔계가 웃으며 "오정아, 형님이 왔어!"라고 했지요. 둘이 무기를 거두자 손오공이 툭 튀어나왔어요. 저팔계가 앞으로 나서며 손오공의 소매를 잡았어요.

"요괴가 있어요? 사부님은요?"

"있어! 있지! 있고말고!"

"거기서 사부님 고생하고 계시지요? 묶여 있던가요, 갇혀 있던가요? 쪄 먹는대요, 아니면 구워 먹는대요?"

"그런 건 아닌데, 고기가 들어가지 않은 음식으로 잔칫상을 차려놓고 사부님과 그 일을 치르려 하더구나."

"좋았겠소, 형님은! 얼마나 좋았을까! 잔치 술도 얻어먹었겠네!"

"멍청아! 사부님의 목숨이 왔다 갔다 하는데, 무슨 잔치 술을 마시냐!"

"그런데 왜 돌아왔소?"

손오공은 삼장법사를 만나고 변신술을 써서 그를 구하려 했던 일을 다 들려주었지요.

"애들아, 또 쓸데없는 생각은 하지 마라. 사부님이 여기 계시니, 이 몸이 가서 이번엔 꼭 구해 와야겠다."

손오공은 다시 몸을 돌려 안으로 들어가 파리로 변해 문 위에 앉아 염탐했어요. 요괴가 씩씩거리며 정자에서 분부를 내렸어요.

"애들아, 채소건 고기건 가리지 말고 상을 차리고 태울 종이를 가져와라. 하늘과 땅을 증인으로 삼아 스님과 혼인을 해야겠다."

손오공이 듣고 속으로 픽 웃었어요.

미녀로 변신한 요괴가 삼장법사를 유혹하다

'저것이 염치라곤 눈곱만큼도 없군! 벌건 대낮에 스님을 여기 가둬놓고 그 짓을 하려 하다니. 두고 보자. 이 몸은 사부님께 다시 가봐야겠군.'

그가 웽 하고 동쪽 회랑으로 가보았더니, 삼장법사가 그 안에서 줄줄 눈물을 흘리고 있었어요. 손오공은 구멍으로 날아 들어가 삼장법사의 머리 위에 앉아 "사부님" 하고 불렀어요. 삼장법사는 그 목소리를 알아듣고는 벌떡 일어나 이를 부득부득 갈며 원망했지요.

"못된 원숭이 녀석! 다른 사람은 간이 커봤자 배 속에 들어 있지만, 네놈은 간덩이가 배 밖으로 나와 아예 몸을 덮고 있구나. 네가 신통력을 부려 집기를 부쉈다 해봐야 그게 몇 푼어치나 되더냐! 그 바람에 그것이 음심淫心이 발동하여 고기고 채소고 가리지 않고 상을 차려놓고 무슨 일이 있어도 나랑 정을 통하겠다고 벼르고 있으니, 이 일을 어쩐단 말이냐?"

손오공은 속으로 피식 웃었어요.

"사부님, 절 탓하진 마세요. 제게 구해드릴 방법이 있어요."

"무슨 수로?"

"제가 아까 날아오르다 보니, 뒤쪽에 화원이 하나 있더군요. 사부님께서는 요괴를 구슬려 그리로 놀러 가자고 하세요. 그럼, 제가 구해드릴 테니."

"화원에서 어떻게 구한다고?"

"요괴와 화원에 가시면 복숭아나무 밑으로 가서 멈추세요. 그러면 제가 가지 위로 날아 올라가 잘 익은 복숭아로 변할게요. 사부님께서는 복숭아가 먹고 싶다고 하시면서 우선 붉은 것을 골라 따세요. 그게 바로 접니다. 그러면 요괴도 하나를 딸 터이니, 사부님은 붉은 것을 요괴에게 권하세요. 요괴가 한 입 베어 물면,

제가 그 배 속으로 들어가 가죽을 찢고 창자를 끊어 죽여놓을게요. 그러면 사부님도 여기서 벗어날 수 있지요."

"네가 수완이 있으면 요괴와 맞붙어 싸우면 되지, 왜 꼭 요괴 배 속으로 들어가려는 거냐?"

"사부님께선 눈치도 없군요. 이놈의 동굴이 드나들기 쉽다면 정면으로 붙어 싸우겠지요. 그러나 길이 구불구불해서 얼마나 드나들기가 힘들다고요. 그러니 제가 손을 썼다가 이 소굴의 크고 작은 요괴들이 저마저도 옴짝달싹 못 하게 길을 막아버리면, 그땐 어쩌겠습니까? 이런 식으로 손을 써야 깨끗이 처리됩니다."

그제야 삼장법사가 알겠다는 듯이 고개를 끄덕였지요.

"나한테 꼭 붙어 있어야 된다."

"알겠어요. 사부님 머리 위에 있을게요."

상의가 끝나자 삼장법사가 몸을 일으켜 양손으로 창살을 붙잡고 소리쳤어요.

"낭자, 낭자!"

요괴가 그 소리를 듣고 희희낙락 웃으며 뛰어왔어요.

"멋쟁이 오빠, 무슨 일이세요?"

"낭자, 내가 장안을 떠나 서쪽으로 오면서 하루도 산을 넘지 않거나 강을 건너지 않은 적이 없었소. 어제 진해사에서 묵다 감기를 지독하게 앓았는데, 오늘 땀을 좀 내고 나서 약간 좋아졌답니다. 그런데 낭자의 은혜를 입어 이곳에 온 뒤 하루 종일 앉아 있기만 했더니 마음이 답답하군요. 기분 전환도 할 겸, 저와 함께 어디 가서 바람이라도 쐬면 어떨까요?"

요괴는 아주 반색을 하며 말했어요.

"멋쟁이 오빠에게도 이런 낭만이 있군요. 그럼, 저랑 화원에 가서 바람이나 쐬시지요. 얘들아, 열쇠 가지고 가서 화원 문을 열고 길을 쓸어놓아라."

하녀 요괴들이 냉큼 뛰어가 문을 열고 치워놓자, 요괴는 격자
문을 열고 삼장법사를 데리고 나왔지요. 좀 보세요! 수많은 하녀
요괴들에 곱게 단장하고 애교를 부리면서 우르르 몰려나와 삼장
법사와 함께 화원으로 갔어요. 훌륭한 스님! 그는 이 아름다운 여
자들 속에 있으면서도 딴마음이 없었는지라, 화려한 여자들 무리
안에서 귀머거리 벙어리가 된 듯했어요. 부처님을 뵈러 가는 사
람이 이렇듯 강철 같은 심장을 가진 이가 아니라, 주색이나 밝히
는 평범한 남자였다면 경전을 얻을 수 없었을 테지요.

하여튼 일행이 화원 밖에 이르자, 요괴가 나직하게 속삭였어요.

"멋쟁이 오빠, 여기서 놀면 답답한 마음이 풀리실 거예요."

삼장법사가 요괴와 손을 맞잡고 화원으로 들어가 머리를 들어
바라보니 그야말로 낙원이었어요.

굽이굽이 감도는 길엔
여기저기 돋아난 푸른 이끼
우아한 비단 창엔
곳곳에 늘어진 비단 주렴
스치듯 바람 일어나니
오색 능라 하늘하늘 펼쳐지네.
보슬비 그치자
물방울 방울방울 고운 자태를 드러내네.
햇빛이 싱싱한 살구에 쏟아지니
그 붉은빛 선녀가 내다 건 무지개 옷 같고
달빛이 파초를 비추니
그 푸른빛 양귀비가 흔드는 깃털 부채 같네.

예쁘게 칠한 사면의 담장에는

빽빽한 버드나무 가지마다 노란 꾀꼬리 지저귀고

한적한 정자 주위에는

마당 가득 해당화 피어 흰나비 날아다니지.

보라.

응향각, 청아각, 해정각, 상사각

층층이 빛나고

주렴 위로는

가는 대나무로 짠 발을 걸어두었구나.

또 양산정, 피소정, 화미정, 사우정

하나같이 우뚝우뚝 솟았는데

화려한 현판엔

조전체鳥篆體[1] 글씨가 씌어 있구나.

곡학지, 완상지, 이월지, 탁영지

푸른 부평초와 수초 사이로 금빛 비늘 반짝이는구나.

옥묵헌, 이상헌, 적취헌, 모운헌

옥 술잔 위엔 개미 같은 술거품이 이는 녹의주綠蟻酒가 찰랑
찰랑

연못과 정자 아래위로는

태호석, 자영석, 앵락석, 금천석 장식하고

호랑이 수염 같은 부들 파릇파릇하게 심어놓았네.

서재와 누각 좌우로는

목가산, 취병산, 소풍산, 옥지산 만들어놓았는데

봉황 꼬리 같은 대나무 곳곳에 무리 지어 나 있네.

여마 시렁, 장미 시렁은 그네 대에 가까이 있어

---

1 새 모양의 전서체篆書體이다.

마치 비단 휘장 친 듯하네.

송백정, 신이정은 목향정을 마주하고 있어

푸른 성에 비단 장막을 두른 것 같구나.

작약 난간과 모란 덤불

울긋불긋 농염함을 다투네.

누대 곁 자귀나무와 난간 앞의 재스민

해마다 아리따운 모습으로 자라나네.

이슬은 똑똑 자줏빛 꽃에서 떨어지니

그림으로 그려낼 만하고

이른 아침 타오르는 하늘 뽕나무를 붉게 감싸니

시를 지어야 마땅하리.

경치로 보자면

낭원, 봉래산 같은 선경仙境만 못할쏘냐?

꽃으로 치자면

요황과 위자 같은 빼어난 모란꽃에 뒤질쏘냐?

봄이 와 단옷날 풀싸움을 한다면

화원에는 전설 속의 옥경²화만 없을 뿐이지.

縈廻曲徑　紛紛盡點蒼苔

窈窕綺牕　處處暗籠繡箔

微風初動　輕飄飄展開蜀錦吳綾

細雨纔收　嬌滴滴露出冰肌玉質

日勺鮮杏　紅如仙子曬霓裳

月映芭蕉　青似太眞搖羽扇

粉牆四面　萬株楊柳囀黃鸝

閑館周圍　滿院海棠飛粉蝶

2　옥경玉瓊은 남자의 성기인 옥경玉莖을 연상시킨다.

更看那凝香閣　青蛾閣　解醒閣　相思閣　層層撛映
　　　　　　　　　　　　　　　　　朱簾上　鈎控蝦鬚
又見那養酸亭　披素亭　畫眉亭　四雨亭　個個峥嶸
　　　　　　　　　　　　　　　　　華扁上　字書鳥篆
看那浴鶴池　浣觴池　怡月池　濯纓池　青萍綠藻耀金鱗
又有玉墨軒　異箱軒　適趣軒　慕雲軒　玉斗瓊巵浮綠蟻
　　　　　　　　　　　　池亭上下　有太湖石　紫英石
　　　　　　　　　　　鸚落石　錦川石　青青栽著虎鬚蒲
　　　　　　　　　　　軒閣東西　有木假山　翠屏山
　　　　　　　　　　　嘯風山　玉芝山　處處叢生鳳尾竹
茶蘪架　薔薇架　近著鞦韆架　渾如錦帳羅幃
松栢亭　辛夷亭　對著木香亭　卻似碧城繡幙
　　　　芍藥欄　牡丹叢　朱朱紫紫鬭穠華
　　　　夜合臺　茉蓉檻　歲歲年年生嫵媚
　　　　　　涓涓滴露紫含笑　堪畫堪描
　　　　　　豔豔燒空紅拂桑　宜題宜賦
　　　　　　　論景致　休夸閬苑蓬萊
　　　　　　　　較芳菲　不數姚黃魏紫
　　　　　若到三春閑鬭草　園中只少玉瓊花

　삼장법사가 요괴의 손을 잡고 천천히 화원을 거니는데 기이한
꽃들이 무수히 펼쳐져 있고, 수많은 정자들을 지나치는데 그야말
로 들어갈수록 별천지였어요. 그러다 문득 고개를 들어 보니 복
숭아나무 숲에 이르렀고, 손오공이 삼장법사의 머리를 한번 꼬집
자 그는 바로 눈치를 챘어요. 손오공은 복숭아나무 가지 위로 날
아가 휙 몸을 흔들더니 잘 익어 탐스러운 복숭아로 변했어요.

"낭자, 이 화원에는 꽃향기 가득하고 가지마다 과일이 잘 익었군요. 꽃향기 가득하니 벌들이 윙윙 다투어 꿀을 따러 날아들고, 가지마다 과일이 익어 새들이 날아들어 쪼아 먹는군요. 그런데 이 복숭아나무엔 파란 복숭아도 있고 붉은 복숭아도 있으니, 어찌된 일입니까요?"

"호호호, 하늘에 음양이 없으면 해와 달이 빛을 잃고, 땅에 음양이 없으면 나무와 풀도 자라지 않지요. 그러니 사람도 음양이 없으면 남녀 구별이 없을 것입니다. 이 복숭아나무의 열매도 양지에 있는 것은 햇볕을 잘 받아 먼저 익었기에 붉은 것이고, 음지에 있는 것은 햇볕을 못 받아 익지 않아서 푸른 것이지요. 모두가 음양의 이치입니다."

"가르침에 감사합니다. 소승은 여태껏 모르고 있었네요."

삼장법사는 즉시 손을 뻗어 잘 익은 복숭아를 땄고 요괴도 푸른 복숭아를 하나 땄어요. 삼장법사가 허리 숙여 절하며 붉은 복숭아를 요괴에게 바쳤어요.

"낭자는 색을 좋아하시니[3] 이 붉은 복숭아를 드십시오. 푸른 것은 제가 먹겠습니다."

요괴는 삼장법사의 말대로 복숭아를 맞바꾸며 속으로 흐뭇해했어요.

'좋은 스님이야! 정말 제대로 된 분이야! 아직 부부도 되지 않았는데 이렇게 아껴주시다니.'

요괴가 방글방글 웃으며 다정하게 건네니 삼장법사는 푸른 복숭아를 받아서 바로 한 입 베어 물었지요. 요괴도 즐거워하며 그를 따라서 입을 벌리고 붉은 복숭아를 베어 물려고 했어요. 앵두같이 붉은 입술을 벌려 눈같이 하얀 이를 드러낸 채 아직 한 입 베

---

3 본문에는 '애색愛色'이라고 되어 있으니, 색정色情을 밝힌다는 뜻을 내포한 중의적 표현이다.

어 물기도 전에, 원래 성질이 급한 손오공은 데구루루 요괴의 목구멍을 굴러 내려 배 속으로 들어갔지요. 요괴는 겁이 나 삼장법사에게 말했어요.

"스님! 이 복숭아 정말 대단해요! 어째서 씹기도 전에 굴러 들어가 버리지요?"

"낭자, 막 딴 과일이라 맛이 좋아 금방 배 속으로 들어간 겁니다."

"씨를 뱉을 틈도 없이 금방 넘어가버렸어요."

"낭자, 너무 먹음직스러워서 씨를 뱉지도 않고 삼킨 게로군요."

손오공이 요괴의 배 속에서 원래 모습으로 돌아가 소리쳤어요.

"사부님! 대꾸하실 필요 없어요. 이 몸은 이미 잘 들어왔으니까요."

"애야, 살살 해라."

"스님, 누구랑 얘기하시는 거지요?"

"제 제자 손오공이랑 말하는 중입니다."

"손오공이 어디 있는데요?"

"당신 배 속에 있습니다. 방금 먹은 붉은 복숭아가 아마 손오공일 걸요?"

"이런! 망했다! 원숭이놈이 배 속에 들어갔으니, 난 죽었구나! 손오공, 온갖 수를 써서 내 배 속에 들어가 어쩌자는 게냐?"

손오공은 요괴의 배 속에서 이를 갈며 호통을 쳤지요.

"뭘 어쩌긴! 나뭇잎 여섯 장이 붙어 있는 것 같은 네 간과 폐, 그리고 터럭 세 가닥에 구멍 일곱 개 뚫린 네 심장을 먹으려는 거지. 또 오장을 모두 깨끗이 처리해 속 빈 딱따기 요괴로 만들어줄게."

이 말을 들은 요괴는 혼비백산해서 바들바들 떨며 삼장법사를 꽉 끌어안았어요.

"스님! 제 말씀 좀 들어보세요."

전생에 인연이 있어 붉은 실로 묶였기에
물고기와 물처럼 서로 의지하며 지내려는 마음 간절했어요.
뜻밖에 원앙새 이제 짝을 잃어 흩어지고
어찌 알았겠어요, 난새와 봉황이 다시 동서로 헤어질 줄을?
남교의 물이 불어 사랑하는 남녀 만나기 어렵고
불당에 향 연기 자욱해 아름다운 만남 허사가 되었네요.
애써 겨우 만났는데 지금 또 헤어지면
언제 당신과 다시 만나게 될까요?

凤世前緣繫赤繩　魚水相和兩意濃
不料鴛鴦今拆散　何期鸞鳳又西東
藍橋水漲難成事　佛廟煙沉嘉會空
著意一場今又別　何年與你再相逢

　손오공은 요괴의 배 속에서 이 소리를 듣고, 삼장법사의 자비
심이 동해 또 요괴에게 휘둘릴까 걱정스러웠어요. 그래서 그는
주먹을 휘두르고 발로 차며 권법을 수련하듯 하니, 요괴의 가죽
이 찢어질 지경이었어요. 요괴는 아픔을 참지 못하고 땅바닥에
쓰러져 한동안 말도 꺼낼 수 없었지요. 요괴가 아무 말이 없자 손
오공은 이제 이것이 죽었나 싶어 공격을 조금 늦추었어요. 그러
자 요괴가 다시 정신을 차리고 졸개들을 불렀어요.
　"애들아, 어디 있느냐?"
　하녀 요괴들은 화원에 들어온 후, 요괴와 삼장법사가 편히 즐
기도록 놔두고 각자 취향대로 돌아다니며 꽃을 따거나 풀을 뽑
으며 놀고 있었어요. 그러다 갑자기 부르는 소리를 듣고는 일제
히 달려와 보니, 요괴가 땅바닥에 쓰러져 얼굴이 새하얗게 질려
끙끙거리며 꼼짝도 못 하고 있는 것이었어요. 하녀 요괴들은 허

둥지둥 요괴를 부축해 빙 둘러싸고 물었지요.

"마님, 어디가 안 좋으세요? 갑자기 가슴이 아프신가요?"

"아니, 아니야. 더 묻지 마라. 배 속에 누가 들어 있어. 나 좀 살게 빨리 저 중을 문밖까지 바래다주어라."

하녀 요괴들이 삼장법사를 들쳐 메자 배 속의 손오공이 소리쳤지요.

"누가 감히 들쳐 메느냐! 네가 직접 사부님을 모시고 동굴 밖으로 안내해라. 그러면 살려주지!"

요괴는 목숨이 아까운지라 어쩔 수 없이 끙끙거리며 일어나 삼장법사를 업고 비틀비틀 발걸음을 옮겨 밖으로 나갔어요. 하녀 요괴들이 따라오며 물었어요.

"마님, 어디 가세요?"

"'오호五湖에 밝은 달이 비추는 한 낚시질할 곳이 없다고 걱정할 필요가 있겠느냐(留得五湖明月在 何愁沒處下金鉤)?' 이놈은 놔주고 다른 놈을 하나 찾아보면 되지."

멋진 요괴! 그가 쉭 하고 구름을 타고 곧장 동굴 문에 이르니, 쩽그랑쩽그랑 병기들 부딪치는 소리가 들렸어요. 삼장법사가 말했지요.

"얘야, 밖에서 병기 소리가 나는구나."

"팔계의 쇠스랑 소리군요! 한번 불러보세요."

"팔계야!"

저팔계가 삼장법사의 목소리를 들었어요.

"오정아, 사부님이 나오시나 보다."

둘이 쇠스랑과 몽둥이를 거두자, 요괴가 삼장법사를 들쳐 업고 밖으로 나왔어요. 아! 그 모습은 이러했지요.

손오공이 안에서 사악한 요괴를 항복시키고
저팔계와 사오정은 함께 문밖에서 삼장법사를 맞는구나.

心猿裡應降邪怪　土木同門接聖僧

결국 요괴의 목숨이 어떻게 될는지는 아직 알 수 없으니, 이에
대해서는 다음 회를 들어보시라.

제83회
손오공이 요괴의 정체를 밝히다

　한편 삼장법사가 요괴에게 업혀 동굴 밖으로 나오자 사오정이 다가가 물었어요.

　"사부님, 나오셨군요. 사형은 어디 있나요?"

　"사형은 분명 속셈이 있어서 사부님 역할을 대신하고 있을 거야."

　저팔계가 끼어들자 삼장법사가 손으로 요괴를 가리켰어요.

　"네 사형은 저 배 속에 있다."

　"히히, 더럽게! 배 속에서 무슨 짓거리를 하는 거요! 얼른 나와요!"

　손오공이 안에서 소리쳤지요.

　"입을 벌려라, 내가 나가게!"

　요괴가 입을 "아" 하고 벌리자, 손오공은 조그맣게 변신해서 목구멍으로 올라와 딱 달라붙었어요. 그는 막 나가려다 요괴가 다짜고짜 깨물어버릴지도 모른다 싶어, 여의봉을 꺼내 훅 하고 신선의 기운을 불어 넣으며 "변해랏!" 하고 외쳤어요. 그러자 여의봉은 양 끝이 뾰족한 작은 못으로 변했지요. 손오공은 그걸로 요괴의 입천장을 받치고, 휘익 몸을 날려 밖으로 튀어나와 곧 여의봉도 거둬들였어요. 밖으로 나온 손오공은 허리를 굽혀 본래 모

습으로 돌아오더니, 여의봉을 들어 요괴를 내리치려 했어요. 요
괴도 보검 두 자루를 꺼내 맞섰지요. 둘이 산 위에서 싸우는 모습
은 정말 살기등등했지요.

쌍검이 춤을 추다 얼굴을 내리치고
여의봉이 번쩍 하고 머리로 날아드네.
하나는 하늘이 낳은 원숭이로 생각하는 원숭이의 모습이고
하나는 땅이 낳은 정령으로 미녀의 껍질을 뒤집어썼구나.
그 둘은
원한이 사무쳐
경사스러운 날 원수가 되어 큰 싸움 벌이는구나.
저쪽은 원양을 취해 짝을 삼으려 하고
이쪽은 순음과 싸워 성태聖胎(즉 금단金丹)를 맺으려 하네.
여의봉 드니 온 하늘에 싸늘한 안개 가득하고
쌍검으로 맞서니 땅에는 온통 검은 먼지가 자욱하네.
삼장법사가 석가여래 배알하려 하기에
힘들게 싸우며 대단한 재주를 드러내는구나.
물과 불은 서로 맞지 않으니 근원적인 도가 손상되고
음양이 합쳐지지 않으니 각각 제 갈 길을 가네.
둘의 싸움 언제나 끝나려나?
땅이 들썩들썩, 산이 흔들흔들, 나무들이 뿌리째 뽑히는
구나.

雙舞劍飛當面架　金箍棒起照頭來

一個是天生猴屬心猿體　一個是地産精靈蛇女骸

他兩個　恨衝懷　喜處生嗔大會垓

那個要取元陽成配偶　這個要戰純陰結聖胎

棒擧一天寒霧漫　劍迎滿地黑塵篩
因長老　拜如來　恨苦相爭顯大才
水火不投母道損　陰陽難合各分開
兩家鬪罷多時節　地動山搖樹木摧

　저팔계가 둘이 싸우는 모습을 보고 투덜거리며 손오공을 탓했
어요. 그러다 몸을 돌려 사오정에게 말했지요.

　"동생, 사형이 쓸데없이 일을 성가시게 만들었어. 아까 요괴 배
속에 있을 때 주먹을 한번 휘둘러서 내장을 다 뭉개버리고 뱃가
죽을 열고 나왔으면 깨끗이 끝낼 수 있었잖아! 어째서 입으로 나
와 또 싸움을 벌이고 저것이 이렇게 미쳐 날뛰게 만들었담!"

　"맞아요. 사형이 사부님을 깊은 요괴 동굴에서 구해내긴 했지
만, 요괴와 또 저렇게 싸우게 되었네요. 사부님은 앉아 계시도록
하고, 우리는 무기를 가지고 가서 큰형님을 도와 요괴를 때려잡
읍시다."

　저팔계가 설레설레 손을 내저었어요.

　"안 돼, 그건 안 돼! 저것은 신통력이 대단해서 우리들로는 어
림없지."

　"그런 말이 어디 있소! 우리 모두에게 좋은 일이니까, 힘에 부
치더라도 옆에서 좀 거듭시다."

　멍텅구리도 순간 마음이 동해 쇠스랑을 들고 "가자!" 하고 외
쳤어요. 둘은 삼장법사도 돌보지 않고 일제히 바람처럼 쳐들어가
서 쇠스랑을 들고 항요장을 써서 요괴를 향해 마구 휘둘렀어요.
요괴는 손오공 하나만으로도 힘이 부치는데, 또 둘이나 나타났
으니 무슨 수로 버티겠어요? 요괴는 급히 고개를 돌리고 몸을 빼
달아났지요. 손오공이 소리쳤어요.

"얘들아, 빨리 뒤쫓아라!"

그들이 쫓아오자 요괴는 오른발에 신었던 꽃신을 벗어 신령한 기운을 훅 불어 넣고 중얼중얼 주문을 외며 "변해랏!" 하고 외쳤어요. 그러자 꽃신은 요괴와 똑같은 모습이 되어 두 자루의 검을 휘둘렀어요. 요괴는 순간 한 줄기 바람으로 변해 곧장 동굴로 되돌아갔지요. 이번에도 요괴는 그들을 이기지 못하고 목숨만 건져 돌아간 셈이지요.

그런데 이런, 이런! 이런 일이 생길 줄이야! 아마도 삼장법사의 악재가 아직 가시지 않았던 모양이지요. 동굴 문 앞 패루까지 간 요괴는 삼장법사가 그곳에 홀로 앉아 있는 것을 발견했지요. 요괴는 가까이 다가가 삼장법사를 냉큼 끌어안고, 짐을 싸들고, 말고삐를 물어 끊었어요. 요괴가 사람도 말도 모두 쓸어가지고 동굴 안으로 들어간 것은 더 말할 필요도 없지요.

한편, 저팔계는 틈을 타 번개같이 쇠스랑으로 요괴를 내리쳤어요. 그런데 떨어진 것은 꽃신 한 짝이었지요. 손오공이 그것을 보고 버럭 화를 냈어요.

"바보 같은 놈들! 사부님이나 잘 모시고 있을 일이지, 누가 너희더러 도와달랬어!"

"오정아, 내 뭐랬냐? 도우러 가지 말자고 했잖아? 이놈의 원숭이는 분명 머리가 좀 돌았어. 우리가 대신 요괴를 잡아줬는데 오히려 성을 내잖아?"

"어디 요괴를 잡았어? 그것은 어제 나랑 싸울 때도 신발을 남겨서 속였단 말이야. 너희들이 이리 오는 바람에 사부님이 어떻게 되셨을지 모르니, 어서 가보자."

셋이 급히 돌아와 보니 정말 삼장법사도 없고 짐과 백마조차

혼적을 찾을 수 없었어요. 놀란 저팔계가 이리저리 뛰어다니고, 사오정도 사방으로 찾았지요. 손오공도 조바심이 나서 마음을 졸였어요. 그때 반쯤 끊어진 채 길가에 떨어져 있는 말고삐가 보였어요. 손오공은 그것을 주워 들고 주르륵 눈물을 흘리며 목놓아 소리쳤어요.

"사부님! 제가 떠날 때는 사부님도 백마도 다 있었는데, 돌아와 보니 끊어진 말고삐뿐이네요."

바로 '안장을 보며 준마를 생각하고 눈물을 흘리며 가족을 그리워한다(見鞍思駿馬 滴淚想親人)'는 격이었어요. 그러나 저팔계는 손오공이 눈물을 흘리는 것을 보고 고개를 쳐들고 깔깔 웃음을 터뜨렸어요. 손오공이 욕을 퍼부었어요.

"이 멍청한 놈! 또 갈라서자고 말할 참이지!"

"하하하, 형님! 그런 게 아니오. 사부님은 분명 요괴에게 잡혀 동굴 속으로 들어가신 거요. '삼세판(事無三不成)'이라는 말도 있지 않소? 형님이 두 번 동굴에 들어갔다 왔으니까, 한 번 더 들어가면 틀림없이 사부님을 구해 올 수 있을 거요."

손오공이 눈물을 훔쳤어요.

"그래 좋아. 이 지경이 되었으니 일이 쉽게 풀리지는 않겠지만, 한 번 더 들어가지. 너희들은 지킬 짐도 말도 없으니, 동굴 문이나 잘 지키고 있어라."

멋진 제천대성! 그는 즉시 동굴 안으로 몸을 날렸어요. 이번에는 변신도 하지 않고 본래 모습 그대로 돌진했으니, 바로 이와 같았지요.

못생기고 광대뼈 튀어나왔지만 마음은 굳건하여
어려서부터 요괴 노릇 했고 신통력도 컸다네.

울퉁불퉁한 얼굴은 말안장 같고
눈에서는 불같이 밝은 금빛을 뿜어내는구나.
온몸의 털은 강철 바늘같이 단단하고
호랑이 가죽으로 만든 치마에는 밝은 꽃무늬 선명하구나.
하늘을 치받으면 수많은 구름 흩어져 날아가고
바다로 뛰어들면 집채 같은 파도 일어나는구나.
옛날 힘을 믿고 사천왕과 싸웠고
십만팔천의 하늘 장수들을 물리쳤다네.
관직은 제천대성, 멋진 원숭이 정령
수중의 여의봉 자유롭게 다룬다네.
이제 서역 땅에서 그 뛰어난 능력 마음껏 발휘해
다시 동굴 안으로 들어가 삼장법사를 돕는구나.

古怪別腮心内强　自小爲怪神力壯
高低面賽馬鞍鞴　眼放金光如火亮
渾身毛硬似鋼針　虎皮裙繫明花響
上天撞散萬雲飛　下海混起千層浪
當天倚力打天王　攖退十萬八千將
官封大聖美猴精　手中慣使金箍棒
今日西方任顯能　復來洞内扶三藏

　보세요. 손오공이 구름을 멈추고 요괴의 집 앞에 이르러 보니 문루의 문이 꽉 닫혀 있었어요. 손오공은 다짜고짜 여의봉을 휘둘러 문을 부수고 쳐들어갔어요. 그러나 안은 쥐 죽은 듯 조용하고 쥐 새끼 한 마리 얼씬거리지 않았지요. 동쪽 회랑으로 가보았으나 삼장법사의 모습은 보이지 않았어요. 정자에 있던 탁자와 의자, 그리고 여기저기 놓여 있던 집기들도 하나도 없었지요. 원래 이 동굴 안은 둘레가 삼백 리 남짓 되고, 요괴의 소굴도 무수히 많았어요. 지난번 삼장법사를 이곳에 가두었다가 손오공에게 발각되고 나서, 이번에 다시 잡아 와서는 또 손오공이 찾으러 올까 봐 다른 데로 거처를 옮겨 행방을 감춘 것이지요. 답답해진 손오공은 발을 동동 구르고 가슴을 치며 목놓아 소리쳤어요.

"사부님! 운도 지지리 없는 삼장법사님! 재앙으로 빚어진 몸으로 경전 구하러 가는 스님이시여! 아! 이 길은 익숙해졌건만 어째서 여기 없는 건가요? 이제 이 몸이 어디 가서 사부님을 찾으란 말입니까?"

손오공이 이렇게 외치며 발을 동동 구르고 있을 때, 문득 향기로운 바람이 코를 찌르는 것이었어요.

'옳거니! 이 향기는 뒤쪽에서 풍겨 나오는 것이야. 아마 뒤편에 있나 보다.'

그는 여의봉을 들고 발걸음을 옮겨 들어가보았지만, 여전히 아무도 보이지 않았어요. 세 칸의 사랑채 벽 쪽에 입을 쩍 벌린 용을 조각해놓은 옻칠한 탁자가 있고, 그 위에는 도금한 향로가 있었으며, 그 안에는 향 연기가 자욱했어요. 그리고 위쪽에 금글자가 크게 새겨진 위패가 모셔져 있었는데, 위패에는 '아버님 탁탑천왕의 위패[尊父李天王位]'라고 적혀 있었고, 그 밑에는 '오라버님 나타 삼태자의 위패[尊兄哪吒三太子位]'라고 적혀 있었어요.

그것을 본 손오공은 몹시 기뻐하면서 요괴를 찾을 생각도 삼장법사를 찾을 생각도 하지 않고, 주문을 외워 여의봉을 자수바늘만하게 만들어 귓속에 집어넣었어요. 그리고 손을 휙 저어 위패와 향로를 집어 들고 구름을 되돌려 곧장 문루의 문을 나왔어요. 동굴 문에 이른 손오공은 히히 하하 웃음을 멈추지 못했지요. 저팔계와 사오정이 이 소리를 듣고 동굴 문에서 물러나 그를 맞으며 물었어요.

"형님, 그리 즐거워하는 걸 보니, 사부님을 구해낸 모양이구려?"

"하하하, 우리가 구할 필요 없어. 이 위패더러 찾아내라면 돼."

"형님, 이 위패가 요괴도 아니고 말을 할 수 있는 것도 아닌데, 어떻게 찾아내라고 한단 말이오?"

저팔계가 이렇게 묻자 손오공은 위패를 땅에 내려놓으며 말했어요.

"여기 좀 봐!"

사오정이 가까이 가서 보니 '아버님 탁탑천왕의 위패', '오라버님 나타 삼태자의 위패'라고 씌어 있었지요.

"이게 무슨 뜻이지?"

"이건 그 요괴 집에 모셔져 있던 거야. 요괴가 살던 곳으로 쳐들어가 보니 요괴의 그림자라고는 찾아볼 수도 없고, 이 위패만 있지 않겠어? 아마 그 요괴는 탁탑천왕의 딸이면서 나타태자의 누이인데, 세상이 그리워 이리 내려와선 요괴로 가장해 우리 사부님을 납치했을 거란 말이지. 그러니 이들이 아니면 누구에게 내놓으라 하겠어? 너희 둘은 여기서 지키고 있어라. 이 몸이 위패를 가지고 직접 하늘에 올라가 옥황상제에게 고소장을 올려, 탁탑천왕 부자父子더러 사부님을 찾아내게 할 테니."

"그런데 형님! '남의 죽을죄를 고발하려다 도리어 죄를 뒤집어쓴다(告人死罪得死罪)'는 말도 있지 않소? 그러니 순리대로 해야만 일이 제대로 될 거요. 더구나 옥황상제께 올리는 고소장인데 경솔히 하면 어떡해요? 어떻게 할 건지 우리에게 말씀해보시구려."

"하하하, 나도 다 생각이 있다. 이 위패와 향로를 증거로 삼고 고소장을 준비할 거야."

"고소장에 뭐라고 쓸 거요? 좀 읊어보시오, 들어보게."

저팔계의 말에 손오공은 이렇게 말했지요.

고소인 손오공, 나이는 문서에 적혀 있습니다.

저는 동녘 땅 당나라의 스님으로서 불경을 가지러 서역으로 가는 삼장법사의 제자로, 요괴로 가장해 사람을 납치해 간 사건을 고소하는 바입니다.

탁탑천왕 이정李靖과 그의 아들 나타태자가 집안 단속을 잘못해, 친딸이 집을 나가 아래 세상으로 내려와 함공산 무저동에서 요괴로 둔갑하여 무수한 인명을 해치고 있습니다. 지금 그가 제 사부님을 구불구불한 동굴 깊은 곳으로 납치해 갔는데, 그 행방이 묘연해 찾을 수가 없습니다. 이 일을 고소하지 않는다면, 어질지 못한 이 부자는 여식이 요괴로 변해 사람들을 해치도록 내버려둘 것으로 사료됩니다.

엎드려 바라옵건대, 그들을 잡아들여 재판하시옵소서. 사악한 요괴를 잡아들이고 사부님을 구해 그 죄를 분명히 밝혀주시면, 그 은혜 백골난망이옵니다.

이러한 내용으로 고소장을 올립니다.

저팔계와 사오정은 그 말을 듣고 무척 기뻐하며 말했어요.

"형님, 아주 그럴듯하오. 꼭 이기겠소. 빨리 다녀오시오. 조금이라도 지체했다간 그것이 사부님을 해칠지도 모르오."

"그렇고말고. 금방 올게! 많이 걸려야 밥이 될 동안이고, 빠르면 찻물 끓을 시간이면 돼."

멋진 제천대성! 그는 위패와 향로를 지닌 채 휙 몸을 날려 구름을 타고 곧장 남천문南天門으로 갔어요. 남천문을 지키던 대력천왕大力天王과 호국천왕護國天王은 손오공을 보고 모두 굽신거리

며 절할 뿐, 감히 막아서지 못하고 그를 들여보냈어요. 통명전通
明殿 아래에 이르자 장張, 갈葛, 허許, 구丘 네 천사가 맞으며 인사했
어요.

"제천대성님, 무슨 일로 오셨나요?"

"고소장을 가지고 왔지. 두 사람을 고소하려고!"

천사가 놀라 중얼거렸어요.

"이 뻔뻔한 놈이 대체 누구를 고소하려는 거지?"

그러나 어쩔 수 없이 손오공을 영소전靈霄殿으로 데려가 옥황
상제께 아뢰었지요. 옥황상제의 허락이 떨어지자 손오공은 위패
와 향로를 내려놓고 앞으로 나가 인사를 올린 후 고소장을 바쳤
어요. 갈선옹葛仙翁이 그것을 받아 옥황상제의 탁자 위에 펼쳐놓
으니, 옥황상제가 이러이러한 내용을 죽 훑어보고 고소를 받아
들여, 서방장경西方長庚 태백금성太白金星으로 하여금 운루궁雲露
宮에 가 탁탑천왕을 내려오라고 명을 내렸어요. 손오공이 앞으로
나서며 아뢰었어요.

"폐하, 부디 벌을 내려 다스리시기를 바라옵니다. 그렇지 않으
면 또 사단이 날 것입니다."

"원고인 그대도 가라."

"이 몸도 가라고요?"

"상제께서 이미 분부를 내리셨으니 태백금성과 함께 가시지요."

네 천사가 이렇게 말하자 손오공은 태백금성을 따라나섰어요.
구름을 타고 가다 보니, 어느새 운루궁에 도착했지요.

운루궁이란 바로 탁탑천왕의 집을 가리키지요. 태백금성은 동
자 둘이 문 앞에 서 있는 것을 보았어요. 동자들도 태백금성을 알
아보고 즉시 안에다 "태백금성 어른께서 오셨습니다" 하고 알렸
어요. 탁탑천왕이 나와 태백금성을 맞다가, 옥황상제의 어지御旨

를 받들고 있는 것을 보자 향을 피우라고 명령했어요. 그리고 몸을 돌려보니 손오공이 따라 들어오는지라, 벌컥 화를 냈지요. 그가 왜 화를 냈을까요?

손오공이 하늘궁전을 한바탕 뒤엎었을 당시, 옥황상제가 탁탑천왕을 항마대원수降魔大元帥에 임명하고 나타태자를 삼단해회지신三壇海會之神으로 삼아 하늘 군사를 통솔해 손오공을 잡아들이라고 했는데, 몇 번을 싸워도 이기지 못한 적이 있었지요. 탁탑천왕은 오백 년 전 손오공에게 패했던 그 일에 대한 분노를 여전히 가슴에 담아두고 있었기에 이렇게 화를 낸 것이지요. 그는 화를 참지 못하고 물었어요.

"태백금성, 성지聖旨의 내용이 무엇이오?"

"제천대성이 당신을 고소한 고소장입니다."

탁탑천왕은 본래 손오공에게 맺힌 바가 있었던지라 '고소'란 말을 듣자마자 벼락같이 화를 냈어요.

"저자가 뭐 때문에 나를 고소했소?"

"당신이 요괴를 보내 사람들을 해친 일 때문입니다. 향을 피우고 직접 읽어보시지요."

탁탑천왕은 씩씩거리며 향을 피울 탁자를 준비하고 하늘을 우러러 인사를 올린 후 어지를 열어보니, 여차저차 이러저러하다고 적혀 있었어요. 그는 탁자를 탁 내리쳤어요.

"원숭이놈, 나를 무고하다니!"

"자자, 진정하시오. 위패와 향로가 어전에 증거로 제출되었소. 당신 따님 일이라고 하던데요."

"내겐 아들 셋에 딸이 하나 있소. 큰아들은 군타君吒라고 하는데 여래를 모시는 전부호법前部護法으로 있고, 둘째 아들 목차木叉는 남해에서 관세음보살의 제자로 있으며, 셋째 나타는 내 곁에 있으면서 아침저녁으로 조정에 나가 폐하를 호위하고 있소. 정영貞英이라는 딸이 하나 있긴 하나 이제 겨우 일곱 살이라 세상일을 제대로 알지도 못하는데, 어떻게 요괴가 된단 말이오? 믿을 수 없다면 안고 나와 보여드리리다.

못된 원숭이놈, 정말 무례하군! 하늘 세계의 공신功臣으로 '죄인을 먼저 참수하고 나중에 아뢸 권한을 가진[先斬後奏]' 직책을 하사받은 나는 말할 필요도 없거니와, 속세의 보잘것없는 백성이라도 무고는 안 될 일이오. '무고죄는 가중처벌한다(誣告加三等)'는 법률도 있지 않소?"

그러고는 부하들에게 외쳤지요.

"요괴를 묶는 오랏줄인 박요색縛妖索으로 저 원숭이를 묶어라!"

뜰 아래 늘어서 있던 거령신巨靈神, 어두장魚肚將, 약차藥叉 등의 병사들이 일제히 에워싸 손오공을 묶자, 태백금성이 말했어요.

"탁탑천왕, 화를 자초하지 마시오! 나는 제천대성과 동행해 당신을 데려오라는 어명을 직접 받고 온 사람이오. 당신의 저 오랏줄은 상당히 지독해서 일시에 그를 다치게 해 화나게 만들 것이오."

"태백금성! 저놈같이 거짓말을 꾸며 고소니 뭐니 하는 놈을 그냥 놔두라는 것이오? 잠시 앉아 계시오. 내 요괴 잡는 감요도砍妖刀로 저 원숭이놈의 목을 친 후, 당신과 함께 옥황상제께 갈 테니."

탁탑천왕이 칼을 드는 것을 본 태백금성은 놀라고 걱정스러워 손오공에게 말했어요.

"일을 잘못 처리한 것 같소. 고소장을 그렇게 경솔하게 올리다니요? 게다가 사실을 잘 알지도 못하면서 이렇게 함부로 일을 벌여 목숨을 잃게 생겼으니, 어떡하면 좋소?"

그러나 손오공은 태연자약 겁을 내기는커녕 도리어 실실 웃으며 말했어요.

"걱정 마시오, 아무 일 없을 테니. 이 몸이 하는 일이란 원래 이런 식이지요. 처음엔 지는 것 같아도 막판에는 반드시 이기게 되어 있소."

그 말이 끝나기도 전에 탁탑천왕이 칼을 날려 손오공의 목을 향해 내리쳤어요. 그 순간, 나타태자가 번개같이 뛰쳐나와 참요검斬妖劍으로 막으며 말했어요.

"아버님, 진정하세요."

탁탑천왕은 대경실색했지요. 아니! 아들이 아버지의 칼을 자신의 칼로 막아내면 아버지는 물러서라고 호통을 쳐야 당연한 일인데, 오히려 놀라 얼굴빛이 질리다니요?

나타태자는 태어났을 때 왼쪽 손바닥에는 '나哪', 오른쪽 손바닥에는 '타吒'라는 글자가 씌어 있어서 이름을 그렇게 지었지요. 그런데 생후 사흘째 되던 날 바다에 들어가 목욕을 하다가 사고를 치고 말았어요. 용궁을 휘저어버리고 교룡蛟龍을 잡아 힘줄을 뽑아서 띠를 만들었지요. 탁탑천왕이 그 사실을 알고 후환이 두려워 그를 죽이려 하자, 분기탱천한 나타태자는 칼로 살을 저며 어머니에게 돌려주고, 뼈를 발라 아버지에게 돌려주었어요.

아버지의 정기와 어머니의 피를 돌려준 영혼은 곧장 서방 극락세계로 가 부처님께 아뢰었지요. 마침 부처님이 여러 보살들에게 불경을 강론하다 깃발과 덮개 위에서 누군가 "살려주세요" 하고 외치는 소리를 들었어요. 부처님이 혜안으로 척 보니 나타태자의 영혼인지라, 푸른 연뿌리로 뼈를 삼고 연잎으로 옷을 만들어 기사회생하는 주문으로 그를 살려냈지요.

나타태자는 신통력을 써서 아흔여섯 개 동굴의 요괴를 항복시키는 등 그 힘이 대단했어요. 나중에 그가 탁탑천왕을 죽여 뼈를 발라냈던 일에 대해 복수하려 하자, 탁탑천왕은 어쩔 수 없이 석가여래에게 도움을 청했어요. 석가여래는 화해하는 것이 좋겠다고 여겨서, 영롱하게 빛나는 사리를 넣은 여의황금보탑[玲瓏舍利子如意黃金寶塔]을 탁탑천왕에게 주었어요. 그 탑 위에는 층층마다 부처님이 있어 찬란한 빛을 발했지요. 그리고 나타태자를 불러 부처님을 아버지로 삼아 묵은 원한을 풀어주었어요. 이천왕을 탁탑천왕이라고 부르는 까닭이 바로 여기에 있지요.

그런데 오늘 탁탑천왕은 집에서 쉬고 있었기 때문에, 그 탑을 지니고 있지 않았어요. 그래서 혹 나타태자가 그 일에 대해 복수할 마음이 있는 건 아닐까 싶어 하얗게 질리도록 놀란 것이지요. 그는 얼른 손을 거두고 탑좌塔座에 놓인 황금보탑을 가져다가 손에 얹고 나타태자에게 물었어요.

"애야, 왜 내 칼을 막느냐? 무슨 할 말이라도 있느냐?"

나타태자가 칼을 거두고 머리를 조아리며 말했어요.

"아버님께는 아래 세상으로 내려간 딸이 하나 있습니다."

"내게는 너희 사남매뿐이거늘, 어디 또 딸이 있다는 거냐?"

"아버님, 잊으셨나 보군요. 그 아이는 원래 요괴였습니다. 삼백 년 전 요괴로 변한 그 아이가 영취산에서 석가여래의 꽃[香花]과 초[寶燭]를 훔쳐 먹자, 석가여래께서는 그 아이를 잡아 오라고 저희 부자를 보냈지요. 그 아이를 잡았을 때 죽였어야 하는데, 석가여래께서는 '깊은 물에서 기른 물고기는 낚지 않고 깊은 산에서 기른 사슴도 오래 살도록 두어야 하는 법(積水養魚終不釣 深山喂鹿望長生)'이라 하셨기에, 그 아이를 살려주었지요.

아마 그 요괴는 그 은혜를 기리는 뜻에서 아버님을 아버님으로, 저를 오라비로 받들어 속세에 위패를 모시고 향을 피웠던 모양입니다. 그런데 뜻밖에 또 요괴가 되어 삼장법사를 해치는 바람에, 손오공이 그 소굴을 뒤지다 위패를 발견해 가져다가 고소장을 써 올린 것입니다. 그 요괴는 저와 피를 나눈 친동생은 아니지만 아버님의 은혜를 입은 여식인 셈이지요."

탁탑천왕은 그 말을 듣고 소스라치게 놀랐어요.

"애야, 내가 까맣게 잊고 있었구나. 그 아이 이름이 뭐였더라?"

"세 개가 있지요. 본래의 출신을 따르자면 금빛 코 흰털 쥐 정령[金鼻白毛老鼠精]이고, 향과 초를 훔친 일 때문에 이름을 바꾸어 반절관음半截觀音이라고도 했습니다. 목숨을 건진 뒤 속세로 내려가서 또 이름을 바꾸어 지금은 지용부인地湧夫人이라고 합니다."

탁탑천왕이 그제야 생각이 나 황금보탑을 내려놓고 손수 손오공의 결박을 풀어주려 했어요. 그러나 손오공은 배짱을 부렸어요.

"누가 감히 풀겠다는 거야? 오랏줄에 묶은 대로 나를 메고 옥황상제께 가자. 그래야 이 몸이 소송에서 이길 테니까."

당황한 탁탑천왕은 손에 맥이 풀렸고, 나타태자도 말을 잃었으며, 여러 장군들은 "예, 예" 하며 물러섰어요.

제천대성은 탁탑천왕이 자신을 데리고 옥황상제께 가야 한다며 데굴데굴 구르고 악을 썼어요. 탁탑천왕은 손쓸 방법이 없어 태백금성에게 잘 좀 말해달라고 간청했어요. 그러나 태백금성이 탁탑천왕에게 말했지요.

"옛사람들도 '만사를 관대하게 하라(萬事從寬)'고 했습니다. 당신이 좀 지나쳤지요. 무턱대고 묶질 않나, 게다가 죽이려 하기까지 했으니 말이오. 이놈은 사고뭉치로 유명한데, 이제 와서 나더러 어쩌라는 겁니까? 아드님 말씀에 따르면, 그 요괴가 당신의 은혜를 입기는 했어도 친딸은 아니라면서요? 그러나 먼 친척일수록 의리가 중요한 법이니, 어떻게 변명을 해도 죄를 벗긴 어렵겠습니다."

"태백금성께서 어떻게 말씀을 좀 해주셔서 벌을 면하게 해주십시오."

"나도 당신들을 화해시켜보고 싶지만, 뭐라고 딱히 달랠 말이 딱히 없소이다."

"허허, 당신이 예전에 조정으로 불러들여 관직을 주라고 상소를 올렸던 일을 잘 이야기하면, 제천대성도 그만둘 겁니다."

그러자 태백금성이 나아가 손오공을 다독거리며 말했어요.

"제천대성, 내 얼굴을 봐서라도 그 결박을 풀고 옥황상제께 갑시다."

"노인장, 풀 필요 없소. 나는 구르기도 잘한다오. 이렇게 쭉 굴러가면 되는데, 뭐."

"허허, 이놈의 원숭이가 정말 박정하구나. 옛날에 내가 너에게 은혜를 베푼 적이 있거늘, 이런 사소한 부탁도 들어주지 않는단 말이냐!"

"무슨 은혜를 베풀었다고?"

"네가 화과산에서 요괴 노릇을 하며 호랑이와 용을 항복시키고 저승사자의 명부를 강제로 없애며 온갖 요괴들을 모아 땅을 어지럽힐 때 옥황상제께선 너를 잡아들이려 하셨다만, 이 몸이 극력 상주上奏한 덕분에 너를 불러들여 하늘나라에서 필마온弼馬溫으로 삼았던 게야. 또 네가 옥황상제의 술을 마셔버린 뒤 조정에서 너를 불러들여 제천대성에 봉해준 것도 이 몸이 간곡히 상소를 올렸기 때문이지. 그래도 네가 본분을 잊고 복숭아와 하늘의 술을 훔쳐 먹고, 태상노군의 단약을 슬쩍해서 불생불멸의 삶을 누리게 되었다만, 내가 없었다면 오늘의 네가 있을 수나 있겠느냐?"

"옛말이 딱 맞네. '죽어서도 늙은이와 같은 무덤 자리는 쓰지

마라, 늙은이는 남의 허물을 잘 들추어내니까(死了莫与老頭兒同墓
干淨會揭挑人)'라고 했지. 난 기껏 필마온 따위나 하고 하늘궁전
에서 난리 좀 피웠을 뿐, 그 외에 무슨 큰일을 벌인 것도 아니오.
관둡시다, 관둬요. 노친네 얼굴을 봐서 탁탑천왕더러 직접 결박
을 풀게 해주겠소."

탁탑천왕은 그제야 앞으로 가 결박을 풀고 손오공에게 윗자리
를 권하니, 모두 나아가 인사를 올렸어요. 손오공이 태백금성에
게 말했어요.

"노인장, 어떻소? 내가 처음엔 지는 것 같아도 막판에는 반드
시 이기게 되어 있다고 하지 않았소? 원래 일이란 이런 식으로
하는 거라고. 빨리 탁탑천왕에게 옥황상제를 뵈러 가자고 하시
오. 우리 사부님이 잘못되면 큰일이오."

"서두르지 마시오. 잠깐 앉아서 차나 마시고 갑시다."

"당신이 그 차를 마신다면 범인에게 매수되어 그를 놓아주고
옥황상제의 명령을 경시하는 것이오. 그건 무슨 죄인지 아시오?"

"안 마신다, 안 마셔! 이러다간 나까지 연루되겠군. 이천왕, 어
서 갑시다, 어서 가요!"

그러나 탁탑천왕은 일어서려 하지 않았어요. 혹시 손오공이 없
었던 일을 있었다 하면서 성질을 부려 함부로 떠들어대면 어떻
게 항변하나 걱정스러웠던 게지요. 탁탑천왕은 하는 수 없이 또
태백금성에게 잘 말해달라고 간청했어요.

"제천대성, 내가 할 말이 있는데, 따라줄 텐가?"

"오랏줄로 묶고 칼로 목을 치려고 했던 일은 당신 얼굴을 봐서
넘어갔잖소? 그런데 또 할 말이라니? 말해보시오, 말해봐! 들을
만하면 따르고 얼토당토않으면 관둘 거요."

"'하루 재판이 열흘 걸린다(一日官司十日打)'는 말이 있소. 고소

장에서 요괴가 탁탑천왕의 여식이라고 했는데, 탁탑천왕은 그건 아니라고 말하고 있소. 쌍방이 어전에서 이래저래 다툴라치면 끝이 없을 터인데, 하늘나라의 하루가 속세에서는 일 년이오. 일 년 동안 그 요괴가 당신 스승을 동굴에 가두어놓고 결혼은 말할 것도 없고 덜컥 임신을 해 아기 스님이라도 낳는다면, 만사 끝장 아니오?"

손오공은 고개를 숙이고 곰곰이 생각했지요.

'맞아, 내가 저팔계와 사오정 곁을 떠날 때 길어야 밥이 익을 동안이고 짧으면 찻물 끓을 동안에 다녀온다고 했지. 그런데 여기서 벌써 한나절이나 끌었으니 더 지체할 수 없겠어.'

"노인장, 당신 말대로 한다면 옥황상제의 어명은 어떻게 하오?"

"탁탑천왕은 당신과 함께 병사를 이끌고 내려가 요괴를 항복시키고, 나는 옥황상제께 돌아가 고하리다."

"가서 뭐라고 아뢸 거요?"

"원고가 도주했으니 피고를 사면해달라고 하면 되오."

"하하하, 옳거니. 나는 당신 얼굴을 봐서 그만두려는데, 당신은 되레 내가 도망갔다고 말한다고! 탁탑천왕더러 병사를 데리고 남천문 밖에서 나를 기다리라고 하시오. 그럼, 나는 당신과 함께 들어가 고소를 취하하겠소."

그 말을 들은 탁탑천왕은 또 두려워졌지요.

"그렇게 가서 또 이 말 저 말 하면 난 역신逆臣으로 몰리고 말 거요."

"이봐, 이 손 어르신을 그런 인물로 생각한단 말이야? 나도 사내대장부야! 그리고 남아일언중천금男兒一言重千金이라고 했는데, 어떻게 또 치사한 말로 당신을 물먹이겠어?"

탁탑천왕은 즉시 손오공에게 감사해했고, 손오공과 태백금성은 돌아가 입궐했어요. 한편 탁탑천왕은 휘하의 하늘 병사들을 불러모아 남천문 밖으로 갔지요.

입궐한 태백금성과 손오공은 옥황상제를 알현했어요.

"삼장법사를 납치해 간 놈은 금빛 코 흰털 쥐가 변신한 요괴인데, 탁탑천왕 부자의 위패를 가짜로 모시고 있었던 것입니다. 탁탑천왕이 이 사실을 듣고 병사들을 모아 요괴를 잡으러 갔으니, 바라옵건대 죄를 사해주십시오."

옥황상제는 이미 이런 내막을 알고 있었기 때문에 사면장을 내려주었어요. 손오공은 즉시 구름을 되돌려 남천문 밖으로 갔지요. 그곳에는 탁탑천왕과 나타태자가 하늘 병사를 도열시키고 기다리고 있었어요. 아! 그 하늘 장수들은 횡횡 바람과 뭉게뭉게 안개를 일으키며 제천대성을 맞이했어요. 그들은 일제히 구름을 내려 어느새 함공산에 도착했지요.

한편, 저팔계와 사오정은 눈이 빠지도록 기다리고 있었는데, 하늘 병사와 손오공이 오는 것을 보자 멍텅구리가 탁탑천왕에게 인사를 했어요.

"폐를 끼치게 되었습니다."

"천봉원수, 당신은 모를 거요. 우리 부자가 요괴의 향흠響歆을 받으면서 그놈을 잘 다스리지 못해, 당신 스승을 곤경에 빠뜨렸구려. 늦어서 미안하오. 그런데 이 산이 함공산이오? 동굴 문은 어디로 나 있는 거요?"

손오공이 말했어요.

"이곳의 길은 내가 좀 알지. 무저동이라고 부르는 곳인데, 동굴 둘레가 삼백 리 남짓 되고 곳곳에 요괴들 소굴이 있소. 지난번에는 우리 사부님이 두 겹 처마가 얹힌 문루에 갇혀 있었는데, 지금은 괴괴하여 귀신의 그림자도 얼씬거리질 않소. 그러니 어디로 옮겼는지 알 수가 없소."

"'제 놈이 뛰어봤자 부처님 손바닥 안이지(任他設盡千般計 難脫
天羅地网中).' 동굴 문에 가서 다시 이야기합시다."

모두 그렇게 하기로 하고 십 리 남짓 갔더니 큰 바위에 이르
렀어요. 손오공이 항아리 주둥이같이 큰 구멍을 가리키며 말했
어요.

"저기가 동굴 문이오."

"'호랑이 굴에 들어가야 호랑이를 잡는 법(不入虎穴 安得虎子)'이
지! 누가 앞장을 서겠느냐?"

"내가 하지요."

손오공이 이렇게 말하자 나타태자가 그 말을 받았어요.

"어명을 받들어 요괴를 항복시키러 왔으니, 제가 선두에 서겠
습니다."

듣고 있던 멍텅구리가 주제넘게 나서며 목소리를 높였어요.

"제가 합지요."

"시끄럽게 떠들 필요 없소. 제천대성과 태자가 군대를 이끌고
내려가고, 우리 셋은 입구를 지킵시다. 안과 밖을 철통같이 지켜
요괴가 하늘로 솟을 수도 땅으로 꺼질 수도 없게 해놓고, 각자 재
능을 좀 보여줍시다."

탁탑천왕의 말에 무리들은 하나같이 "예!" 하고 대답했어요.
손오공과 나타태자가 군대를 거느리고 동굴 속으로 미끄러져
들어가 번쩍이는 구름을 탄 채 바라보니, 과연 훌륭한 동굴이었
어요.

해와 달은 여전히 떠서
온 산과 시내 비추는구나.

구슬 같은 연못과 반짝이는 우물의 모락모락 피어나는 연
기며

그 밖에도 감탄할 만한 아름다운 것들 많기도 하네.

붉은 칠에 아름답게 조각한 누각 첩첩이고

붉은 돌벼랑 푸른 산 웅장하게 솟아 있네.

봄이면 수양버들 늘어지고 가을 내내 연꽃이 피니

이런 동굴은 하늘 아래 드물다네.

依舊雙輪日月　　照般一望山川

珠淵金井煖發煙　　更有許多堪美

疊疊朱樓畫閣　　巍巍赤壁青田

三春楊柳九秋蓮　　兀的洞天罕見

순식간에 요괴의 옛 거처에 이르러 문을 따라 하나하나 수색
을 하는데, 하나를 지나면 또 하나가 있고, 여긴가 하면 저기에도
또 있었어요. 이렇게 이 잡듯 뒤져 삼백 리 남짓한 땅을 남김없이
다 뒤져보았지만, 요괴나 삼장법사는 어디에도 보이지 않았어요.
모두 이렇게 말했지요.

"그 못된 짐승이 일찌감치 동굴을 빠져나가 멀리 도망친 게 틀
림없습니다."

그러나 누가 알았겠어요? 동굴 동남쪽 어두컴컴한 모퉁이에
서 아래로 내려가면 또 다른 작은 동굴이 하나 있다는 것을. 그 작
은 동굴에는 작은 문이 하나 있고 그 안에는 나지막한 집이 한 채
있었어요. 집 앞에는 화분에 심어놓은 꽃이 몇 종류 있고, 처마 곁
에는 대나무 몇 그루가 서 있는데, 검은 기운이 왕성하고 은은한
향기가 떠다녔어요. 요괴는 삼장법사를 여기에 데려다놓고 부부
의 연을 맺자고 몰아세우고 있었지요. 요괴는 손오공이 다시는

손오공은 요괴의 정체를 알아내고 탁탑천왕을 불러와 요괴를 굴복시키게 하다

찾아낼 수 없으려니 생각했지만, 자기 운이 다하게 될 줄 어찌 알 았겠어요? 하녀 요괴들이 그 안에서 옹기종기 모여 저마다 소곤 소곤 재잘대다가, 그 가운데 겁 없는 놈 하나가 삐죽 목을 내밀었 던 것이지요. 그 요괴는 그렇게 동굴 밖을 두리번거리다가 단번 에 하늘 병사에 눈에 띄었어요.

"이쪽이다!"

분기탱천한 손오공이 여의봉을 휘두르며 바로 쳐들어가니, 그 좁은 동굴 안에 요괴들이 우르르 몰려 있었어요. 나타태자가 하 늘 병사를 이끌고 뒤따라와 순식간에 에워싸니, 한 놈인들 숨을 재간이 있었겠어요? 손오공은 삼장법사와 용마, 그리고 짐을 되 찾았고, 달아날 길이 없음을 안 요괴는 나타태자에게 고개를 조 아리며 살려달라고 애원했어요.

"이번에는 옥황상제의 어명을 받들어 너를 잡으러 온 것이니, 가벼이 볼 일이 아니다. 네가 올린 향을 받은 탓에 '중이 나무 끌 고 다니다 일을 저지른다(和尙拖木頭 做出了寺)'[1]고, 하마터면 우 리 부자가 애꿎게 봉변을 당할 뻔하지 않았냐? 여봐라, 박요색으 로 이 요괴들을 모두 묶어라!"

이렇게 나타태자의 분부가 떨어졌으니, 이 요괴도 이번에는 고 생 좀 하겠네요.

그리고 모두 구름을 타고 동굴을 나왔어요. 손오공은 헤헤 하 하 기뻐서 어쩔 줄 몰라 했지요. 탁탑천왕이 동굴 문에서 물러나 손오공을 맞았어요.

"이번에는 당신 스승님을 만나뵙게 되었구려."

"고맙소, 정말 고마워요!"

---

1 발음이 비슷한 해음諧音을 이용한 속담이다. 즉 중이 절을 나가는 것을 가리키는 '출사出寺'는 일을 저지른다는 뜻인 '출사出事'를 암시하는 것이다.

손오공은 탁탑천왕에게 답례 인사를 한 후, 삼장법사를 모시고 가 탁탑천왕과 나타태자에게 인사를 나누게 했어요. 사오정과 저팔계가 요괴를 가루로 만들어버리려 했으나, 탁탑천왕이 말렸지요.

"옥황상제의 어명으로 잡은 자이니 경솔히 다루어서는 안 되오. 우리가 데려가 아뢸 것이오."

　그리하여 탁탑천왕은 나타태자와 함께 요괴를 붙잡아 하늘 병사들을 이끌고 돌아가 옥황상제께 아뢰고 처벌을 기다리게 되었지요.

　한편 손오공은 삼장법사를 모시고, 사오정은 짐을 꾸리고, 저팔계는 말을 몰아 길을 떠났어요. 삼장법사를 말에 태워 일행이 함께 큰길로 들어섰으니, 바로 이러했답니다.

　　혼인의 연을 끊어 무쇠 바다를 날리고
　　옥쇄를 열어 새장 안에서 나왔구나.

割斷絲羅乾金海　打開玉鎖出樊籠

　결국 그들의 앞길이 어떻게 될지는 아직 알 수 없으니, 이에 대해서는 다음 회를 들어보시라.

제84회
삼장법사 일행이
멸법국에서 상자에 갇히다

삼장법사는 원양元陽을 굳건히 지키며 미녀들의 힘겨운 유혹에서 벗어나, 손오공을 따라 서쪽을 향해 나아갔어요. 어느덧 여름이 되어 훈훈한 바람이 불기 시작하며 장맛비가 부슬부슬 내렸는데, 그 풍경이 무척 아름다웠어요.

녹음은 점점 짙어지고
가벼운 바람에 제비는 새끼를 데리고 날아다니네.
새로 피어난 연꽃 연못 위에 일렁거리고
긴 대나무도 점차 잎이 무성해지네.
향긋한 풀밭은 푸른 하늘에 이어지고
산속엔 여기저기 꽃이 만발했네.
계곡가엔 칼을 꽂은 듯 창포가 자라고
석류꽃은 가는 길을 장엄하게 장식하네.

冉冉綠陰密　風輕燕引雛

新荷翻沼面　修竹漸扶蘇

芳草連天碧　山花徧地鋪

삼장법사 일행이 찌는 더위 속에서 길을 가노라니, 갑자기 길 옆에 두 줄로 높다랗게 늘어선 버드나무 그늘 속에서 노파 하나가 걸어 나왔어요. 노파는 오른손에 한 어린아이의 손을 잡고 삼장법사를 향해 크게 소리쳤어요.

"스님, 가시면 안 되오! 얼른 말 머리를 동쪽으로 돌리시구려. 서쪽으로 가는 길은 모두 죽음의 길이라오."

깜짝 놀란 삼장법사가 말에서 뛰어내려 인사하며 물었어요.

"보살님, '바다는 넓어 물고기가 마음껏 뛰놀고 하늘은 높아 새들이 마음대로 난다(海闊從魚躍 天高任鳥飛)'고 하지 않았습니까? 어째서 서쪽으로 가면 길이 없다는 것인지요?"

노파가 손으로 서쪽을 가리키며 말했어요.

"저곳으로 오륙십 리쯤 가면 멸법국滅法國이 있는데, 그 나라 왕은 전생에서 억울한 사람들과 원수를 맺었고 이생에서도 까닭 없이 많은 죄를 지었다오. 이 년 전 그는 승려 일만 명을 죽이겠다고 하늘에 단단히 맹세했다 하오. 그리고 지금까지 이 년 동안 구천구백아흔아섯 명의 이름 없는 승려들을 죽였는데, 유명한 승려 넷만 죽이면 만 명을 채워 맹세를 완성하게 된다오. 당신들이 가는 길에 그 나라에 들어가게 된다면, 그야말로 모두 '왕에게 목숨 바친 보살[送命王菩薩]'이 돼버릴 게요."

삼장법사는 그 말을 듣고 겁이 나서 덜덜 떨며 말했어요.

"보살님, 깊은 온정을 베풀어주셔서 정말 감사합니다. 정말 감사합니다. 하지만 혹시 그 나라에 들어가지 않고 돌아가는 길은 없는지요? 그럼, 제가 돌아가면 될 테니까요."

"흘흘, 돌아가는 길은 없어요, 없다고요. 날아서 지나간다면 또 모르겠지만."

그러자 저팔계가 옆에서 허풍을 치며 말했어요.

"할머니, 공갈치지 마시구려. 우린 모두 날 수 있으니까."

손오공의 불같은 눈의 금빛 눈동자는 금방 진상을 알아볼 수 있었어요. 그 노파와 데리고 있는 어린아이는 원래 관음보살과 선재동자善財童子였던 것이지요. 그는 다급하게 땅에 엎드려 절을 올리며 소리쳤어요.

"보살님, 제가 미처 마중 나가지 못했습니다!"

그러자 관음보살이 오색구름을 타고 가볍게 공중으로 오르니, 깜짝 놀란 삼장법사는 감히 서 있지 못하고 꿇어앉아 머리를 조아렸어요. 저팔계와 사오정도 황급히 무릎을 꿇고 하늘을 향해 예를 올렸어요. 잠깐 사이에 구름이 아득히 멀어지더니 관음보살은 곧장 남해로 돌아갔어요. 손오공은 일어서서 삼장법사를 부축해 일으켰어요.

"일어나세요. 보살님은 이미 남해로 돌아가셨어요."

삼장법사가 일어나며 말했어요.

"애야, 보살님을 알아보았다면 진즉 말하지 그랬느냐?"

"하하, 사부님의 질문이 끝나기도 전에 제가 바로 절을 올렸는데, 어째서 늦었다는 겁니까?"

저팔계와 사오정이 손오공에게 말했어요.

"보살님이 가르쳐주신 것처럼 앞쪽에 분명 멸법국이 있어서 승려를 죽이려 할 텐데, 우린 어쩌면 좋지요?"

"멍청아, 겁내지 마라. 예전에 그 지독한 요괴들을 만나고 호랑이 굴이나 용이 서린 연못을 지나면서도 다치거나 죽지 않았는데, 여긴 평범한 인간들의 나라가 아니냐? 겁낼 게 뭐 있다고 그래? 어쨌든 여기는 묵을 곳도 없고 날도 저무는데, 도성에 가서

손오공이 멸법국에서 국왕의 마음을 바로잡다

장사하고 돌아오는 시골 사람들이 우리가 승려인 걸 알아보고 떠들어댄다면 귀찮은 일이 생길 거야. 그러니 사부님을 모시고 큰길로 가서 조용히 피해 있을 곳을 찾은 다음 잘 상의해보자."

삼장법사가 그 말대로 하자고 하니, 일행은 모두 서둘러 길에서 내려와 구덩이 하나를 찾아 몸을 숨기고 앉았어요. 손오공이 말했어요.

"동생들아, 너희는 여기서 사부님을 잘 보호하고 있어라. 손 어르신은 변신술을 써서 성안에 들어가 살펴보고 오겠다. 피해 지나갈 길이 있으면 밤중에라도 가야지."

삼장법사가 당부했어요.

"애야, 일을 우습게 여기지 마라. 국왕이 법령으로 승려를 용납하지 않는다 하니 조심해야 하느니라."

"하하, 안심하십시오. 이 몸에게 방법이 있으니까요."

멋진 제천대성! 말을 마치자 몸을 솟구쳐 휙 공중으로 뛰어올랐어요. 이상한 일이지요!

위에서 잡아당기는 줄도 없고
아래에 떠받치는 막대기도 없구나.
모두 같은 부모에게서 태어났지만
그만이 뼈가 가볍구나.

上面無繩扯　下頭沒棍撑
一般同父母　他便骨頭輕

손오공이 구름 위에 서서 아래를 살펴보니, 도성 안에서는 즐거운 분위기가 넘치고 상서로운 빛이 일렁이고 있었어요. 그가 중얼거렸어요.

"정말 좋은 곳이로군! 그런데 어째서 불교를 없애려고 할까?"
 잠시 쳐다보고 있노라니 점점 날이 어두워지며, 이런 풍경이
펼쳐졌어요.

　네거리엔
　불빛 찬란하고
　깊은 궁궐엔
　아련한 향 연기 속에 종소리 울리네.
　일곱 개의 밝은 북두칠성 푸른 하늘 비추니
　사방의 나그네들 가던 걸음 멈추네.
　군영에선
　은은히 나팔 소리 울리고
　고루에선
　똑똑 물시계의 물방울 떨어지네.
　사방엔 밤안개 어둑하고
　저잣거리엔 차가운 연기 자욱하네.
　부부들은 쌍쌍이 고운 커튼 드리운 침실로 돌아가고
　밝은 달 하나 둥글게 동쪽 하늘에 떠오르네.

十字街　燈光燦爛

九重殿　香靄鐘鳴

七點皎星照碧漢　八方客旅卸行蹤

六軍營　隱隱的畫角纔吹

五鼓樓　點點的銅壺初滴

四邊宿霧昏昏　三市寒煙藹藹

兩兩夫妻歸繡幰　一輪明月上東方

손오공은 생각했어요.

'내려가서 거리를 다니며 길을 살펴봐야겠는데, 이런 얼굴로 사람들을 만났다간 틀림없이 승려인 걸 알아채겠지? 변신을 하자.'

그는 손가락을 구부려 결을 맺고 주문을 외며 몸을 한 번 흔들어 한 마리 불나방으로 변신했어요.

가는 몸에 날개는 단단하고 가벼우며 민첩하여
등불 꺼버리고 촛불에 부딪치며 밝은 빛을 향해 달려든다.
본래의 모습은 변화하여 이루어진 것이라
썩은 풀 사이에서도 날래게 움직인다.
언제나 불빛을 좋아하여 불꽃을 건드리는데
분주히 날갯짓하며 쉼 없이 맴돈다.
자줏빛 옷 입고 향기로운 날개로 반딧불 쫓아다니는데
깊은 밤 바람도 잦은 때를 제일 좋아하지.

形細翼礦輕巧　減燈撲燭投明
本來面目化生成　腐草中間靈應
每愛炎光觸焰　忙忙飛繞無停
紫衣香翅赶流螢　最喜夜深風靜

그는 훨훨 날갯짓하며 거리로 날아가 건물 처마 옆을 지나 집 모퉁이로 다가갔어요. 그렇게 가고 있던 차에 문득 그 모퉁이에 늘어선 집들이 보였어요. 집집마다 문 앞에는 등불이 걸려 있었지요. 그는 중얼거렸어요.

"이 사람들 원소절元宵節을 지내나? 어째서 줄줄이 등불을 켜놓았지?"

그가 날개를 더 힘껏 퍼덕여서 가까이 다가가 자세히 살펴보니, 한가운데에 있는 집에 걸린 등롱 위에 '오가는 상인들 쉬어 가십시오'라고 적혀 있고, 그 아래에 또 '왕소이王小二의 주막'이라고 적혀 있었어요. 손오공은 그제야 그곳이 여관이라는 걸 알았어요. 또 목을 빼고 살펴보니 여덟아홉 명쯤 되는 사람들이 모두 저녁밥을 먹고, 옷을 느슨하게 풀고, 두건도 벗어놓고, 손발을 씻은 후, 각자 잠자리에 드는 것이었어요. 손오공은 속으로 기뻐하며 중얼거렸어요.

'사부님이 지나가실 수 있겠구나.'

여러분, 손오공이 어떻게 지나갈 수 있다는 걸 알았을까요? 그는 못된 마음이 생겨서, 그 사람들이 잠들면 옷과 두건을 훔쳐서 자기 일행을 속인처럼 꾸미고 도성 안으로 들어오려 했던 것이지요. 허! 그런데 일이 이렇게 마음대로 안 될 수가 있는 것인지! 그가 이런 생각을 하고 있을 때, 여관 주인이 손님들에게 다가가 더니 이렇게 말하는 것이었어요.

"손님들, 조심하십시오! 여기에는 착한 사람도 있고 나쁜 사람도 있으니까, 각자 옷가지와 봇짐을 조심해야 합니다."

생각해보세요. 외지에서 장사하는 사람들이 어찌 조심하지 않을 수 있겠어요? 그들은 주인의 당부를 듣고 더 조심스러운 마음이 생겨서, 모두들 일어나며 말했어요.

"주인 말에 일리가 있어. 우리처럼 힘들게 길 가는 사람들은 그 저 잠이 들면 얼른 깨지 못하니, 잠깐 사이에 뭘 잃어버리게 되면 어쩌겠어? 주인장, 이 옷과 두건, 전대纏帶들을 모두 챙겨두었다가, 날이 밝아 우리가 일어날 때 나눠주시구려."

여관 주인이 정말 옷가지를 모두 자기 방 안으로 옮겨가버리자, 손오공은 다급해져서 날개를 펴고 안으로 날아들어 두건 걸이 위에 앉았어요. 여관 주인은 문 앞으로 가서 등불을 내리고, 등불 걸이를 내려놓고, 대문과 창문을 잠그고 나서야 방으로 들어와 옷을 벗고 잠들었어요. 여관 주인의 아내는 아이 둘을 데리고 있었는데, 그놈들은 시끌벅적 떠들며 금방 자려 하지 않았어요. 아낙은 또 해진 옷을 하나 꺼내 꼼꼼히 바느질하며 잠잘 기미가 보이지 않았어요. 손오공은 속으로 생각했어요.

'이 아줌마가 잠들기를 기다리다간 사부님 일을 망치겠는걸?'

그리고 밤이 더 깊어지면 성문이 닫힐 터인지라, 그는 더 이상 참지 못하고 날아 내려가 등불을 덮쳤어요. 이야말로 '몸 바쳐 불길에 뛰어들어 다급히 산목숨을 찾는다(舍身投火焰 焦額探殘生)'는 격이었지요. 등잔불이 꺼지자 그는 또 몸을 흔들어 쥐로 변하더니 찍찍 소리를 내며 뛰어내려 옷과 두건을 가지고 밖으로 내달렸어요. 그러자 아낙이 다급하게 말했어요.

"영감, 큰일 났어요! 생쥐 요괴가 나타났어요!"[1]

손오공은 그 말을 듣고 또 꾀를 부려, 문을 막은 채 사나운 소리로 말했어요.

"왕소이, 마누라의 헛소리를 듣지 마라! 나는 생쥐 요괴가 아니다. 공명정대한 사람은 뒤로 나쁜 짓을 하지 않는 법! 나는 바로 하늘에서 내려온 제천대성인데, 당나라 스님을 보호하여 서천으로 경전을 가지러 가는 중이다. 너희 나라 왕이 무도하다기에 이 옷과 두건을 빌려 내 사부님을 변장시키려는 것이니, 도성을 지나면 바로 돌려주겠노라."

여관 주인은 그 말을 듣고 데구루루 굴러 일어났지만 칠흑 같은 어둠 속인데다 너무 다급했는지라 바지를 윗도리로 알았어요.

---

1 원문을 직역하면, "밤에 다니는 쥐가 요괴가 되었다(夜耗子成精也)"는 뜻이다. 여기서 '밤에 다니는 쥐'라고 번역한 '야모자夜耗子'는 원래 부엉이를 가리키는 '야묘자夜猫子'와 중국어 발음이 같은 점—둘 다 '예마오쯔[yèmaozi]'로 발음한다—을 이용한 말장난이다. 대개 "야묘자진택夜猫子進宅"이라 하면, 불길한 일이 일어날 징조가 보인다는 뜻을 나타낸다.

그러니 아무리 애써도 입어지지 않을 수밖에요.

제천대성은 사람이나 물건을 잡아가는 섭법攝法을 쓰며 벌써 구름을 타고 나와 다시 몸을 뒤집더니 곧장 길 아래의 구덩이에 이르렀어요. 삼장법사는 몸을 내민 채 밝은 달빛과 반짝이는 별을 바라보다가, 손오공이 다가오는 것을 발견하고 물었어요.

"얘야, 멸법국을 지날 수 있겠더냐?"

손오공이 다가가 옷가지를 내려놓으며 말했어요.

"사부님, 멸법국을 지나려면 승려의 모습으로는 안 됩니다."

그러자 저팔계가 말했어요.

"형, 누굴 놀리는 거요? 승려의 모습이 되지 않는 것이야 쉽지요. 반년 동안만 머리를 깎지 않으면 머리카락이 자랄 테니까."

"어떻게 반년이나 기다린단 말이냐! 당장에 속인 노릇을 해야 해."

멍텅구리가 당황해서 말했어요.

"하지만 형님 말씀은 도대체 이치에 맞지 않아요. 우린 지금 모두 승려의 모습인데, 당장 속인의 모습을 한다면 대체 어떻게 두건을 쓴단 말이오? 옆으로는 묶겠지만 머리 꼭대기에는 끈을 묶을 머리카락도 없는데 말이오."[2]

"실없는 소리 그만하고 할 일이나 하자. 도대체 어쩔 셈이냐?"

삼장법사의 힐난에 손오공이 대답했어요.

"사부님, 저 도성 안을 살펴보았습니다. 국왕이 비록 무도하게 승려들을 살해하고 있긴 하지만, 그래도 진짜 하늘이 내린 군주 [天子]인지라 성 위에 상서로운 빛과 즐거운 기운이 가득합니다. 성안의 길도 알아두었고, 이 지방 사투리도 제가 알아듣고 말할

---

2 옛날 남자들은 머리를 묶고 망건網巾을 썼는데, 망건 가운데의 둥근 구멍을 정수리 쪽으로 하여 망건을 쓴 후 끈으로 머리 꼭대기의 상투에 묶었다.

수 있습니다. 조금 전에 여관에서 이 옷가지들과 두건들을 빌려왔으니, 저희들은 잠시 속인의 복장을 하고 성안으로 들어가 잠자리를 얻도록 하십시다. 그리고 새벽 두 시쯤 일어나 여관 주인더러 공양을 차려달라고 해서 먹고, 네 시까지 기다렸다가 성문으로 나가 큰길을 따라 서쪽으로 달려가는 것입니다. 그러면 누구 붙잡는 사람을 만나더라도 둘러대기에 좋습니다. 그저 큰 나라 황제께서 파견한 사람들이라고 하면 멸법국 왕도 감히 막지 못하고 저희를 놓아줄 것입니다."

그러자 사오정이 말했어요.

"사형의 방법이 제일 타당하니, 그 말씀대로 하시지요."

삼장법사는 어쩔 수 없이 승복을 벗고 승모를 벗은 후, 속인의 옷으로 갈아입고 두건을 썼어요. 사오정도 갈아입었지요. 하지만 저팔계는 머리가 커서 두건을 쓸 수 없었기 때문에, 손오공은 바늘과 실을 꺼내 두건을 펼쳐 두 개를 꿰매 하나로 만든 후 저팔계의 머리에 씌워주었어요. 그리고 통이 큰 옷을 골라 저팔계에게 입혀주고 자신도 옷을 갈아입은 후 이렇게 말했어요.

"모두들 이번에 갈 때는 사부님이니 제자니 하는 말은 잠시 쓰지 말아야 해요."

저팔계가 말했어요.

"그럼 어떻게 부르라는 거요?"

"모두 형제가 되는 것이지. 사부님은 당 큰나리[唐大官兒]가 되고, 넌 주 셋째 나리[朱三官兒], 사오정은 사 넷째 나리[沙四官兒], 그리고 난 손 둘째 나리[孫二官兒]가 되는 거야. 하지만 여관에 도착하면 너희들은 절대 말을 하지 마라. 그냥 나 혼자 대답할 테니까. 그리고 그 사람들이 무슨 장사를 하느냐고 물으면, 그냥 말 장사를 하는 나그네라고만 하마. 이 백마를 견본으로 삼아서, 우리는 모두 열 형제인데, 일단 우리 넷이 먼저 와서 여관방을 빌리고 말을 팔려 한다고 하지. 여관 주인은 틀림없이 우리를 후하게 대접할 텐데, 그러면 우리는 잘 받아먹고 떠날 때 깨진 기왓장을 주워 은자銀子로 바꿔서 그에게 사례하고 길을 떠나는 거야."

삼장법사는 그 말에 따르는 수밖에 없었어요.

일행은 급히 말을 끌고 짐을 멘 채 그쪽으로 달려갔어요. 이곳은 평화로운 곳이라 밤이 되어도 아직 관문을 닫지 않았어요. 그대로 안으로 들어가 왕소이의 여관 앞에 이르렀을 때, 안에서 고함 소리가 들려왔어요.

"내 두건이 없어졌어!"

"난 옷이 없어졌잖아!"

손오공은 모르는 척 일행을 이끌고 맞은편 여관으로 가서 쉬려 했어요. 그 집에는 아직 등불을 걷지 않았기에, 대문으로 다가가서 소리쳤지요.

"주인장, 쉴 만한 빈방 있소?"

그러자 안에서 한 아낙이 대답했어요.

"있습니다. 있고말고요. 나리들 위층으로 올라가시지요."

말이 채 끝나기도 전에 사내 하나가 나타나 말을 끌었어요. 손오공은 말을 그에게 건네주고 삼장법사를 모시고 등불을 뒤쪽 계단을 통해 이 층으로 올라갔어요. 이 층에는 편안한 탁자와 의자가 놓여 있었어요. 그들은 창을 열고 달빛 속에서 나란히 앉았어요. 잠시 후 누군가 등불을 붙여 들고 올라오자, 손오공이 문을 가로막고 입으로 훅 불어 끄며 말했어요.

"이렇게 달빛이 밝으니 등불은 필요 없소!"

그 사람이 내려가자 하녀 하나가 녹차 넉 잔을 날라 왔어요. 손오공이 받아 들자, 아래층에서 쉰일곱 살쯤 되어 보이는 아낙 하나가 올라왔어요. 그녀는 곧장 이 층으로 올라오더니, 옆에 서서 물었어요.

"나리들께선 어디서 오셨나요? 무슨 장사를 하시나요?"

손오공이 대답했어요.

"우린 북방에서 왔는데, 보잘것없는 말 몇 마리를 팔까 하오."

"말을 파는 손님치곤 수가 적군요."

"이분은 당씨 큰나리이시고, 이쪽은 주씨 셋째 나리, 이쪽은 사씨 넷째 나리, 그리고 이 몸은 둘째 손가라오."

"호호, 성이 모두 다르시네요."

"다른 성씨가 함께 사는[異姓同居][3] 것이지요. 우리는 모두 열 형제인데, 우리 넷이 먼저 와서 여관방을 얻고 밥이나 준비해놓을까 합니다. 나머지는 성 밖에서 쉬면서 말들을 돌보고 있지요. 날이 저물어서 성안으로 들어오기 곤란하거든요. 우리가 방을 빌려놓으면 내일 아침에 모두 들어와서 말을 팔고 돌아갈 참이오."

"말이 몇 마리나 되나요?"

"대략 백 마리 남짓 되오. 모두 이 말과 비슷한 몸집인데, 다만 털 색깔이 다를 뿐이지요."

"호호, 손 나리께서는 정말 나그네살이 하는 법을 잘 아는 분이시군요. 일찌감치 저희 집에 오셨기에 망정이지, 다음 집으로 가셨다면 나리를 묵게 할 엄두도 내지 못했을 거예요. 저희 집은 마당도 넓고 마구간이며 여물통도 모두 갖춰진 데다 사료도 있으니, 나리의 말이 수백 마리라 해도 모두 먹일 수 있어요. 저희 집이 여기서 여러 해 동안 여관을 운영해서 보잘것없긴 하지만 명성도 있어요. 제 남편은 성이 조趙씨인데, 불행하게도 오래전에

---

3 발음의 유사성을 통해 '이성동거異性同居' 즉, 성품(혹은 성별)이 다른 사람들이 한 집에 산다는 말을 암시하고 있다.

죽었어요. 저희 집을 '조 과부 여관'이라 부른답니다. 저희 집에서는 세 가지 등급으로 손님을 접대하는데, 까다롭긴 하지만 뒤에 말썽이 일어나지 않도록 먼저 방값을 정해놓았습니다. 그래야 뒤에 계산하기가 좋거든요."

"맞는 말이오. 그 세 가지 등급은 무엇이오? 속담에도 '물건은 세 등급의 가격이 있지만 손님은 멀리서 왔건 가까운 데에서 왔건 똑같이 대한다(貨有高低三等價 客無遠近一般看)'고 했소. 그런데 어째서 세 가지 등급으로 손님을 접대한다는 거요? 어디 한번 말씀해주실 수 있겠소?"

"저희 집에서는 상, 중, 하의 세 가지 등급으로 접대합니다. 상 등급은 온갖 과일과 요리를 마련하고 사자와 신선 모양으로 만든 큰 수당酥糖으로 탁자를 장식하는데, 두 사람에 한 상씩 차려 드립니다. 그리고 젊은 아가씨들이 노래도 불러드리고 잠자리 시중을 들어드리는데, 한 사람 당 은전 다섯 냥입니다. 거기엔 방값도 포함되어 있지요."

"하하, 저렴하군요! 우리 고장에선 은전 다섯 냥으로는 아가씨까지 부르지 못하는데 말이야."

"중 등급은 다양한 고기 요리를 차려드리는데, 과일과 데운 술만 내올 뿐, 손님들이 알아서 마셔야 하고 아가씨들은 나오지 않습니다. 한 사람 당 은전 두 냥밖에 안 되지요."

"그건 더 싸군요! 하 등급은 어떤 거요?"

"그건 감히 손님 앞에서 말할 수 없습니다."

"괜찮으니 말씀해보시오. 우리야 적당한 걸 고르면 그만이니까."

"하 등급은 시중드는 사람은 없지만 솥 안에 넉넉하게 밥을 넣어놓고 알아서 먹는 것이지요. 배불리 먹고 나면 풀을 가져다 자리를 깔고 편한 대로 잠을 자고 날이 밝으면 밥값으로 몇 푼 내놓는 것인데, 절대 그 이상을 요구해서는 안 됩니다."

저팔계가 그 말을 듣고 말했어요.

"다행이다, 다행이야! 이 몸은 그걸로 하겠소! 젠장! 솥 바닥이 보일 때까지 배 터지게 먹고 아궁이 앞에서 자버리지 뭐!"

그러자 손오공이 말했어요.

"동생, 그게 무슨 소리야! 자네와 내가 이 넓은 천지에서 어디 간들 은자 몇 냥쯤이야 벌지 못하겠나? 상 등급으로 마련해주시오!"

아낙은 무척 기뻐하며 즉시 지시를 내렸어요.

"좋은 차를 내오고 빨리 음식을 장만해라."

그리고 그녀는 아래층으로 내려가 급히 닭과 거위를 잡고 절인 채소를 삶고 밥을 짓도록 이르고, 또 소리쳤어요.

"돼지도 잡고 양도 잡아라. 오늘 다 못 먹으면 내일 먹어도 된다. 좋은 술을 내와라. 흰쌀을 가져다 밥을 짓고 흰 밀가루로 떡을 해라."

삼장법사가 이 층에서 그 말을 듣고 말했어요.

"손 동생, 어떡하지? 닭과 거위를 잡고 돼지와 양도 잡는다는군. 우린 모두 재계齋戒하는 몸인데 누가 그걸 먹을 수 있겠어?"

"제게 다 생각이 있습니다."

그는 문가로 가서 쿵쿵 발을 구르며 소리쳤어요.

"주인아줌마, 좀 올라오시오."

아낙이 올라와서 물었어요.

"손님, 무슨 분부라도 있나요?"

"오늘은 살생을 하지 마시오. 우린 오늘 재계하는 중이오."

아낙은 놀라며 물었어요.

"일 년 내내 채식만 하는 장재長齋인가요, 아니면 한 달만 하는 월재月齋인가요?"

"둘 다 아니고, 경신재庚申齋라는 것이오. 오늘 아침이 바로 경신일이니 재개를 해야 하오. 하지만 자정이 지나면 신유일辛酉日이니 괜찮소. 그러니 내일 살생을 하시구려. 지금은 채소만 좀 준비해주시오. 값은 상 등급으로 쳐드리겠소."

그 아낙은 더욱 기뻐하며 아래층으로 달려 내려가 지시했어요.

"가축은 잡지 마라, 잡지 마! 목이버섯과 죽순, 두부, 국수를 준비하고, 텃밭에서 야채를 뜯어다가 당면을 넣고 국을 끓여라. 국수를 뽑고, 권자捲子[4]를 찌고, 쌀밥을 안치고, 좋은 차를 준비해라."

아! 주방을 맡은 요리사들은 모두 매일 하던 익숙한 솜씨로 순식간에 적당한 음식을 마련하여 이 층에 차려냈고, 또 사자 및 신선 모양의 수당을 갖춰놓으니 삼장법사 일행은 마음껏 먹었어요.

아낙이 또 물었어요.

"포도주나 미주米酒 같은 '깨끗한 술[素酒]'을 좀 드시겠습니까?"

손오공이 대답했지요.

"저 큰형님만 잡숫지 않을 뿐, 우린 몇 잔 마시겠소."

아낙은 따뜻한 술 한 병을 내왔어요. 그들 셋이 막 술을 따르려는데, 갑자기 텅텅 판자 울리는 소리가 들렸어요.

"아주머니, 아래에서 무슨 가구가 쓰러진 모양이구려?"

"아닙니다. 우리 마을의 몇몇 손님들이 찧지 않은 쌀을 싣고 왔는데, 시간이 늦어 아래에서 자라고 했습니다. 또 손님들께서 오셨는데 모실 아가씨들이 없어서 가마를 메고 기생집으로 가서 데려오라고 했습니다. 아마 가마 손잡이가 누각의 판자에 부딪친 모양입니다."

"진즉 말씀하시지 그랬소? 얼른 가서 데려오지 말라고 하시오. 아직 재계하는 날이 지나지 않았고, 나머지 형제들도 아직 도착

---

4 반죽한 밀가루를 편평하게 늘여서 기름, 소금 따위를 발라 만 뒤 쪄낸 음식이다.

하지 않았으니 말이오. 차라리 내일 그들이 성안으로 들어오면 모두 함께 기생을 불러 여기서 한판 놀고 말을 팔아서 떠나겠소."

"정말 좋은 분이시군요! 형제간의 우애도 지키시고 몸과 마음도 아끼시는군요."

그러면서 아낙은 다시 분부했어요.

"가마를 들여놓아라. 데리러 갈 필요 없다."

삼장법사 일행이 술과 밥을 먹고 나자 여관 사람들은 그릇을 치우고 모두 아래층으로 내려갔어요.

삼장법사는 손오공의 귀에 대고 소곤소곤 말했어요.

"잠은 어디서 자냐?"

"그냥 이 층에서 자면 돼요."

"그건 좀 안 좋겠구나. 우리는 모두 고단한데, 만약 잠들어 있을 때 이 집에 또 사람들이 들어왔다가 혹시 우리들 가운데 두건이 벗겨진 사람의 빡빡머리를 보게 된다면 중인 줄 알아보고 떠들어댈 텐데, 그러면 어떡하지?"

"그렇군요!"

손오공이 또 이 층 문간으로 가서 발을 구르자, 아낙이 올라와서 물었어요.

"손 나리, 또 무슨 분부가 있나요?"

"우린 어디서 자오?"

"이 층이 좋아요. 모기도 없고 남풍도 들어오니까, 창문을 열어놓고 푹 주무세요."

"안 되겠소. 저 셋째 주씨는 감기 기운이 조금 있고, 넷째 사씨는 어깨에 담이 결렸다 하고, 큰형님은 어두운 곳에서만 주무시고, 나도 밝은 곳에서는 잠이 잘 오지 않소. 그러니 여기선 잠을 잘 수 없소."

아낙은 일 층으로 내려와 계산대 난간에 기대어 한숨을 내쉬었어요. 그러자 아낙의 딸이 아이를 안은 채 다가와 말했어요.

"어머니, '열흘 동안 물가에 앉아 있다가 하루만에 아홉 나루를 건넌다(十日灘頭坐 一日行九灘)'는 속담처럼, 한가할 땐 지루할 정도로 일이 없다가도 바쁠 땐 또 정신이 없는 법이잖아요? 지금은 날이 더우니 장사가 별로 안 된다 할지라도, 가을이 되면 정신없이 손님들이 몰려올 거예요! 그런데 뭘 한숨을 쉬고 그러세요?"

"얘야, 장사가 안 돼서 걱정하는 게 아니다. 오늘 저녁 무렵에 날이 어두워져서 가게 문을 닫으려던 차에, 말 장수 네 명이 방을 얻으러 왔다. 상등으로 접대해달라기에 은전이나 몇 푼 뜯어낼까 했는데, 그 사람들은 채소만 먹더구나. 돈을 뜯어낼 수 없을 것 같아 이렇게 한숨을 쉬고 있는 거란다."

"그 사람들이 벌써 밥을 먹었다면 다른 집으로 가기는 어려울 거예요. 내일 고기와 술을 잘 차려주면 돈을 뜯어낼 수 있지 않겠어요?"

"저 사람들은 모두 병이 있어. 바람을 겁내고 밝은 걸 부끄러워해서 모두 어두운 데서 자겠단다. 생각해봐라. 우리 집 건물은 모두 처마가 없이 지붕에 단출한 기와만 얹은 것이라 방에 모두 바깥의 빛이 들어오게 되어 있으니, 어디서 어두운 방을 찾는단 말이냐? 밥 한 끼 대접한 셈 치고, 차라리 다른 집으로 보내버릴까?"

"어머니, 우리 집에도 어두운 곳이 있잖아요? 거긴 또 바람도 들지 않아요. 잘됐네요. 아주 잘됐어요."

"그게 어디냐?"

"아버지가 살아 계실 때 큰 궤짝을 만드셨잖아요? 그 궤짝은 넓이가 네 자나 되고, 길이가 일곱 자에, 높이가 세 자니까, 그 안에 예닐곱 명은 잘 수가 있어요. 그들더러 그 궤짝 안에서 자라고 하지요 뭐."

"괜찮을까? 내 한번 물어보지."

그리고 아낙은 삼장법사 일행에게 물었어요.

"손 나리, 좁고 보잘것없는 저희 집엔 어두운 곳이 없습니다. 하지만 바람도 안 통하고 빛도 들지 않는 큰 궤짝이 하나 있는데, 거기서 주무시는 건 어떻습니까?"

"좋습니다, 좋아요!"

아낙은 즉시 몇몇 손님들을 시켜서 궤짝을 들어 내오고 뚜껑을 연 뒤에, 삼장법사 일행더러 아래층으로 내려오라고 했어요. 손오공은 삼장법사를 모시고, 사오정은 봇짐을 진 채 등불 뒤쪽에서 나와 궤짝 옆으로 갔어요. 저팔계는 다짜고짜 먼저 궤짝 안으로 뛰어들어 갔어요. 사오정은 봇짐을 저팔계에게 건네주고 삼장법사를 부축하여 들어가게 한 뒤, 자신도 안으로 들어갔어요.

손오공이 말했어요.

"우리 말은 어디 있지요?"

옆에서 시중들던 사람이 말했어요.

"집 뒤에 매놓았는데, 사료를 먹고 있습니다."

"끌고 오시오. 구유까지 가져 와서 궤짝 옆에 매어두시오."

그리고 그는 궤짝 안으로 들어가며 소리쳤어요.

"주인아주머니, 뚜껑을 덮고 못을 박고 자물쇠를 채워주시오. 그리고 어디 빛이 들어오는 데가 있나 살펴보고 종이를 좀 발라주시구려. 내일 아침 좀 일찍 와서 열어주시고."

"어지간히도 조심스러우시군요!"

그리고 모두들 각기 문을 잠그고 잠자러 간 것에 대해서는 더 이상 얘기하지 않겠어요.

한편, 삼장법사 일행은 궤짝 안으로 들어갔는데, 불쌍하기도 하지요! 졸지에 두건을 쓴 데다 날은 덥고 공기는 답답한데 바람은 조금도 통하지 않았으니 말이지요. 그들은 모두 두건을 벗고 옷도 벗었는데, 부채가 없는지라 그저 승모를 들고 휙휙 부채질을 해댔어요. 이리 부대끼고 저리 밀치며 열 시까지 뒤척이다가 모두 잠들었지요. 오직 손오공만은 장난기가 발동해서 혼자 잠을 이루지 못하고 있었어요. 그는 손을 내밀어 저팔계의 허벅지를 꼬집었지요. 멍텅구리는 다리를 움츠리며 투덜거렸어요.

"잠이나 주무시오! 고단해죽겠는데 또 무슨 속셈으로 남의 손발을 꼬집으며 장난치는 거요!"

손오공이 짓궂게 말했어요.

"원래 우리 밑천이 오천 냥이었는데, 저번에 말을 삼천 냥에 팔고, 지금 돈주머니 두 개에 사천 냥이 들어 있지. 이번에 이 말들을 삼천 냥에 팔면 딱 두 배의 이득을 보는 셈이네. 이만하면 됐어! 충분해!"

저팔계는 그저 졸려죽겠는지라 대답할 리가 없었지요. 하지만 어찌 알았으랴? 이 여관의 점원들과 물 긷는 인부, 부엌데기들은 평소에 강도들과 한통속이었어요. 손오공이 얼마나 많은 은을 갖고 있는지 말하는 것을 듣자, 그들은 몇 놈을 슬그머니 밖으로 내보내 스무 명 남짓한 도적을 모아 불을 밝히고 몽둥이를 들고서 말 장수들을 털려고 했어요.

그들이 문을 밀치고 들어오자, 깜짝 놀란 조 과부 모녀는 덜덜 떨며 방문을 잠그고 도적들이 바깥의 물건들은 다 챙겨 가도록 내버려두었어요. 그 도적들은 여관의 가구들을 탐낸 것이 아니었던지라 그저 손님만 찾았지요. 하지만 이 층으로 올라가 봐도 종적을 찾을 수 없자, 불을 밝히고 사방을 비춰보았어요. 그러자 마당 한가운데에 놓인 커다란 궤짝 하나가 보였는데, 궤짝 다리에 백마 한 필이 매여 있고, 궤짝 뚜껑이 단단히 잠겨 있어 열 수가 없었어요.

"강호를 돌아다니는 놈들은 모두 재주가 많고 눈치가 빠르거든. 이 궤짝이 이렇게 무거운 걸 보니, 봇짐이며 재물들을 안에 넣고 잠가둔 모양이야. 그러니 말을 훔치고 궤짝을 성 밖으로 날라가서 뚜껑을 열고 나눠 가지면 되지 않겠어?"

도적들은 정말 밧줄과 막대기를 찾아 궤짝을 메고 허둥지둥 도망쳐버렸어요. 그러자 저팔계가 깨어나 말했어요.

"형님, 잠이나 주무시지, 왜 흔드는 거요?"

"조용히 해! 아무도 흔들지 않으니까."

삼장법사와 사오정도 갑자기 깨어나며 말했어요.

"누가 우리를 떠메고 가는 거지?"

손오공이 말했어요.

"떠들지 말아요! 조용! 저놈들이 서천까지 메고 가게 내버려둡시다, 길 걷는 수고나 덜게요."

도적들은 손쉽게 물건을 얻자 서쪽으로 가지 않고 오히려 성 동쪽으로 궤짝을 지고 갔어요. 지키던 병사를 죽여버리고 성문을 열어 밖으로 나갔지요. 온 저잣거리의 사람들이 깜짝 놀라서 가게마다 불을 밝히고 누군가 성을 순찰하는 총병總兵과 성 동쪽의 치안을 담당하는 병마사兵馬司에게 보고했어요. 총병과 병마사는 사안이 마땅히 자신들이 처리해야 할 일인지라, 즉시 병사와 무기를 점검하고 성을 나서서 도적들을 뒤쫓았어요.

도적들은 관군들의 세력이 큰 것을 보고 감히 저항하지 못하고, 큰 궤짝과 백마를 내버려두고 각자 뿔뿔이 흩어져 도망쳤지요. 관군들은 도적들을 한 놈도 잡지 못하고 그저 궤짝을 빼앗고 말을 붙잡아 개선했어요. 총병이 등불 아래에서 그 말을 보니, 과연 훌륭한 말이었어요.

갈라진 갈기는 은실 같고
옥 가지처럼 늘어진 두터운 꼬리.
팔준마이니 용구니 말해 무엇하랴?
숙상 같은 명마보다 훨씬 뛰어나구나.
뼈만 하더라도 황금 천 냥은 되겠고
바람 쫓아 만 리를 달리겠네.
산에 오를 때마다 하늘의 구름을 만나고
달 보고 우는 모습 마치 눈처럼 희구나.
정말 신선의 섬을 떠난 교룡이요
인간 세상에 기쁨을 가져다주는 옥기린 같네.

鬃分銀線　尾軃玉條
說甚麼八駿龍駒　賽過了驌驦欵段
千金市骨　萬里追風
登山每與青雲合　嘯月渾如白雪勻
眞是蛟龍離海島　人間喜有玉麒麟

총병은 자신의 말 대신 이 백마를 타고 병사들을 인솔하여 성으로 들어갔어요. 그리고 궤짝을 관청으로 날라놓고 병마사와 함께 봉인을 써 궤짝에 붙이고 순찰을 돌며 지키게 했어요. 날이 밝으면 국왕께 보고하여 지시에 따라 처리하려는 것이었지요. 그리고 관군들이 해산한 이야기는 더 이상 하지 않겠어요.

한편, 삼장법사는 궤짝 안에서 손오공을 원망했어요.

"이 못된 원숭이놈, 나를 죽일 셈이로구나! 밖에서 사람들에게 붙잡힌다면 멸법국 왕에게 보내질 테니 그래도 해명할 여지가 있겠지만, 이제 궤짝 안에 갇혀 있다가 도적들에게 약탈당하고 또 관군들에게 탈취되어 왔으니, 내일 국왕을 보게 되면 당장에 칼을 빼서 죽이라 할 것이다. 그러면 국왕이 만 명의 수를 채우게 되지 않겠느냐!"

"밖에 사람이 있어요! 뚜껑을 열고 꺼내면 오랏줄에 묶이거나 매달리게 될 겁니다. 그런 꼴을 당하지 않으려면, 조금만 참으십시오. 내일 그 멍청한 국왕을 보면 이 몸에게 대처할 방법이 있으니, 사부님은 조금도 다치지 않게 해드릴게요. 안심하시고 잠이나 좀 주무세요."

열두 시 무렵이 되자 손오공은 재간을 부려서 여의봉을 꺼내들고 신선의 기운을 불어 넣으며 "변해라!" 하고 소리쳤어요. 그러자 여의봉은 즉시 끝이 세모나게 뾰족한 송곳으로 변했어요. 손오공은 그걸 가지고 궤짝 발치를 두세 번 뚫어 구멍을 하나 만들었어요. 그리고 몸을 흔들어 개미로 변하더니 밖으로 기어나가 본래 모습을 드러낸 후, 구름을 타고 곧장 왕궁 문 안으로 들어갔어요.

국왕은 마침 단잠에 빠져 있었는데, 손오공은 대분신보회신법大分身普會神法을 부려, 왼쪽 팔뚝의 털을 모두 뽑아 신선의 기운을 불어 넣으며 "변해라!" 하고 소리쳤어요. 그러자 터럭들은 모두 조그만 손오공으로 변했어요. 그리고 오른쪽 팔뚝의 털을 모두 뽑아 신선의 기운을 불어 넣으며 "변해라!" 하고 소리치자, 터럭들은 모두 졸음이 오게 하는 잠벌레[瞌睡蟲]로 변했어요.

손오공은 "옴" 하고 주문을 외어 그 지역 토지신으로 하여금 잠벌레들을 왕궁 안과 오부五府 육부六部 및 각 관아의 크고 작은 벼슬아치들의 집 안으로 흩어놓게 했어요. 품계品階를 가진 높은 관리들에게는 모두 개별적으로 잠벌레를 하나씩 보내 깊은 잠이 들어 몸조차 뒤척이지 못하게 만들었어요. 그리고 여의봉을 손에 들고 가슴 앞에서 흔들며 소리쳤어요.

"보물아, 변해라!"

그러자 여의봉은 즉시 머리를 깎는 수많은 체두도剃頭刀로 변했어요. 그는 자신이 한 자루를 들고, 조그만 손오공들에게도 각기 한 자루씩 들게 한 다음, 모두 왕궁 안과 오부 육부 및 각 관청으로 가서 사람들의 머리를 깎게 했어요. 아! 이는 바로 다음과 같은 것이었지요.

멸법국 왕이 불법을 없애려 하지만 불법은 무궁하여
불법이 하늘과 땅을 관통하니 대도가 통하네.
모든 법의 원인은 한몸으로 돌아가니
부처가 가르친 삼승의 오묘한 색상色相이란 본래 같은 것
이라.
옥 궤짝 뚫고 나와 지혜의 소식을 밝히고
황금 털을 퍼뜨려 무지몽매함을 깨뜨렸네.
기어이 멸법국 왕으로 하여금 정과를 이루도록 하니
태어나지도 죽지도 않고 공의 경지를 오가게 되었네.

法王滅法法無窮　法貫乾坤大道通
萬法原因歸一體　三乘妙相本來同
鑽開玉櫃明消息　佈散金毫破蔽蒙
管取法王成正果　不生不滅去來空

머리 깎는 일이 끝나자, 손오공은 주문을 외워 토지신을 물러가게 했어요. 그리고 몸을 한 번 흔들어 양 팔뚝의 털을 모두 거둬

들였어요. 그리고 체두도들을 모두 원래 모습으로 돌아가게 하니, 그것들은 다시 하나의 여의봉이 되었어요. 그는 그것을 거둬들여 크기를 줄이고 귓속에 숨겼지요. 그리고 그가 다시 몸을 뒤집어 개미로 변해서 궤짝 안으로 들어가 본래 모습으로 돌아간 뒤, 삼장법사와 함께 궤짝 안에 갇혀 있었던 것에 대해서는 더 이상 얘기하지 않겠어요.

한편, 왕궁의 궁녀들이 날이 채 밝기도 전에 자리에서 일어나 머리를 빗고 세수를 하려는데, 모두들 머리카락이 없어져 버렸다는 걸 알게 되었어요. 온 궁궐의 크고 작은 태감太監들도 모두 대머리가 되어버렸지요. 그들은 일제히 침궁寢宮 밖으로 와서 음악을 연주해 국왕을 깨웠지만, 모두들 눈물을 삼키며 감히 아뢰지 못했어요.

잠시 후 삼궁三宮의 왕비도 깨어나 머리카락이 없어진 걸 알게 되었어요. 황급히 등불을 들고 국왕의 침대 아래로 가서 보니, 비단 이불 속에 스님 하나가 잠들어 있었어요. 왕비가 자기도 모르게 무슨 말을 하자 국왕도 놀라 깨어났어요. 국왕이 눈을 치뜨고 보니 왕비의 머리가 까까머리인지라, 다급히 일어나며 말했어요.

"왕비,[5] 어쩌다 이렇게 되었소?"

"폐하께서도 이런 모습이시옵니다."

황제는 머리를 더듬어보고 몸 안의 삼시신三尸神이 비명을 지를 정도로 깜짝 놀라 혼백이 날아가버린 듯했어요.

"이게 어찌된 일이란 말이냐?"

그렇게 당황해하고 있을 때 육원六院의 비빈들과 궁녀들, 크고 작은 태감들이 모두 까까머리를 반짝이며 꿇어앉아 아뢰었어요.

---

5 원문에는 '재동梓童'이라고 되어 있는데, 이것은 옛날 국왕이 왕비를 부르던 호칭이다.

"폐하, 저희들은 중이 되어버렸습니다!"

국왕은 그 모습을 보고 눈물을 흘리며 말했어요.

"짐이 중들을 죽였기 때문인가?"

그리고 즉시 교지를 내려 분부했어요.

"그대들은 머리카락이 없어진 일을 발설하지 말라. 문무 대신들이 짐에게 국가를 잘못 다스렸다고 따질까 걱정스럽구나. 모두 대전에 나가 조회를 열도록 하라."

한편 저 오부 육부 및 관아의 크고 작은 벼슬아치들은 날이 채 밝기도 전에 모두 조정으로 가서 국왕을 알현하고 조회에 참석하려 했어요. 하지만 밤새 모두들 머리카락이 없어져 버렸기 때문에, 저마다 상소문을 써서 이 일을 아뢰었어요. 보세요.

> 조용한 채찍 소리 세 번 울려 황제를 알현하고
> 국왕의 머리카락이 깎인 이유에 대해 상소문을 올렸네.
>
> 靜鞭三響朝皇帝　表奏當今剃髮因

결국 그 총병이 빼앗아 온 궤짝 안에 있는 도적들의 장물은 어떻게 되는지, 그리고 삼장법사 일행의 목숨이 어찌 될 것인지는 알 수 없으니, 이에 대해서는 다음 회를 들어보시라.

제85회
손오공, 저팔계를 골탕 먹이다

한편, 멸법국 국왕이 아침에 조회를 하는데 문무 벼슬아치들이 모두 상소문을 들고 아뢰었어요.

"폐하, 부디 저희들이 예의를 갖추지 못한 죄를 용서해주십시오."

"평소처럼 예의를 다 갖추었거늘, 무슨 결례를 했다는 것이오?"

"폐하, 무슨 까닭인지는 모르겠사오나 밤새 저희들의 머리카락이 모두 없어졌습니다."

국왕은 머리카락이 없어졌다는 그 상소문을 듣고서 용상에서 내려오더니 여러 신하들을 보고 말했어요.

"정말 무슨 까닭인지 모르겠소. 궁중에 있는 모든 이들도 밤새 머리카락이 모두 사라졌다오."

임금과 신하들은 모두 눈물을 주르르 흘리면서 말했어요.

"이후로 다시는 중들을 죽여서는 안 되겠습니다."

국왕은 다시 용상으로 올라갔고, 벼슬아치들도 각자의 자리로 돌아가 섰어요. 국왕이 다시 말했어요.

"일이 있으면 앞으로 나와 아뢰도록 하고 아무 일 없으면 주렴을 걷고 조회를 마치도록 하시오."

무관의 반열에서 성을 순찰하는 총병관이, 문관의 반열에서 동성병마사東城兵馬使가 걸어 나오더니 계단 아래에서 머리를 조아리고 아뢰었어요.

"저희들이 폐하의 명을 받들어 성을 순찰하다가, 간밤에 도적들의 장물인 궤짝 하나와 백마 한 필을 획득하였습니다. 저희들이 감히 마음대로 처리할 수 없사오니, 처분을 내려주시기를 바랍니다."

국왕은 매우 기뻐하며 말했어요.

"궤짝째 가져오너라."

두 신하는 즉시 관청으로 가 병사들을 선발하여 대열을 정비한 후, 궤짝을 들고 오게 했어요. 삼장법사는 궤짝 안에서 놀라 넋이 나갈 정도였지요.

"얘들아, 이번에 국왕 앞에 가면 어떻게 설명해야 한단 말이냐?"

손오공이 웃으며 대답했어요.

"조용히 하세요! 제가 이미 적당하게 준비해놓았습니다. 궤짝을 열면 국왕은 바로 우리를 스승으로 모실 겁니다. 저팔계만 말썽을 피우지 않게 하면 됩니다."

저팔계가 대꾸했어요.

"죽지만 않는다면 크나큰 복이라고 할 수 있는데, 감히 말썽을 피우겠어요!"

이들의 대화가 끝나기도 전에 궤짝은 궁궐 밖에 이르렀고, 오봉루五鳳樓를 지나 붉은 계단 아래에 놓였어요. 두 신하가 국왕께 궤짝을 열어보라고 청하자 국왕이 즉시 궤짝을 열라고 명했어요. 뚜껑을 열자 저팔계는 참지 못하고 밖으로 뛰어나왔어요. 여러 벼슬아치들은 깜짝 놀라 벌벌 떨며 말도 못 하고 있었어요. 이어서 손오공이 삼장법사를 부축하고 나왔고, 사오정은 짐을 들어냈어요. 저팔계는 총병관이 말을 붙들고 있는 것을 보더니 다가가 "이놈!" 하고 호통을 쳤어요.

"그 말은 내 것이다. 이리 끌고 와라."

깜짝 놀란 총병관은 고꾸라져 땅바닥에 쓰러졌어요. 삼장법사 일행이 모두 계단에 서자, 국왕은 급히 용상에서 내려왔어요. 국왕은 황후와 후궁들을 불러 금란전을 내려와 여러 신하들과 함께 절을 하더니 물었어요.

"스님들은 어디서 오셨습니까?"

삼장법사가 대답했어요.

"동녘 땅 위대한 당나라 황제의 명으로 서천 천축국 대뇌음사로 가서 살아 있는 부처님을 뵙고 불경을 구하려는 사람들입니다."

"그렇게 멀리서 오셨는데 어째서 이런 궤짝 속에서 쉬고 계시는 겁니까?"

"저는 폐하께서 중들을 죽인다고 맹세하신 것을 알고 드러내 놓고 이 나라에 들어올 수가 없어, 보통 사람으로 분장하고 밤에 이곳 여관에 도착해서 묵었습니다. 그런데 다른 사람이 원래의 신분을 알아볼까 봐 이 궤짝 속에 들어가서 자고 있었습니다. 불행히도 도적들이 이 궤짝을 훔쳐 갔다가 총병관의 손에 들어가게 되어, 여기까지 들려오게 된 것입니다. 지금 폐하의 용안을 뵈오니 구름을 걷어내고 해를 보는 듯합니다. 바라옵건대, 저희들을 용서해 풀어주신다면 바다같이 깊은 은혜라 하겠습니다."

"스님은 천자가 다스리는 큰 나라의 고승인데 짐이 마중하지 못했구려. 짐이 평상시 승려들을 죽이려 했던 것은 전에 승려들이 짐을 비방한 적이 있었기 때문이었소. 짐은 만 명의 중들을 죽여 그 일을 매듭짓겠다고 하늘에 맹세했소. 그런데 뜻밖에도 어젯밤에 불문에 귀의하고 짐 등이 승려가 되어버렸다오. 그래서 지금 임금과 신하, 왕후와 비빈들의 머리카락이 모두 없는 상태라오. 부디 스님께서는 고명한 가르침을 아끼지 마시고 우리를 제자로 받아주기를 바라오."

저팔계는 이 말을 듣더니 깔깔 웃으며 이렇게 물었어요.

"제자가 되고 싶다고 하는데, 무슨 예물을 준비하셨소?"

"스승께서 받아주신다면 온 나라의 재물과 보물을 바치겠소이다."

손오공이 말했어요.

"재물이나 보물은 필요 없습니다. 우리는 도를 깨달은 스님들이오. 다만 통행증명서에 도장이나 찍어주고 성 밖까지 우리를 전송해주면 됩니다. 그러면 이 나라는 틀림없이 영원히 튼튼히 유지되고 모두들 행복과 장수를 누리게 될 것입니다."

국왕은 이 말을 듣더니 곧 광복시光祿寺의 관리들로 하여금 성대한 연회를 준비하도록 하고, 임금과 신하가 함께 삼장법사에게 절하고 스승으로 삼았어요. 그리고 즉시 통행증명서에 도장을 찍어주더니, 삼장법사에게 국호를 바꿔달라고 부탁했어요. 손오공이 말했어요.

"폐하, '법국法國'이라는 이름은 매우 좋은데, '멸滅'이라는 글자만은 좋지 않습니다. 우리가 지나간 다음에는 국호를 '흠법국欽法國'이라고 하는 것이 좋겠습니다. 틀림없이 태평스런 세월이 천대 넘도록 계속될 것이며, 풍년이 들어 온 나라가 평안하게 될 것입니다."

국왕은 은혜에 감사하고, 국왕이 타는 수레를 준비하라고 명을 내려서 삼장법사 일행을 태워 서쪽 성문 밖까지 전송했어요. 임금과 신하들이 선을 행하고 불법에 귀의한 것은 더 이상 이야기하지 않겠어요.

　한편, 삼장법사는 흠법국 국왕과 작별하고 말 위에서 기분이
좋아 이렇게 말했어요.

"오공아, 이번 일은 정말 잘됐다. 큰 공을 세웠구나."

사오정이 말했어요.

"형님, 어디서 그렇게 많은 이발사들을 구해 밤새 그렇게 많은
머리를 깎았어요?"

손오공은 변신술을 쓰고 신통력을 부린 일들을 모두 이야기해
주었어요. 스승과 제자들은 모두 웃느라고 입을 다물 줄을 몰랐
어요. 그렇게 한참 즐거워하고 있는데, 갑자기 높은 산이 나타나
길을 가로막았어요. 삼장법사가 말을 세우고 말했어요.

"얘들아, 봐라. 앞에 있는 저 산은 산세가 험준하니 조심해야
한다."

손오공이 웃으며 말했어요.

"안심하세요. 아무 일 없을 겁니다."

"그렇게 큰소리치지 마라. 내 살펴보니 산봉우리는 우뚝 솟아
멀리서도 불길한 기운이 느껴지며, 음산한 구름이 피어오르는 것
이 점점 두려움을 느끼게 하고, 온몸이 굳어지고 마음도 불안해
지는구나."

손오공이 웃으며 말했어요.

"사부님, 오소 선사烏巢禪師의 『반야바라밀다심경』을 벌써 잊어
버리셨어요?"

"기억하고 있다."

"사부님이 기억하시는 것 말고 또 네 구의 게송偈頌이 있는데,
그걸 잊어버리신 모양이군요."

"그 네 구가 어떤 것이냐?"

부처님은 영취산에 있으니 멀리서 찾지 말라.
영취산은 바로 그대의 마음속에 있느니라.
사람들에게는 모두 영취산의 불탑이 있으니
그 불탑을 보고 수행하면 되느니라.

佛在靈山莫遠求　靈山只在汝心頭
人人有個靈山塔　好向靈山塔下修

"애야, 내가 어찌 모르겠느냐? 그 네 구절에 따르면, 모든 불교
경전은 오직 마음을 수양하는 것일 따름이지."

"두말할 필요도 없지요. 마음이 깨끗하면 홀로 밝게 비춰볼 수
있고 마음을 단단히 지키면 모든 세상도 다 맑아지지요. 하지만
조금이라도 잘못하여 게으름을 피우게 되면 천년만년이 걸려
도 공을 이룰 수가 없습니다. 의지와 정성이 있다면 뇌음사는 바
로 눈앞에 있는 거나 다름없습니다. 사부님처럼 그렇게 두려워
하고 당황해하며 마음이 불안하면 대도大道는 멀어지고 뇌음사
도 멀어지게 될 겁니다. 쓸데없이 의심하지 마시고 저를 따라오
세요."

삼장법사는 이 말을 듣고 문득 마음이 상쾌해지고 모든 근심
이 사라짐을 느꼈어요. 일행이 함께 앞으로 가다 보니, 어느새 산
에 도착했어요.

저 산 참 멋지구나
자세히 보니 색깔이 울긋불긋
산꼭대기에서 구름이 피어오르고

벼랑 앞에 선 나무 그림자 차갑구나.

새들 푸드득 날고

짐승들 사납구나.

숲속에는 소나무 천 그루

산꼭대기에는 몇 그루 대나무도 있네.

울부짖는 소리는 푸른 이리들 먹이 빼앗는 소리요

으르렁거리는 소리는 배고픈 호랑이 먹을 것 다투는 소리
라네.

원숭이는 길게 휘파람 불며 신선한 과일을 찾아다니고

사슴들은 꽃나무 의지하여 푸른 산을 오르네.

바람은 솔솔

물은 졸졸

때로 은은하게 새 우는 소리 들리는구나.

이곳저곳에 등나무 넝쿨 얽혀 있고

계곡마다 기이한 풀과 향기로운 난초 가득하네.

울퉁불퉁 괴이한 돌들

삐죽삐죽 봉우리의 바위들

여우와 담비 무리 지어 내달리고

원숭이들 떼 지어 놀고 있구나.

길 가는 나그네 험준함을 근심하지만

어쩌랴! 옛길은 또 구불구불한 것을.

那山眞好山　細看色斑斑

頂上雲飄蕩　崖前樹影寒

飛禽淅瀝　走獸兇頑

林內松千幹　巒頭竹幾竿

吼呌是蒼狼奪食　咆哮是餓虎爭飡

野猿長嘯尋鮮果　麋鹿攀花上翠嵐
風洒洒　水潺潺　時聞幽鳥語間關
幾處藤蘿牽又扯　滿溪瑤草襯香蘭
磷磷怪石　削削峰巖
狐貉成群走　猴猿作隊頑
行客正愁多險峻　奈何古道又灣還

　스승과 제자들이 두려워하며 한참 가고 있는데, 휙 하고 바람
이 일어났어요. 삼장법사가 겁에 질려 말했어요.
　"바람이 부는구나!"
　그러자 손오공이 대꾸했어요.
　"봄에는 산들바람, 여름에는 동남풍, 가을에는 서풍, 겨울에는
북풍, 철마다 바람이 붑니다. 바람 부는 것이 뭐가 무서운가요?"
　"이 바람은 매섭게 부는 게 결코 하늘에서 불어오는 바람이 아
니다."
　"예로부터 바람은 땅에서 일고 구름은 산에서 생기는 법인데,
무슨 하늘에서 불어오는 바람이 있겠습니까?"
　이 말이 끝나기도 전에 한바탕 안개가 피어올랐어요.

　　자욱하니 하늘도 컴컴해지고
　　어슴푸레 온 땅을 뒤덮네.
　　햇빛은 전혀 찾아볼 수 없고
　　새소리 아무 데서도 들리지 않네.
　　마치 혼돈의 상태인 듯
　　먼지가 날리는 듯
　　산에 나무도 보이지 않으니

약초 캐는 이들 어떻게 만날 수 있으랴?

漠漠連天暗　濛濛匝地昏

日色全無影　鳥聲無處聞

宛然如混沌　彷彿似飛塵

不見山頭樹　那逢採藥人

삼장법사는 더욱 놀랐어요.

"오공아, 바람이 아직 가라앉지 않았는데, 어째서 또 이런 안개가 피어오르는 것이냐?"

"서둘지 마세요. 사부님, 우선 말에서 내리세요. 저팔계와 사오정은 여기서 사부님을 지키고 있고, 저는 가서 무슨 일인지 알아보겠습니다."

멋진 제천대성! 그는 허리를 한 번 굽히더니 바로 공중으로 뛰어올랐어요. 그리고 손을 눈썹 위에 대고 불같은 눈을 동그랗게 뜨고 아래를 내려다보니, 정말 벼랑의 바위 위에 요괴 하나가 앉아 있었어요. 여러분, 그가 어떻게 생겼는지 볼까요?

선명하고 화려한 무늬 참으로 아름답고

기세는 어찌나 당당하고 영웅다운지!

송곳니는 강철 송곳같이 입 밖으로 튀어나왔고

감춰진 날카로운 발톱 옥 갈고리 같구나.

금빛 눈 동그랗게 뜨니 짐승들 두려워하고

은빛 수염 치켜세우니 귀신들도 걱정하네.

입을 쫙 벌리고 울부짖으며 사나움을 과시하고

안개, 바람 내뿜으며 꾀를 쓰고 있구나.

炳炳紋斑多采艷　昂昂雄勢甚抖擻

　요괴의 좌우에는 삼사십 마리의 졸개 요괴들이 늘어서 있었는데, 그는 거기서 휙휙 쌩쌩 바람과 안개를 내뿜고 있었어요. 손오공은 피식 웃으며 중얼거렸어요.

　"우리 사부님도 조금은 선견지명이 있으시군. 하늘에서 불어오는 바람이 아니라고 하더니만 정말 그랬어. 요괴가 여기서 술수를 부리고 있었군. 이 몸이 여의봉을 휘두르며 아래로 내려가 바로 '마늘 찧는 타법[搗蒜打]'으로 공격하면 저놈을 때려죽이기는 하겠지만, 그건 이 몸의 명성을 더럽히는 일이야."

　손오공은 평생 영웅호걸로 살았기 때문에 다른 사람을 몰래 해치는 짓은 할 줄 몰랐어요. 그는 이렇게 생각했어요.

　'일단 돌아가 저팔계에게 기회를 줘보자. 그놈더러 먼저 저 요괴와 한판 붙게 하는 거야. 저팔계가 저 요괴를 때려눕힐 능력이 있다면 그놈이 공을 하나 세우는 셈이 될 테지. 그럴 만한 재주가 없어서 요괴에게 붙잡혀 간다면, 내가 가서 그놈을 구해 이름을 날리도록 하자.'

　그는 다시 생각해봤어요.

　'저팔계는 워낙 게을러서 나서려 하지 않을 거야. 하지만 그놈은 식탐이 있어서 먹는 것은 좋아하니, 속여서 그놈이 뭐라고 하는지 봐야겠다.'

　손오공은 즉시 구름을 내려 삼장법사 앞에 이르니, 삼장법사가 물었지요.

　"얘야, 바람과 안개가 이는 곳의 길흉이 어떠하더냐?"

"지금은 깨끗하게 걷혀 바람도 안개도 없습니다."

"그래, 좀 물러간 것 같구나."

손오공이 웃으며 말했어요.

"사부님, 제가 평상시는 보는 게 정확한 편이었는데 이번에는 잘못 봤습니다. 저는 바람과 안개가 일어나는 곳에 요괴가 있을 줄로만 알았는데, 알고 보니 아니었습니다."

"그럼, 무엇이더냐?"

"앞쪽 멀지 않는 곳에 마을이 하나 있는데, 그 마을 사람들은 선행을 베풀기를 좋아해서 흰쌀로 밥을 짓고 밀가루로 만두를 만들어 스님들에게 음식을 시주하고 있었습니다. 그 안개는 그 사람들의 찜통에서 올라온 김이었던 모양입니다. 그 또한 적선할 때 쓸 것들이 아니겠어요?"

저팔계는 이 말을 진짜로 알아듣고 손오공을 잡아끌며 넌지시 물었어요.

"형님, 형님은 그들의 공양을 먼저 먹고 온 거요?"

"많이 먹지는 못했다. 음식들이 너무 짜서 많이 먹고 싶은 생각이 없더구나."

"저런! 아무리 짜더라도 나 같으면 양껏 배불리 먹었을 텐데. 갈증이 심하면 돌아와 물을 마시면 되잖소?"

"너도 먹고 싶니?"

"당연하지요. 제가 배가 고파서 그러는데, 먼저 가서 좀 먹으면 안 될까요?"

"동생, 그런 말 말게. 옛 책에 '아비가 살아 계시면 자식은 제멋대로 할 수 없다(父在子不得自專)'고 했어. 사부님이 여기 계시는데 감히 먼저 가서 먹겠다고?"

저팔계가 웃으면서 말했어요.

"형님이 눈감아주면 가겠소."

"나는 애기하지 않겠다만, 어떻게 가겠다는 거냐?"

멍텅구리는 먹는 쪽으로는 머리가 발달하여, 앞으로 걸어가더니 삼장법사에게 꾸벅 인사를 하고 이렇게 말했어요.

"사부님, 방금 형님이 그러는데 앞마을에 스님들에게 음식을 시주하는 집이 있다고 합니다. 사부님도 한번 생각해보세요. 이 말에게 먹일 사료까지 달라고 하면 남에게 폐를 끼치고 번거롭게 하는 일이 아니겠어요? 다행히 지금 바람과 안개가 깨끗이 걷혔으니, 모두들 여기 좀 앉아 계세요. 제가 먼저 가서 부드러운 풀을 좀 뜯어다 말을 먹일 테니 그 후에 그 집에 동냥하러 갑시다."

삼장법사는 기뻐하며 말했어요.

"좋은 생각이다. 네가 오늘은 웬일로 그렇게 부지런을 떠는 것이냐? 빨리 다녀오너라."

멍텅구리는 몰래 웃으며 바로 떠났어요. 손오공이 따라와 붙들며 말했어요.

"동생, 그 집에서 스님들에게 음식을 대접할 때는 잘생긴 중한테만 시주를 하지 못생긴 중에게는 시주를 하지 않는다네."

"그렇다면 변신을 해야겠군."

"그래, 변신을 하고 가라고."

멋진 멍텅구리! 그도 서른여섯 가지로 변신할 수가 있었지요. 그는 산 움푹한 곳으로 걸어가더니, 손가락을 구부려 결을 맺고 주문을 외우며 몸을 흔들어 키 작고 비쩍 마른 중으로 변했어요. 손으로는 목탁을 두드리며 입으로는 흥얼흥얼거렸어요. 경전을 외울 줄은 모르니 그저 "상대인上大人,[1] 상대인" 하고 흥얼댈 뿐이

---

1 고대 중국에서 어린아이들에게 글자를 가르치는 책에 나오는 단어이다. 돈황사본敦煌寫本에는 "상대인上大人, 공을기孔乙己, 화삼천化三千, 칠십사七十士, ……"이라고 되어 있다.

었지요.

　한편, 요괴는 바람과 안개를 거두고 여러 졸개들에게 명하여 큰길 입구에서 둥근 진을 펼치고 지나가는 나그네를 기다리도록 했어요. 멍텅구리는 운이 나빴지요. 얼마 지나지 않아 그 포위망 속에 이르게 되어 요괴들에게 둘러싸였어요. 이놈은 옷을 붙잡고, 저놈은 허리띠를 잡아끌며, 밀치고 끌어안으며 일제히 덤벼들었어요. 저팔계가 그들에게 말했어요.

　"잡아끌지 마시오. 내 한 집씩 돌아가며 먹어드리리다."

　요괴들이 물었어요.

　"이봐, 땡초! 뭘 먹겠다는 거냐?"

　"당신들이 여기서 스님들에게 음식을 대접한다기에, 내 그것을 먹으러 왔소."

　"너는 여기서 스님들에게 음식을 대접한다고 생각한 모양이구나? 그래, 우리가 여기서 중들을 잡아먹으려고 벼르고 있다는 것은 몰랐느냐? 우리는 모두 산속에서 도를 깨친 요괴 신선들인데, 오로지 너 같은 중들만 집으로 잡아다가 찜통에 쪄서 먹는단다. 그런데 너는 도리어 시주 음식을 먹겠다고 찾아왔구나!"

　저팔계는 이 말을 듣고 두려워져서 손오공을 원망했어요.

　'이 필마온 녀석, 정말 지독하구나! 마을에서 스님들에게 음식을 대접한다는 말로 나를 속이다니. 여기 어디에 마을의 인가가 있으며, 어디서 스님들에게 음식을 대접하고 있단 말이야? 보니까 요괴들만 득실거리고 있는데!'

　멍텅구리는 요괴들이 잡아끌자 당황했어요. 그는 바로 원래 모습을 드러내고 허리춤에서 쇠스랑을 꺼내어 한바탕 마구 내리쳐서 졸개 요괴 몇 명을 물리쳤어요. 졸개 요괴들은 급히 안으로 뛰어가 요괴 왕에게 보고했어요.

"대왕님, 큰일 났습니다."

"무슨 큰일이 났다는 것이냐?"

"산 앞에 웬 중이 하나 나타났는데 그런 대로 말끔하게 잘생긴 중이었습니다. 저희들은 그 중을 집으로 잡아 와서 쪄 먹고 다 먹지 못하면 남겨두었다가 궂은 날에 대비할 생각이었습니다. 그런데 뜻밖에도 그가 변화를 부릴 줄 알았습니다."

"어떤 모습으로 변하더냐?"

"그게 어디 사람 모습이었겠습니까? 기다란 주둥이에 큰 귀가 있고 등에는 뻣뻣한 갈기가 있었습니다. 두 손으로 쇠스랑을 휘두르며 여기저기 안 가리고 마구 내리치니, 저희들은 깜짝 놀라 뛰어 들어와 대왕님께 보고를 드리는 것입니다."

"두려워 마라. 내가 가보마."

요괴 왕이 쇠몽둥이[鐵杵]를 휘두르며 가까이 다가가 살펴보니, 멍텅구리는 정말 험악하게 생겼어요.

몽둥이 같은 주둥이 처음에는 석 자 정도였는데
송곳니 입 밖으로 드러나니 은 못에 견줄 만하구나.
둥근 두 눈에서는 번개처럼 빛이 나고
두 귀로 부채질을 하니 소리가 철썩철썩
뒤통수의 갈기는 쇠 화살처럼 길게 나 있고
온몸의 가죽은 거칠고 푸르죽죽
손으로는 괴상한 물건 휘두르는데
아홉 날 쇠스랑에 모두들 겁내는구나.

　　　　　　碓嘴初長三尺零　　獠牙觜出賽銀釘

　　　　　　一雙圓眼光如電　　兩耳搧風吻吻聲

손오공이 저팔계를 속여 골탕 먹이고, 요괴는 계책으로 삼장법사를 납치하다

腦後鬃長排鐵箭　渾身皮糙癩還青
手中使件蹊蹺物　九齒釘鈀個個驚

그 요괴 왕은 억지로 용기를 내어 소리쳤어요.

"너는 어디서 왔고 이름이 뭐냐? 빨리 대답하면 목숨은 살려주마."

저팔계가 웃으며 대답했어요.

"아가, 너는 네 저씨 조상님도 몰라보느냐? 이리 올라와봐. 내 너한테 얘기해줄 테니."

큰 입에 삐져나온 송곳니, 신통력은 대단하여
옥황상제는 나를 천봉원수로 삼으셨단다.
은하수의 팔만 병사 통솔하며
하늘궁전의 즐거움 마음껏 누렸지.
술에 취해 궁녀를 희롱하며
영웅다움을 과시했지.
한입에 두우궁을 들어 엎었고
서왕모의 영지초를 먹었지.
그 일로 옥황상제는 직접 쇠망치로 이천 대 때리시고
나를 삼계三界[2]의 세상으로 귀양 보냈지.
뜻을 세워 원신을 수양하라 하셨으나
인간 세상에서 오히려 요괴가 되었단다.
고로장에서 한참 결혼 생활을 즐기는데
재수 없게 손오공 형님을 만나게 되었지.
여의봉 아래에서 그에게 항복하고
머리 숙이고 비로소 불문에 귀의했단다.

---

2 생사윤회의 세상을 삼계三界, 즉 욕계欲界, 색계色界, 무색계無色界로 구분한다.

말을 끌고 짐을 드는 힘든 일을 하면서
전생에 진 삼장법사의 빚을 갚고 있다.
무쇠 다리의 천봉원수로 본성은 저씨猪氏요
법명은 저팔계라고 부른다.

巨口獠牙神力大　玉皇陞我天蓬帥
掌管天河八萬兵　天宮快樂多自在
只因酒醉戲宮娥　那時就把英雄賣
一嘴拱倒斗牛官　吃了王母靈芝菜
玉皇親打二千鎚　把吾貶下三天界
敎吾立志養元神　下方却又爲妖怪
正在高庄喜結親　命低撞着孫兄在
金箍棒下受他降　低頭纔把沙門拜
背馬挑包做夯工　前生少了唐僧債
鐵脚天蓬本姓猪　法名改作猪八戒

　요괴 왕은 이 말을 듣고 이렇게 말했어요.
　"알고 보니 너는 당나라 중의 제자였구나! 내 전부터 당나라 중의 고기가 맛있다는 얘기를 듣고서 너희들을 붙잡으려던 참이었는데, 마침 네가 찾아와주었으니 너를 그냥 놓아주겠느냐? 도망치지 말고 내 몽둥이 맛이나 봐라."
　"못된 짐승! 알고 보니 너는 염색공 출신이구나!"
　"내가 어째서 염색공이라는 거냐?"
　"염색공이 아니면 어떻게 빨랫방망이를 쓰느냐?"
　요괴는 일언반구 대꾸도 없이 앞으로 다가와 마구 공격했어요. 둘이 산골짜기에서 벌인 이번 싸움은 정말 대단했어요.

아홉 날 쇠스랑과

한 자루 쇠몽둥이

쇠스랑으로 실력을 발휘하니 광풍이 몰아치고

쇠몽둥이로 재주를 부리니 소나기가 몰아치네.

한쪽은 산길을 막아선 이름 없는 요괴요

다른 한쪽은 삼장법사를 돕는 죄지은 천봉원수

본성이 올바르면 어찌 요괴와 마귀를 걱정하랴?

산이 높으니 금이 토를 살리는 조화를 이룰 수 없구나.

저쪽 쇠몽둥이가 치는 것은 구렁이가 연못에서 나오는 듯

이쪽 쇠스랑이 공격하는 것은 용이 물을 떠나는 듯

고함치고 꾸짖는 소리 산천을 진동하고

웅장하고 위엄 있는 고함 저승 관청을 떨게 하네.

두 영웅이 각자 재주를 보이며

목숨을 내길고 신통력을 겨루는구나.

> 九齒釘鈀　一條鐵杵
>
> 鈀丟解數滾狂風　杵運機謀飛驟雨
>
> 一個是無名惡怪阻山程　一個是有罪天蓬扶性主
>
> 性正何愁怪與魔　山高不得金生土
>
> 那個杵架猶如蟒出潭　這個鈀來却似龍離浦
>
> 喊聲叱咤振山川　吆喝雄威驚地府
>
> 兩個英雄各逞能　捨身却把神通賭

　저팔계는 위풍당당하게 요괴 왕과 싸웠어요. 요괴 왕은 졸개 요괴들에게 명하여 저팔계를 일제히 포위하게 했는데, 이 이야기는 더 이상 하지 않겠어요.

한편, 손오공은 삼장법사 뒤에서 갑자기 소리를 내어 피식 웃었어요. 사오정이 물었어요.

"형님, 그 웃음은 무슨 뜻입니까?"

"저팔계는 정말 멍청하구나. 스님들에게 음식을 대접한다는 내 말에 속아서 가더니 이 시간까지도 돌아오지 않는구나. 만약에 쇠스랑으로 한바탕 공격해서 요괴들을 물리쳤다면, 너도 알다시피 그놈은 승리하고 돌아와 공로를 떠벌렸을 것이다. 하지만 요괴를 당해내지 못하고 붙잡혀 갔다면, 그건 오히려 내게 재수 더럽게 없는 일이지. 그놈이 내 뒤에서 필마온 어쩌고 하며 얼마나 욕을 해대고 있겠어? 오정아, 너는 입 다물고 있어라. 내가 가 볼 테니."

멋진 제천대성! 그는 삼장법사에게 말도 하지 않고 몰래 뒤통수에서 털을 하나 뽑아 신령한 기운을 불어 넣으며 "변해라!" 하고 외쳤어요. 그러자 그 털은 즉시 손오공 자신의 모습으로 변하여 사오정과 함께 삼장법사를 뒤따랐어요. 그의 진짜 몸이 신통력을 부려 공중에 뛰어올라 살펴보니, 멍텅구리는 요괴들에게 포위되어 쇠스랑을 휘두르는데, 자세도 흐트러지고 점차 수세에 몰리고 있었어요. 손오공은 구름을 내리며 사납게 소리쳤어요.

"팔계야, 당황하지 마라. 이 몸이 왔다!"

멍텅구리는 손오공의 목소리임을 알고, 그를 믿고 더욱 위풍을 떨쳐 앞을 향해 쇠스랑을 마구 휘둘러댔어요.

그러자 요괴 왕은 당해낼 수가 없었지요. 그가 말했어요.

"이 중놈이 좀 전에는 별것 아니더니, 지금은 웬일로 다시 힘을 내는 거야?"

"아가, 나를 우습게 보지 마라. 우리 식구가 도와주러 왔다."

멍텅구리는 더욱 기운을 내 앞을 향해 인정사정없이 내리쳤어요. 요괴 왕은 당해내지 못하고 여러 요괴들을 거느리고 달아났어요. 손오공은 요괴가 달아나는 것을 보고 더 이상 접근하지 않고 구름을 돌려 있던 곳으로 곧장 되돌아왔어요. 그는 털을 한 번 흔들어 몸으로 거둬들였어요. 식견이 좁은 평범한 삼장법사의 눈으로 어떻게 그걸 알 수 있었겠어요? 잠시 후 멍텅구리가 혼자서 승리를 거두고 돌아왔어요. 지쳐서 침과 콧물을 흘리고 흰 거품을 내뿜고 숨을 헐떡거리며 걸어와 "사부님!" 하고 불렀지요. 삼장법사가 그를 보고 깜짝 놀라 물었어요.

"애야, 말에 먹일 풀을 베러 간다고 하더니, 어째서 이렇게 낭패한 몰골로 돌아오느냐? 혹시 산속 인가에 지키는 사람이 있어서 풀을 베지 못하게 한 것은 아니냐?"

그 멍텅구리는 쇠스랑을 내려놓더니 가슴을 치고 발을 구르며 원통해했어요.

"사부님, 말도 마세요. 창피해서 죽는 줄 알았습니다."

"뭐가 창피하다는 거냐?"

"형님이 저를 놀렸습니다. 형님은 처음에 바람과 안개 속에는 요괴도 없고 나쁜 조짐도 없으며, 마을 사람들은 선행을 베풀기를 좋아하여 흰쌀로 밥을 하고 밀가루로 만두를 만들어 스님들에게 대접한다고 했습니다. 저는 진짜인 줄 알고 배가 고파 먼저 가서 좀 먹을 생각으로, 거짓으로 풀을 베러 간다는 명분을 댔던 겁니다. 그런데 몇 놈의 요괴들이 저를 포위하여 지금까지 죽도록 싸우게 될 줄을 어떻게 알았겠습니까? 만약 사형이 저 무시무시한 상주 지팡이로 도와주지 않았다면, 저는 포위망을 벗어나 돌아올 수 없었을 겁니다."

손오공이 옆에서 웃으며 말했어요.

"이 멍청이가 멋대로 지껄이는군! 도둑질은 네가 해놓고 왜 괜한 사람들을 끌어들이는 것이냐? 나는 여기서 사부님을 보호하면서 곁을 떠난 적이 없다."

삼장법사가 말했어요.

"맞다. 오공이는 내 곁을 떠난 적이 없다."

멍텅구리는 펄쩍 뛰며 소리쳤어요.

"사부님, 형님이 분신술을 쓸 줄 안다는 걸 모르세요!"

"오공아, 정말로 요괴가 있었느냐?"

손오공은 속일 수 없어 몸을 굽히고 웃으며 대답했어요.

"새끼 요괴가 있었습니다만 그놈은 감히 우리를 건드리지는 못할 겁니다. 팔계야, 이리 와봐라. 내 특별히 너를 배려해주마. 우리가 사부님을 보호하여 험준한 산길을 가는 것은 행군하는 것과 같은 것이다."

"행군은 어떻게 하는데?"

"너는 개로장군開路將軍이 되어 앞에서 길을 열어라. 요괴가 나타나지 않으면 그만이고, 나타나면 네가 싸워라. 요괴를 때려눕히면 네 공로가 되는 것이다."

저팔계는 그 요괴의 능력이 자기와 비슷하다는 생각에 이를 허락했어요.

"내 그놈 손에 죽어도 그만이니, 앞서가리다."

손오공이 웃으면서 말했어요.

"이 멍청이가 처음에는 재수 없는 소리만 하더니, 어떻게 이렇게 기특해졌지?"

"형님, '부잣집 자제는 잔치 자리에 가면 취하든지 배불리 먹고 씩씩한 병사는 싸움터에 나가면 죽지 않으면 부상을 당한다(公子登筵 不醉卽胞 壯士臨陣 不死帶傷)'는 말이 있잖소? 처음에는 말을 잘못했다 하더라도 나중에는 위풍을 떨치는 법이오."

손오공은 기뻐하며 즉시 말에 안장을 얹어 삼장법사를 태우고, 사오정은 짐을 든 채 저팔계를 따라 산속으로 들어갔는데, 이 이야기는 더 이상 하지 않겠어요.

한편, 요괴 왕은 패전한 졸개 요괴들을 거느리고 곧장 동굴로 돌아와 벼랑 위에 높이 앉아서 묵묵히 아무 말도 없었어요. 동굴에서 지키고 있던 수많은 졸개 요괴들이 모두 나아가 물었어요.

"대왕님, 평상시 나갔다 오시면 기쁜 모습으로 돌아오시더니 오늘은 어째서 걱정스런 표정이십니까?"

"애들아, 내가 평소에 산을 순찰하러 동굴을 나서면, 사람이고 짐승이건 간에 반드시 몇 놈은 붙잡아 가지고 돌아와 너희들을 돌보지 않았느냐? 그런데 오늘은 운이 나빠 센 놈을 하나 만났구나."

"어떤 놈입니까?"

"중놈이야. 경전을 가지러 가는 동녘 땅 당나라 중의 제자로 저팔계라는 놈이다. 내 그놈의 쇠스랑에 패하여 돌아왔다. 정말 분하구나! 전부터 다른 사람들의 말을 들으니, 당나라 중은 열 세상을 돌며 수행한 나한羅漢으로 그의 고기를 한 점이라도 먹은 자는 불로장생할 수 있다더라. 오늘 뜻밖에 그가 이 산속으로 왔기에 붙잡아 삶아 먹으려던 참이었는데, 그의 밑에 이런 제자가 있을 줄이야!"

이 말이 끝나기도 전에 대열 가운데서 한 졸개 요괴가 재빨리 나오더니 요괴 왕을 보고 흑흑흑 세 번 통곡을 하고, 다시 깔깔깔 세 번 웃었어요. 요괴 왕이 호통을 쳤어요.

"네가 울었다가 웃는 것은 무슨 까닭이냐?"

졸개 요괴는 무릎을 꿇고 대답했어요.

"대왕님께서 방금 당나라 중을 먹고 싶다고 하셨는데, 당나라 중의 고기는 먹을 수 없습니다."

"남들이 모두 그의 고기 한 점 먹으면 불로장생하여 하늘과 수명을 같이할 수 있다고 하던데, 어째서 먹을 수 없다는 것이냐?"

"만약 먹을 수 있었다면 이곳까지 오지도 못하고 다른 곳의 요괴들이 모두 잡아먹었을 겁니다. 하지만 그의 밑에는 세 명의 제자가 있습니다."

"네가 그 세 명을 아느냐?"

"첫째 제자는 손오공이고, 셋째 제자가 사오정이며, 이번의 그자는 둘째 제자인 저팔계입니다."

"사오정은 저팔계와 비교해볼 때 어떠냐?"

"비슷합니다."

"그럼, 손오공은 그들과 비교해볼 때 어떠냐?"

졸개 요괴는 혀를 내둘렀어요.

"감히 말씀드리지 못하겠습니다. 그 손오공이란 자는 신통력이 대단하고 변신술도 뛰어납니다. 그가 오백 년 전에 하늘궁전에서 크게 소동을 일으킨 적이 있습니다. 그때 하늘의 이십팔수二十八宿, 구요성관九曜星官, 십이원신十二元辰, 오경五卿과 사상四相, 동서의 성두星斗, 남북의 두 신, 오악五嶽과 사독四瀆, 온 하늘의 장수들도 그를 당해내지 못했습니다. 그러니 대왕님께서 어떻게 당나라 중을 잡아먹을 수 있겠습니까?"

"너는 어떻게 그를 그렇게 잘 아느냐?"

"저는 처음에 사타령獅駝嶺 사타동獅駝洞에서 그곳의 대왕과 같이 있었습니다. 그런데 그 대왕이 멋모르고 당나라 중을 잡아먹으려 하다가, 손오공이 여의봉을 들고 동굴로 쳐들어오는 바람에 가엾게도 골패骨牌에서 단요절육斷幺絶六이 걸린 것처럼 모조리 맞아 죽었습니다. 다행히 저는 눈치를 채고 후문으로 달아나 이곳에 오게 됐는데, 대왕님께서 거두어주셨습니다. 그래서 그의 능력을 잘 알고 있습니다."

요괴 왕은 이 말을 듣고 너무 놀라 얼굴빛이 변했어요. 이는 바로,

대장군도 불길한 말을 두려워한다.

大將軍怕讖語

는 격이었지요. 자기 집 식구가 이렇게 얘기하는 것을 들었으니, 그가 어떻게 놀라지 않겠어요?

그렇게 모두 두려워하고 있는데, 한 졸개 요괴가 앞으로 나서면서 이렇게 말하는 것이었어요.

"대왕님, 걱정하지 마세요. 두려워하지 마세요. 속담에도 '일은 느긋하게 하라(事從緩來)'는 말이 있잖아요? 당나라 중을 잡아먹고 싶으시면 제가 계책을 세워 그를 붙잡겠습니다."

"무슨 계책이 있느냐?"

"매화 꽃잎을 쪼개는 것과 같은 분판매화계分瓣梅花計가 있습니다."

"그게 무엇이냐?"

"지금 동굴 안에 있는 크고 작은 여러 요괴들을 점검해서 천 명 중에서 백 명을 선발하고, 백 명 가운데서 열 명을 선발하고, 열 명 가운데서 세 명을 선발합니다. 반드시 능력이 있고 변신술을 쓸 수 있는 자라야 합니다. 그들이 모두 대왕님의 모습으로 변하여 대왕님의 투구를 쓰고, 대왕님의 갑옷을 입고, 대왕님의 쇠몽둥이를 들고, 세 곳에 매복합니다. 먼저 한 명은 저팔계와 싸우고,

또 한 명은 손오공과 싸우며, 또 다른 한 명은 사오정과 싸웁니다. 이들 세 명의 졸개 요괴들을 희생시켜 그들 삼 형제를 유인하는 것이지요. 그때 대왕님께서 공중에서 구름을 붙잡듯 잽싸게 손을 뻗어 당나라 중을 낚아챈다면 '주머니를 뒤져 물건을 꺼내고(探囊取物)' '어항 속에 있는 파리를 잡는(魚水盆內捻蒼蠅)' 것처럼 쉬운 일입니다. 뭐 어려울 게 있겠습니까?"

요괴 왕은 이 말을 듣고 기뻐 어쩔 줄 몰랐어요.

"절묘하구나! 절묘해! 이번에 당나라 중을 잡지 못한다면 그만이지만, 잡게 된다면 결코 너를 서운하게 하지 않으마. 바로 전방의 선봉장으로 임명하겠다."

졸개 요괴는 머리를 조아려 은혜에 감사했고, 요괴 왕은 요괴들을 불러 모았어요. 그리고 즉시 동굴 안에 있던 크고 작은 졸개 요괴들을 조사하여 정말 능력 있는 셋을 뽑았어요. 그들은 모두 요괴 왕으로 변신해 각자 쇠몽둥이를 들고 매복하여 당나라 중을 기다리고 있었는데, 그 이야기는 더 이상 하지 않겠어요.

한편, 삼장법사는 근심 걱정 없이 저팔계를 따라 큰길을 가고 있었지요. 한참 가고 있는데 길옆에서 후다닥하는 소리와 함께 졸개 요괴 하나가 뛰어나오더니, 앞으로 달려와 삼장법사를 잡아가려고 했어요. 손오공이 소리쳤어요.

"팔계야! 요괴가 나타났는데 왜 가만히 있느냐?"

멍텅구리는 진짜와 가짜를 알아보지 못하고 쇠스랑을 들고 앞으로 달려가 마구 내리쳤어요. 그 요괴도 쇠몽둥이로 가로막으며 맞섰어요. 그 둘이 산비탈에서 왔다 갔다 하며 한참 싸우고 있는데, 다시 저쪽 풀숲에서 소리가 나더니 또 한 요괴가 뛰어나와 삼장법사에게 달려들었어요. 손오공이 소리쳤어요.

"사부님, 큰일 났습니다. 저팔계가 눈이 어두워 요괴를 놓쳐 사부님을 붙잡으러 왔으니, 이 몸이 때려눕히겠습니다."

손오공은 급히 여의봉을 들고 앞으로 나가 맞이하며 고함쳤어요.

"꼼짝 마라! 내 여의봉 맛이나 봐라."

요괴는 대꾸도 하지 않고 쇠몽둥이를 들고 대들었어요. 그 둘은 풀이 덮인 산비탈 아래에서 치고받고 한참 겨루고 있을 때, 다시 산등성이에서 휙 하는 바람 소리가 들리며 또 한 요괴가 뛰어나와 곧장 삼장법사에게 달려들었어요. 사오정이 요괴를 보고 매우 놀라 소리쳤어요.

"사부님, 큰형님과 둘째 형님 모두 눈이 어두워 요괴를 놓쳐 사부님을 잡으러 왔습니다. 사부님은 말 위에 앉아 계세요. 이 몸이 요괴를 붙잡겠습니다."

사오정도 이것저것 따지지 않고 바로 항요장을 들고 정면에서 요괴의 쇠몽둥이를 막으며 악을 써가며 서로 겨루었지요. 얏! 얏! 그들이 뒤엉켜 고함치고 싸우다 보니 삼장법사에게서 점차 멀어져 갔어요. 요괴 왕은 공중에서 삼장법사가 혼자 말 위에 앉아 있는 것을 보고, 강철 갈고리 같은 손톱이 달린 손을 뻗어 그를 움켜잡았어요. 삼장법사는 말과 등자를 남겨둔 채 바람과 함께 요괴에게 납치되어 갔어요. 가엾어라!

삼장법사는 요괴를 만나 정과를 이루기 어렵게 되니
강류 스님이 다시 재난을 만났구나

禪性遭魔難正果　江流又遇苦災星

요괴 왕은 바람을 내려 삼장법사를 동굴 속으로 데려오더니

"선봉장!" 하고 불렀어요. 계책을 세웠던 졸개 요괴가 앞으로 나와 무릎을 꿇고서 대답했어요.

"황공합니다. 황공합니다."

"어째서 그런 말을 하느냐? '대장군이 한번 꺼낸 말은 흰 천에 먹물이 든 것처럼 번복할 수 없는 법이다(大將軍一言旣出 如白染皁).' 나는 당나라 중을 잡지 못한다면 그만이지만 잡는다면 너를 전방의 선봉장으로 임명하겠다고 했다. 오늘 결국 너의 절묘한 계책이 성공하였으니 어찌 약속을 저버리겠느냐? 당나라 중을 끌고 가서 부하들을 시켜 물을 떠다가 솥을 씻고 땔나무를 가져다 불을 때어 그를 삶게 하여라. 내 너와 함께 그의 고기를 먹고 불로장생해야겠다."

"대왕님, 지금 드시면 안 됩니다."

"붙잡아 왔는데 어째서 먹을 수 없다는 것이냐?"

"대왕님, 그를 먹는 것은 급한 일이 아닙니다. 저팔계나 사오정은 그래도 인정이 있지만, 손오공이라는 자는 정말 지독한 듯합니다. 그가 만약 우리가 잡아먹은 것을 알면, 우리와 싸우러 오지도 않고 그의 여의봉으로 산허리를 푹 찔러 구멍을 뚫어 산을 송두리째 들어 엎을 겁니다. 그러면 저희들은 몸을 둘 곳도 없게 됩니다."

"선봉장, 그대에게 무슨 좋은 생각이 있는가?"

"제 생각에는 당나라 중을 뒤뜰 나무에 묶어놓고 이삼일 정도 굶겼으면 합니다. 첫째로는 그의 배 속이 깨끗해지게 하자는 것이고, 둘째로는 그들 삼 형제가 찾아오지는 않는지 기다려보자는 겁니다. 그들이 돌아간 것을 확인하고 나서, 당나라 중을 끌어내어 우리 마음껏 먹으면 좋지 않겠습니까?"

요괴 왕이 웃으며 허락했어요.

"그래, 그래. 선봉장의 말이 일리가 있군."

요괴 왕은 명을 내려 삼장법사를 뒤뜰로 데리고 가 밧줄로 나무에 묶어놓도록 했어요. 졸개 요괴들은 모두 앞쪽에 모여 명을 기다렸지요. 보세요. 삼장법사는 밧줄에 꽁꽁 묶인 채, 뺨 위로 하염없이 눈물을 흘리면서 제자들을 부르며 탄식했어요.

"얘들아, 너희들은 어떤 산에서 요괴를 잡고 어떤 길에서 요괴를 쫓고 있는 것이냐? 나는 못된 요괴에게 붙잡혀 와 여기서 재난을 겪고 있으니, 언제나 만날 수 있단 말이냐? 원통해죽겠구나!"

삼장법사가 그렇게 눈물을 흘리고 있는데, 맞은편 나무 위에서 누군가가 부르는 것이었어요.

"스님, 스님도 잡혀 왔군요."

삼장법사는 정신을 가다듬고 물었어요.

"누구십니까?"

"저는 이 산속에 살던 나무꾼입니다. 요괴 왕에게 그저께 붙잡혀 와서 이곳에 묶여 있었습니다. 오늘이 사흘째인데 저를 잡아먹을 생각인가 봅니다."

삼장법사가 눈물을 흘리며 말했어요.

"이보시오, 나무꾼. 당신은 그저 당신 한몸 죽는 거라 뭐 걸리는 게 없겠지만, 나는 죽어도 눈을 감을 수가 없다오."

"스님은 출가한 분이라 부모님도 안 계시고 처자식도 없으니 죽으면 그만이지, 어째서 눈을 감지 못한다는 겁니까?"

"나는 본래 동녘 땅에서 서천으로 경전을 가지러 가던 사람이라오. 당나라 태종 황제의 명을 받들어 살아 있는 부처님을 뵙고 경전을 가져다가 저승의 정처 없는 외로운 영혼들을 제도하려했소. 그런데 지금 목숨을 잃는다면 황제를 애타게 기다리게 만들고 신하들의 기대를 저버리는 것이 아니겠소? 저 왕사성枉死城

의 수많은 억울한 영혼들도 얼마나 크게 상심하겠소? 영원히 환생할 수 없게 되니 말이오. 이 모든 일들이 먼지처럼 바람에 날아가 버리면, 어떻게 편히 눈을 감을 수 있겠소?"

나무꾼은 이 말을 듣더니 눈에 눈물을 흘리며 말했어요.

"스님, 당신이 죽는 것은 겨우 그 정도지만, 제가 죽으면 더욱 가슴 아픈 일이 생깁니다. 저는 어려서 아버지를 여의고 어머니와 둘이서 살았습니다. 가업이라고 할 만한 것도 없어서 단지 나무를 하여 생계를 꾸려 왔지요. 어머니께서는 올해 연세가 여든셋인데, 봉양할 사람이 저밖에 없습니다. 만약 제가 죽게 된다면 누가 그분의 시신을 묻고 장례를 치러주겠습니까? 괴롭습니다. 괴로워요! 원통해죽겠습니다!"

삼장법사는 이 말을 듣고 대성통곡을 했어요.

"불쌍하구나! 불쌍해! 산속에 사는 사람도 어버이를 생각하는 마음이 있거늘, 나 같은 중은 경전을 읽을 줄밖에 모르니! '어버이를 섬기는 것이나 임금을 섬기는 것이나 모두 같은 이치'인지라, 당신은 어버이의 은혜를 생각하고 나는 임금의 은혜를 생각하는군요."

이는 바로 이런 것이었지요.

눈물 흘리는 이의 눈에는 눈물 흘리는 이 보이고
이별에 애끓는 이는 이별한 이를 전송하네.

流淚眼觀流淚眼　斷腸人送斷腸人

삼장법사가 재난을 당한 이야기는 잠시 접어두도록 하지요.

한편, 손오공이 풀이 덮인 비탈 아래에서 졸개 요괴를 물리치고 급히 돌아와 보니, 길옆에 있던 삼장법사는 보이지 않고 백마와 봇짐만 남아 있을 뿐이었어요. 깜짝 놀란 그는 말을 끌고 짐을 진 채 산속을 찾아다녔어요. 아! 이는 바로,

재난이 많은 강류 스님 가는 곳마다 재난을 당하고
요괴를 물리치는 제천대성 또 요괴를 만났구나.

有難的江流專遇難　降魔的大聖亦遭魔

라는 것이었어요. 결국 삼장법사의 행방을 찾게 되는지 어떨지는 아직 알 수 없으니, 이에 대해서는 다음 회를 들어보시라.

제86회
남산대왕을 물리치다

　그러니까 제천대성이 말을 끌고 봇짐을 진 채 "사부님, 사부님" 하고 소리치며 온 산을 찾아 헤매는데, 저팔계가 헐떡이며 달려오는 것이 보였어요.

　"형님, 왜 그렇게 소리를 질러요?"

　"사부님이 없어지셨어. 넌 못 봤어?"

　"난 원래 당나라 스님을 따라 중이 됐을 뿐인데 형님이 또 날 구슬려 무슨 장군을 시켰잖아요! 나는 죽을 각오로 그 요괴와 한바탕 싸우고서 겨우 목숨을 건져 돌아온 거요. 사부님은 형님하고 사오정이 모시고 있었는데 그걸 왜 나한테 묻소?"

　"동생, 너한테 뭐라 그러는 게 아냐. 네가 어쩐 일로 눈이 흐릿해졌는지 요괴를 놓치는 바람에 그놈이 사부님을 잡아가려고 오는 거야. 그래, 내가 그놈을 치러 가면서 사오정한테 사부님을 모시고 있으라고 했지. 그런데 지금 사오정도 없어졌네."

　그러자 저팔계가 키득키득 웃었어요.

　"아마 같이 뒷간에 갔나 보지."

　이 말이 끝나기도 전에 사오정이 나타나자 손오공이 얼른 물었어요.

"사오정, 사부님은 어디 가셨어?"

"형님들 둘 다 눈에 뭐가 씌었는지 요괴가 빠져나와서 사부님을 채 가려고 다가오기에, 내가 그놈과 싸우러 갔소. 사부님은 말에 타신 채 혼자 계셨는데."

손오공은 화가 나서 펄펄 뛰었어요.

"제길, 속았구나, 놈들 계략에 속았어!"

사오정이 물었어요.

"무슨 계략에 걸렸다는 겁니까?"

"이건 분판매화계라는 계책이야. 우리 형제들을 모두 흩어지게 해놓고 그 틈을 타서 사부님을 채 간 거지. 아이고, 아이고, 아이고! 이를 어쩌면 좋아!"

그러면서 손오공은 하염없이 눈물을 흘렸어요. 그러자 저팔계가 달랬어요.

"울 거 없어요. 바보같이 울긴 왜 울어요. 어쨌거나 멀리 간 게 아니라 이 산에 있을 테니 함께 찾아봅시다."

셋은 할 수 없이 산속으로 들어가 찾기 시작했어요. 이십 리 남짓 걸어 들어가자 절벽 아래 동굴이 하나 보였어요.

깎아지른 봉우리 첩첩 솟았고

기암괴석 삐죽삐죽 서 있네.

진기한 꽃 아름다운 풀 향내 내뿜고

붉은 살구 푸른 복숭아 빛깔도 곱네.

절벽 앞에 선 고목나무는

하얗게 껍질 일었고 둘레는 마흔 아름이며

문밖의 노송은

검푸르게 하늘 위로 스무 자나 뻗었네.
학들은 쌍을 이루어
맑은 바람 불면 동굴 앞으로 와 춤추곤 하고
산새들은 짝을 지어
눈부신 대낮이면 가지에 앉아 노래한다네.
빽빽이 얽힌 단장초는 밧줄을 걸어놓은 듯
늘어선 버드나무는 금을 늘어뜨린 듯
모난 제방엔 물이 고여 있고
산에는 깊은 동굴이 나 있다네.
물 고인 모난 제방에는
오래 묵었지만 아직 승천하지 못한 교룡이 숨어 있고
산속 깊은 동굴에는
한동안 사람을 잡아먹어온 늙은 요괴가 살고 있네.
과연 신선 세계에 못지않은 경치니
정말 심상치 않은 기운이 감도는 소굴이로구나.

削峰掩映　怪石嵯峨
奇花瑤草馨香　紅杏碧桃艶麗
崖前古樹　霜皮溜雨四十圍
門外蒼松　黛色參天二千尺
雙雙野鶴　常來洞口舞淸風
對對山禽　每向枝頭啼白晝
簇簇黃藤如掛索　行行烟柳似垂金
方塘積水　深穴依山
方塘積水　隱窮鱗未變的蛟龍
深穴依山　住多年吃人的老怪
果然不亞神仙境　眞是藏風聚氣窠

손오공은 그것을 보자 두세 걸음 만에 동굴 문 앞까지 뛰어가 살펴보았어요. 돌문은 굳게 닫혀 있고, 문 위에는 돌판이 하나 가로놓여 있는데, '은무산隱霧山 절악연환동折岳連環洞'이라고 씌어 있었어요. 손오공이 말했어요.

"팔계야, 어서 손을 써라! 여기가 요괴놈의 소굴이니까 사부님은 분명 여기 계실 거야."

멍텅구리는 손오공의 위세를 믿고 힘을 발휘해, 쇠스랑을 들어 힘껏 내리쳐 돌문에 커다란 구멍을 내고 이렇게 소리를 질렀어요.

"요괴놈아! 빨리 우리 사부님을 내놔라! 이 쇠스랑으로 문을 가루로 만들고 네놈들을 모두 요절내기 전에 말이야!"

문을 지키던 졸개 요괴가 황급히 뛰어들어 가 아뢰었어요.

"대왕님, 큰일 났습니다!"

그러자 요괴 왕이 물었어요.

"무슨 일이냐?"

"문 앞에서 누군가 문을 깨부수고 사부를 내놓으라고 난리입니다!"

요괴는 이 말에 깜짝 놀랐어요.

"어느 놈이 찾아온 거지?"

그러자 선봉이 나섰어요.

"걱정 마십시오. 제가 보고 오지요."

그가 문 앞으로 달려가 깨진 구멍 사이로 고개를 비스듬히 내밀고 바깥을 내다보았더니, 삐죽 나온 주둥이에 커다란 두 귀가 보이는지라 얼른 돌아와 큰 소리로 외쳤어요.

"대왕님, 두려워하실 것 없어요! 이놈은 저팔계로 이렇다 할 재주가 없으니, 감히 허튼짓을 못 할 겁니다. 계속 소란을 피우면 아예 문을 열고 그놈을 잡아들여 같이 쪄 먹지요. 저 털북숭이 얼굴에 벼락신 주둥이의 중놈이라면 두려워할 만도 하지만요."

저팔계가 밖에서 그 소리를 들었어요.

"형님, 저놈이 난 안 무서워하고 형님만 무서워하는구려. 사부님은 틀림없이 저 안에 있으니까, 형님이 빨리 나서봐요."

그 말을 듣고 손오공이 호통을 쳤어요.

"못된 짐승 같으니! 손 외할아비가 여기 있다! 사부님을 내놓으면 목숨은 살려주마!"

그러자 선봉이 말했어요.

"대왕님, 큰일 났습니다! 손오공도 왔습니다!"

요괴 왕은 선봉을 원망했어요.

"이게 다 네놈이 무슨 '분판' 어쩌고 하는 계책을 세워서 이런 재앙을 불러들인 게야. 이 일을 어쩐단 말이냐?"

"대왕님, 안심하시고 원망은 잠시 접어두십시오. 제 기억에 손오공은 도량이 바다같이 넓은 원숭이라, 신통력이 대단하긴 해도 오히려 비위를 맞추기가 쉽지요. 저희가 가짜 사람 머리를 들고 나가 몇 마디 치켜세우며 놈을 구슬리면서, 우리가 놈의 사부를 다 먹었다고 하는 겁니다. 만약 놈이 넘어가면 당나라 중은 우리 차지가 되는 것이고, 넘어가지 않는다면 그때 다시 방법을 생각해보지요."

"어디서 가짜 머리를 구한다?"

"제가 하나 만들어보겠습니다."

대단한 요괴! 그는 강철 도끼로 버드나무 밑동을 사람 모양으로 잘라내고, 그 위에 사람 피를 뿌려 피범벅이 되게 한 후, 졸개 요괴 하나에게 그것을 옻칠한 쟁반에 받쳐 동굴 문까지 들고 가서 이렇게 외치게 했어요.

"제천대성 나리, 고정하시고 제 말씀 좀 들어주세요."

손오공은 과연 비위 맞추는 말에 금방 넘어가, 제천대성 나리라고 부르는 소리를 듣자 곧 저팔계를 제지하면서 말했어요.

"잠깐 그만하고 뭐라고 하는지 들어보자."

쟁반을 들고 온 졸개 요괴가 말했어요.

"나리의 사부님을 우리 대왕님께서 동굴로 데려오셨는데, 우리 동굴의 졸개들이 거칠고 사리 분별이 없어서요. 이놈이 한입 삼키면, 저놈이 한입 뜯고, 잡아 찢고 깨물고 하면서 나리 사부님을 몽땅 먹어버리고 이렇게 머리만 남았습니다."

그러자 손오공이 말했어요.

"먹었으면 그만이지, 머리만 들고 나오다니. 어디, 진짠지 가짠지 봐야겠다."

졸개 요괴는 문구멍으로 그 머리를 내던졌어요. 저팔계가 그걸 보고 울음을 터뜨렸어요.

"아이고 불쌍하셔라! 멀쩡한 모습으로 들어간 사부님이 이런 모습이 되어 나오시다니요."

손오공이 그걸 보고 말했지요.

"멍청아, 진짠지 가짠지나 봐야지. 울기부터 해!"

"헛소리 마요! 사람 머리에 무슨 진짜 가짜가 있어요?"

"이건 가짜 머리야."

"가짠 줄 어떻게 알아요?"

"진짜 머리는 던지면 툭 떨어져서 울리는 소리가 나지 않지만 가짜 머리는 던지면 딱따기 소리가 난다고. 못 믿겠으면 내가 던질 테니 들어봐."

그리고 머리를 들어 돌 위로 내던졌더니, 땡 하고 크게 울렸어요. 그걸 본 사오정이 말했지요.

"형님, 울려요!"

"울리는 건 가짜다. 내가 저 본모습을 드러내 보여주마."

그리고 얼른 여의봉을 들어 탁 하고 내리쳤어요. 저팔계가 살펴보니 그건 바로 버드나무 밑동이었지요. 멍텅구리는 참지 못하고 고래고래 욕을 해댔어요.

"네 이 털북숭이놈을! 우리 사부님을 동굴 속에 감춰두고 버드나무 밑동으로 이 조상님을 속여! 우리 사부님이 버드나무 정령이 둔갑한 거란 말이냐!"

쟁반을 받쳐 들고 간 요괴는 깜짝 놀라 벌벌 떨며 뛰어들어 가 아뢰었어요.

"트, 트, 틀렸어요, 틀렸다고요!"

요괴 왕이 물었어요.

"뭐가 그렇게나 틀렸다는 거냐?"

"저팔계하고 사오정은 모두 속아 넘어갔는데, 이 손오공은 완전 골동품 장수 같더라고요. 물건을 어찌나 잘 알아보던지! 그놈은 바로 그게 가짜 머리인 줄 알아봤어요. 진짜 사람 머리를 갖다주면, 그냥 갈지도 모르겠습니다만."

"어디서 진짜 사람 머리를 구하지? 아참, 우리 박피정剝皮亭에 먹다 남은 사람 머리가 있으니 하나 골라 오너라."

졸개 요괴들은 바로 박피정으로 가서 신선한 머리 하나를 골라다, 머릿가죽을 남김없이 벗겨 반들반들하게 만들었어요. 그리고 다시 쟁반에 받쳐 들고 나가 손오공을 불렀지요.

"대성 나리, 솔직히 앞의 것은 가짜 머리였습니다. 이건 정말 삼장법사 나리의 머리입니다. 우리 대왕님께서 집에다 부적으로 놔두려고 하셨는데, 특별히 나리께 바치는 겁니다."

그리고 머리를 문구멍 사이로 툭 던졌더니, 그 머리는 피를 뚝뚝 흘리며 굴러갔어요.

손오공은 그게 진짜 사람 머리라는 것을 알자, 이제 어쩔 도리가 없어 울음을 터뜨렸어요. 저팔계와 사오정도 같이 큰 소리로 통곡을 했지요. 저팔계가 눈물을 머금고 말했어요.

"형님, 울지 마세요. 날씨가 안 좋아서 금방 썩을지도 몰라요. 썩기 전에 제가 가져가서 묻을 테니, 그다음에 다시 곡을 하자고요."

"네 말이 맞다."

멍텅구리는 더러운 것도 꺼리지 않고 머리를 품에 안고 산벼랑 양지바른 곳으로 뛰어올라 갔어요. 바람이 들지 않고 아늑한 곳을 찾아 쇠스랑으로 구덩이를 하나 파고 머리를 묻고, 또 그 위에 봉분도 하나 올렸어요. 저팔계는 그제야 사오정에게 소리쳤어요.

"너는 형님과 곡하고 있어. 나는 공양 올릴 걸 좀 찾아올 테니까."

그리고 저팔계는 곧장 골짜기의 커다란 버드나무 가지를 꺾고 조약돌 몇 개를 주워서 무덤 앞으로 돌아와, 버드나무 가지를 좌우에 꽂고 조약돌을 무덤 앞에 쌓아놓았어요. 손오공이 물었어요.

"이건 뭐 하는 거냐?"

"이 버드나무 가지를 사부님 무덤을 가려주는 소나무와 잣나무로 삼고, 이 돌을 음식 삼아 사부님께 공양하는 거예요."

"바보 같은 녀석! 사부님은 벌써 돌아가셨는데, 또 무슨 돌을 갖다가 공양을 올려!"

"그저 성의나 표하고 우리 효심이나 나타내려는 거지요."

"허튼짓 그만해! 사오정은 시묘侍墓도 하고 봇짐과 말도 지켜야 하니 여기 남아 있고, 나하고 너는 그놈의 동굴을 깨부수고 요괴를 잡아 갈가리 찢어발겨 사부님의 원수를 갚으러 가자."

사오정은 눈물을 뚝뚝 흘리며 거들었어요.

"큰형님 말씀이 옳아요. 형님들, 조심하세요. 전 여기서 지키고 있을게요."

대단한 저팔계! 그는 곧장 검은 무명 승복을 벗고 몸에 꼭 맞는 옷을 입은 뒤 쇠스랑을 들고 손오공을 따랐어요. 둘은 서둘러 동굴로 쳐들어가서 다짜고짜 바로 동굴의 돌문을 깨뜨리고 하늘이 울릴 듯이 호통을 쳤어요.

"살아 계신 사부님을 내놔라!"

동굴 안에 있던 크고 작은 요괴들은 혼비백산해서 모두들 선봉의 잘못이라고 원망했어요. 요괴 왕이 선봉에게 물었지요.

"이 중놈들이 문을 치고 들어온다면, 어떻게 하지?"

"'어망에 손을 집어넣으면 비린내는 나기 마련(手挿魚籃 避不得腥)'이란 옛말이 있듯이, 손을 댄 이상 끝을 봐야 합니다. 군사들을 좌우에 거느리고 저 중놈을 해치워야지요."

요괴 왕도 다른 수가 없어 이 말대로 명령을 내렸어요.

"얘들아! 모두 한마음으로 무기를 들고 나를 따라 놈들을 치러 가자!"

명령대로 요괴들은 일제히 함성을 지르며 동굴 문 앞으로 돌격했어요. 제천대성과 저팔계는 황급히 몇 걸음 물러나 산속 평지에서 요괴들을 막아내면서 버럭 소리를 질렀어요.

"어느 놈이 두목이고 어느 놈이 우리 사부님을 잡아간 요괴놈이냐?"

요괴들은 막사를 짓고 수놓은 비단 깃발을 펄럭였고, 요괴 왕은 몽둥이를 들고 크게 소리쳤어요.

"이 못된 중놈아, 네놈이 날 어쩌겠느냐! 나는 남산대왕南山大王

으로 수백 년 동안 여기서 내 멋대로 살아왔다. 너희 당나라 중은 이미 내가 먹어버렸는데, 네놈이 뭘 어쩌겠느냐?"

그러자 손오공도 마주 욕을 해댔어요.

"이 간이 부은 털북숭이놈! 네가 몇 살이나 처먹었기에 감히 '남산'이라는 두 글자로 칭하는 게냐! 태상노군은 천지를 개벽하신 시조이신데도 태청궁太淸宮의 오른편에 앉고, 석가여래 부처님은 세상을 다스리는 존귀한 분이신데도 대붕大鵬 아래에 앉으시고, 성인인 공자는 유교의 조종祖宗이신데도 겸손하게 도리어 '부자夫子'라고 불린다. 네 이 못된 짐승아, 네가 감히 남산대왕이라고 칭하고 수백 년 동안 멋대로 살아왔다고? 꼼짝 말고 이 외할아비의 여의봉을 받아라!"

요괴는 몸을 돌려 옆으로 재빨리 피하고 쇠몽둥이로 여의봉을 막아내며 눈을 부릅뜨고 물었어요.

"네 이놈, 원숭이같이 생긴 낯짝을 한 주제에 감히 주저리주저리 그런 말로 나를 깔아뭉개? 네가 무슨 재주를 가졌기에 내 집 문 앞에서 함부로 날뛰는 거냐?"

"하하! 이 이름도 없는 짐승놈아! 그래 이 손 어르신을 모른다고? 거기 서서 놀라지 말고 내 말을 듣거라!"

예로부터 동승신주에서 살았고
천지가 수만 년 동안 품으셨다.
화과산 꼭대기 신령한 돌알 생기고
거기서 이 몸이 태어났다.
태어나면서부터 속세의 무리들과는 달랐으니
성스러운 몸으로 해와 달과 짝했노라.
본성을 스스로 닦으니 대단한 것이었고

타고난 자질 총명해 큰 깨달음 얻었단다.
관직은 제천대성에 봉해져 하늘궁전에서 살다가
위세를 믿고 멋대로 두우궁을 들쑤셔놓았지.
십만 하늘 병사들도 내 옆에 다가오지 못했고
온 하늘의 별신들도 힘들이지 않고 굴복시켰다.
이름을 우주에 드날리니 모르는 이 없었고
지혜를 온 세상에 펼치니 미치지 않는 곳 없었지.
지금은 다행히 석가모니의 가르침에 귀의하여
스님을 모시고 서쪽으로 가고 있노라.
산을 만나면 길을 내며 가니 막는 이 없고
물을 만나면 다리를 놓아 지나니 요괴가 두려워한다.
숲속에서 위세 떨치며 호랑이와 표범 제압했고
벼랑 앞에선 손을 써서 비휴[1]를 잡았지.
동방에서 정과 이루려 서역으로 오니
어느 요괴가 감히 고개를 내밀겠느냐!
이 못된 놈이 사부님을 해치다니 정말 가증스럽구나.
당장 네 숨통을 끊어놓고 말리라!

祖居東勝大神洲	天地包含幾萬秋
花果山頭仙石卵	卵開産化我根苗
生來不比凡胎類	聖體原從日月儔
本性自修非小可	天姿穎悟大丹頭
官封大聖居雲府	倚勢行兇鬭斗牛
十萬神兵難近我	滿天星宿易爲收
名揚宇宙方方曉	智貫乾坤處處留
今幸歸依從釋敎	扶持長老向西游

---

1 고서에 나오는 맹수의 일종으로 범과 비슷하다고 하고 곰과 비슷하다고도 한다.

逢山開路無人阻　遇水支橋有怪愁

林內施威擒虎豹　崖前復手捉貔貅

東方果正來西域　那箇妖邪敢出頭

孽畜傷師眞可恨　管教時下命將休

　요괴는 이 말을 듣고 놀랍기도 하고 분하기도 했어요. 그는 이를 꽉 물고 가까이 뛰어와 쇠몽둥이를 들어 손오공을 향해 내리쳤지요. 손오공은 여의봉으로 가볍게 막고 다시 말을 계속하려고 했어요. 저팔계가 참지 못하고 쇠스랑을 들어 선봉을 쳤더니, 선봉은 군사를 이끌고 일제히 달려들었어요. 산속 평지에서 벌어진 이 혼전은 정말 대단했어요.

　　동녘 큰 나라 천자의 땅의 스님

　　서쪽 극락세계로 불경 구하러 가네.

　　남산의 큰 표범 바람과 안개 내뿜으며

　　깊은 산에서 길을 막고 홀로 재간을 뽐내었네.

　　교묘한 계책을 쓰고

　　약은 꾀를 부려

　　멋모르고 위대한 당나라 스님을 붙잡고 말았네.

　　신통력 대단한 손오공을 만나고

　　명성 드높은 저팔계와도 맞서게 되었지.

　　요괴들과 산속 널찍한 곳에서 혼전을 벌이니

　　흙먼지 날리어 하늘이 흐려지네.

　　요괴의 진영에서는

　　졸개 요괴들이 소리를 내지르며

　　창과 칼을 마구 휘둘러대고

이쪽에서는

신승들이 호통치며

쇠스랑과 여의봉 일시에 치켜드네.

제천대성의 영웅 같은 기상 적수가 없고

저팔계 힘이 뻗쳐 마음껏 적을 요절내네.

남쪽의 늙은 요괴와

부하인 선봉은

모두 당나라 스님의 살 한 점 때문에

죽기 살기로 싸우게 되었네.

이쪽 둘은 사부님 목숨 빼앗겼으니 원한이 맺혔고

저쪽 둘은 당나라 스님 잡아먹으려 악독하게 구네.

주거니 받거니 한참이나 싸우며

사납게 격돌했지만 승부가 나지 않네.

東土天邦上國僧　西方極樂取眞經

南山大豹噴風霧　路阻深山獨顯能

施巧計　弄乖伶　無知悟捉大唐僧

相逢行者神通廣　更遭八戒有聲名

羣妖混戰山平處　塵土紛飛天不清

那陣上　小妖呼哮　鑓刀亂擧

這壁廂　神僧呹喝　鋼棒齊興

大聖英雄無敵手　悟能精壯喜桓年

南禺老怪　部下先鋒　都爲唐僧一塊肉　致令捨死又亡生

這兩箇因師性命成仇隙　那兩箇爲要唐僧惡惡情

往來鬪經多半會　冲冲撞撞沒輸贏

제천대성은 요괴들이 용맹하여 계속된 싸움에도 물러서지 않자, 분신법을 써서 털을 한 줌 뽑아 입속에 넣고 씹은 뒤 내뱉으며 외쳤어요.

"변해라!"

털들은 모두 손오공의 모습으로 변해 각자 여의봉을 하나씩 들고 앞쪽에 서서 안으로 치고 들어갔어요. 일이백 마리의 졸개 요괴들은 앞쪽 놈을 막으면 뒤쪽 놈이 달려들고, 왼쪽 놈을 막으면 오른쪽에서 달려드니, 모두 정신없이 패하여 동굴로 돌아갔어요. 손오공은 저팔계와 함께 진영 한가운데서 바깥쪽으로 치고 나가며 요괴들을 때려눕혔어요. 불쌍하게도 영웅을 알아보지 못한 요괴들은 쇠스랑에 맞은 놈은 아홉 구멍에서 피를 뿜었고, 여의봉에 스친 놈은 뼈와 살이 곤죽이 됐어요.

놀란 남산대왕은 바람과 안개를 일으켜서 겨우 목숨을 구해 도망갔어요. 선봉은 변신을 할 줄 몰랐기 때문에, 일찌감치 손오공의 여의봉 한 방에 맞아 죽어 본모습을 드러냈는데, 바로 드센 갈기가 난 푸른 이리 요괴[鐵背蒼狼怪]였어요. 저팔계가 다가가 다리를 잡고 뒤집어 그 얼굴을 보더니 이렇게 말했어요.

"이놈도 새끼 때부터 남의 돼지와 양을 얼마나 훔쳐 먹었겠어!"

손오공은 몸을 부르르 떨더니 털을 거둬들이고 저팔계를 나무랐어요.

"멍청아, 뭘 꾸물대느냐! 어서 요괴놈을 쫓아가 사부님 목숨을 물어내게 해야지!"

그 말에 저팔계가 뒤돌아보았더니, 꼬마 손오공들이 보이지 않기에 이렇게 물었어요.

"형님의 분신들은 다 어디 갔어요?"

"이미 거둬들였다."

"신통하네요, 신통해!"

둘은 승리를 거두고 즐거워하며 돌아갔어요.

한편, 요괴는 목숨을 구해서 동굴로 돌아와 졸개들에게 분부해서 돌덩이를 옮겨다 놓고 흙을 져와 동굴 문을 막도록 했어요. 명을 받은 졸개 요괴들은 하나같이 벌벌 떨며 문을 막고는 문밖으로는 감히 고개도 내밀지 않았어요. 손오공이 저팔계를 데리고 동굴 문 앞으로 와서 소리를 질렀지만 안에선 아무도 대답하지 않았어요. 저팔계가 쇠스랑을 들어 내리쳤지만 꼼짝도 하지 않았지요. 손오공이 눈치를 채고 저팔계에게 말했어요.

"팔계야, 힘써봐야 헛일이다. 놈들이 문을 막아놓은 거야."

"그러면 사부님의 복수는 어떻게 하죠?"

"우선 무덤으로 돌아가서 오정이를 만나자."

둘이 무덤가로 돌아갔더니 사오정은 아직도 곡을 하고 있었어요. 그 모습에 저팔계는 더욱 가슴이 쓰려와, 쇠스랑을 팽개치고 무덤 위에 엎드려 땅을 치면서 울어댔어요.

"아이고, 복도 없으신 사부님! 이제 우리 곁에 안 계시네요! 어디서 다시 사부님을 뵐 수 있단 말입니까!"

손오공이 형제들을 달랬어요.

"동생들, 그렇게 슬퍼하지 마. 이 요괴놈이 앞문을 막아놓았지만, 분명히 드나들 수 있는 뒷문이 있을 거야. 너희 둘은 여기에 가만히 있어. 내가 찾아보고 올게."

저팔계가 주르륵 눈물을 흘리며 대답했어요.

"형님, 조심하세요. 형님마저 잡히면 우리들이 곡하기가 영 곤란해지니까요. 사부님 한 번 불렀다가 사형 한 번 불렀다가 하면, 곡하는 게 아주 뒤죽박죽이 될 거요."

"걱정 마라! 나한테 다 방법이 있으니까."

멋진 제천대성! 그가 여의봉을 거두고 호랑이 가죽 치마를 여며 입고 성큼성큼 걸어 산비탈을 돌아갔더니, 어디선가 졸졸졸 물소리가 들려왔어요. 무언가 하고 고개를 돌려보았더니, 상류에서 세차게 흘러 내려오는 시냇물 소리였지요. 또 시냇물 건너편엔 문이 하나 있었고, 문 왼편에는 하수도가 있어서 거기에서 붉은 물이 흘러나오고 있었어요. 이걸 보고 손오공이 혼잣말로 말했어요.

"두말할 것도 없이 이게 뒷문이구나. 본모습으로 들어가면 알아보는 놈들이 있을지도 모르니, 물뱀으로 변해서 들어가야겠다. 아니 잠깐! 물뱀으로 변했다가 사부님의 혼령께서 아시면 출가한 몸이 뱀으로 변해 말썽만 일으킨다고 책망하실 테니, 작은 게로 변해서 들어가야겠다. 아니 그것도 안 되겠다! 사부님께서 출가한 몸이 다리가 많다고 나무라실지도 몰라."

그리고 곧장 한 마리 시궁쥐로 변해 휙 하고 몸을 던져 물이 나오는 하수도를 통과해서 안쪽의 마당으로 들어갔어요. 고개를 쑥 내밀고 둘러보자, 양지바른 곳에 몇몇 졸개 요괴들이 사람 고기를 한 덩이 한 덩이 가지런히 말리고 있는 것이 보였어요. 손오공이 그 모습을 보고 생각했어요.

'아이고 세상에, 저게 우리 사부님 살인가 보다. 실컷 먹고 남은 걸 육포로 말려 식량이 떨어졌을 때 먹으려고 하는구나. 지금 내 본모습으로 돌아가 쳐들어가서 한 방에 저놈들을 때려죽인다면 생각 없이 힘만 앞세우는 거겠지. 다시 변신해서 안으로 들어가 두목 요괴놈을 찾아 어떻게 하고 있나 봐야겠다.'

그리고 하수도를 폴짝 뛰어넘으며 몸을 흔들어 날개 달린 개미로 변했으니, 그 모습은 정말 다음과 같았어요.

허약한 몸이지만 호는 현구[2]이고

오랜 세월 남몰래 수련해 날개가 돋았네.

한가하면 다리 옆에서 진세를 벌이고

신이 나면 침상 아래에서 장난치며 노네.

비 올 때를 잘 알아 개미굴 입구를 막고

흙을 쌓아 올렸다가 단단한 벽 만드네.

사사삭 민첩하게 움직일 수 있으니

모르는 새 사립문을 몇 번이나 드나드네.

力微身小號玄駒　日久藏修有翅飛

閑渡橋邊排陣勢　喜來牀下鬪仙機

善知雨至常封穴　壘積塵多遂作灰

巧巧輕輕能爽利　幾番不覺過柴扉

손오공은 날개를 펴고 소리도 흔적도 없이 가운데 채[中堂]로 곧장 날아 들어갔어요. 요괴 왕이 걱정하며 앉아 있던 차에, 한 졸개 요괴가 뒤편에서 뛰어 들어와 아뢰었어요.

"대왕님, 경하드릴 기쁜 소식입니다!"

"뭐가 기쁘다는 거냐?"

"제가 막 뒷문 밖 시냇가를 살펴보고 있는데, 갑자기 누가 큰 소리로 곡하는 게 들리는 겁니다. 그래서 곧바로 산봉우리까지 올라가 보니까 저팔계, 손오공, 사오정이 거기서 무덤에다 절하며 통곡하고 있었습니다. 아마 그 사람 머리가 당나라 중의 머리인 줄 알고 묻어 장사 지내고 무덤을 만들어 곡을 하고 있는 것 같습니다."

---

2 현구玄駒는 글자 그대로 풀면 '검은 망아지'란 뜻이지만, 여기서는 검은 개미를 가리킨다. 현구玄蚼라고 하기도 한다.

손오공은 그 말을 엿듣고 속으로 뛸 듯이 기뻐하며 생각했어요.

'저 말대로라면 우리 사부님은 아직 저 안에 갇혀 있고 잡아먹히지 않으셨구나. 그럼 사부님 생사가 어떻게 됐는지 다시 알아보고 일을 처리해야겠다.'

멋진 제천대성! 그가 건물 안에서 날아올라 좌우를 둘러보았더니, 옆에 조그만 문 하나가 굳게 잠겨 있었어요. 그 문틈 사이를 뚫고 들어가 보았더니, 그곳에는 커다란 정원이 있었는데 희미하게 한숨 소리가 들려왔지요. 손오공은 곧장 정원 안으로 날아 들어갔어요. 그곳엔 커다란 나무 하나가 있고 나무 아래엔 두 사람이 묶여 있었는데, 그중 하나가 바로 삼장법사였지요. 손오공은 삼장법사를 보고 마음이 울컥해서 얼른 본모습으로 돌아와 옆으로 다가가 이렇게 불렀어요.

"사부님!"

삼장법사는 손오공임을 알아보고 눈물을 뚝뚝 흘렸어요.

"오공아, 네가 왔니? 어서 날 좀 구해주렴! 오공아! 오공아!"

"사부님, 제 이름 좀 그만 부르세요. 앞에 요괴들이 있는데 들키겠어요. 사부님 목숨만 붙어 있으면, 제가 구해드릴 수 있지요. 저 요괴놈이 벌써 사부님을 잡아먹었다고 가짜 사람 머리를 가지고 절 속여서, 저희들은 슬프고 분한 마음에 저놈들과 사생결단을 낼 작정이었어요. 사부님, 안심하시고 조금만 더 참으세요. 제가 저 요괴놈을 요절내야 사부님을 구해드리기 쉬우니까요."

제천대성은 주문을 외고 몸을 흔들어 아까처럼 개미로 변해 다시 건물 안으로 들어가 대들보 위에 내려앉았어요. 거기에는 목숨을 건진 졸개 요괴들이 어수선하게 모여 있었는데, 한 요괴가 뛰어오더니 요괴 왕에게 아뢰었어요.

"대왕님, 그놈들은 문을 막아놓은 걸 보고, 아무리 쳐봐도 열리지 않자 체념하고 당나라 중을 버려둔 채 가짜 사람 머리를 유해 삼아 무덤을 만들었습니다. 오늘 하루 곡하고, 내일 하루 또 곡하고, 모레 한 번 더 하고 나면 아마 돌아갈 겁니다. 그놈들이 흩어졌다는 말만 들리면, 당나라 중을 끌어내 잘 동강내고 저며 향료를 발라 구워서, 저희 모두 맛나게 한 점씩 먹으면 불로장생할 수 있겠지요."

그러자 한 요괴가 손뼉을 치며 끼어들었어요.

"아니지, 아냐. 뭐니 뭐니 해도 쪄 먹는 게 제맛이야."

다른 졸개 요괴도 한마디 했지요.

"삶아 먹는 게 장작이 덜 들지."

또 다른 요괴도 나섰어요.

"그 중은 희귀한 거니까, 소금으로 절여서 오래오래 먹자고요."

손오공은 대들보 위에서 이런 말을 듣고 화가 부글부글 끓어올랐어요.

'우리 사부님이 네놈들한테 무슨 원한을 샀기에 이렇게 사부님을 잡아먹을 궁리들이란 말이냐!'

그리고 즉시 털을 한 줌 뽑아 입속에 넣고 씹은 후 가볍게 불었어요. 가만히 주문을 외어 털들을 모두 잠벌레로 변하게 해서 요괴들 얼굴로 던졌지요. 잠벌레로 변한 털들이 각각 요괴의 콧속으로 들어가자, 졸개 요괴들은 하나둘 졸기 시작하더니 얼마 안 되어 모두 곯아떨어졌어요. 다만 요괴 왕만은 잠이 깊이 들지 않아, 두 손으로 머리와 뺨을 긁적긁적 긁어대기도 하고 연방 재채기를 하며 코를 만지작거렸어요. 손오공이 생각했어요.

'저놈이 알아챈 건 아니겠지? 저놈한텐 두 배로 해줘야겠다.'

그리고 털을 또 한 가닥 뽑아 잠벌레로 변하게 해서 요괴 왕의 얼굴에 던져 콧구멍 속으로 들어가게 했어요. 잠벌레 두 마리 중 한 마리는 왼쪽 콧구멍으로, 또 한 마리는 오른쪽 콧구멍으로 들어갔어요. 요괴 왕은 엉금엉금 일어나 앉아 기지개를 펴고 하품을 몇 차례 하더니 쿨쿨 잠이 들고 말았어요. 손오공은 그제야 기뻐하며 대들보에서 뛰어 내려와 원래 모습을 드러냈어요. 귓속에서 여의봉을 꺼내 한 번 흔들자, 오리 알만큼 굵어졌지요. 그는 옆문을 쾅 깨부수고 후원으로 내달려 가서 큰 소리로 외쳤어요.

"사부님!"

삼장법사가 대답했어요.

"애야, 빨리 이 밧줄 좀 풀어주렴. 아파죽겠다."

"사부님, 서두르지 마세요. 요괴놈을 때려죽이고 나서 풀어드릴게요."

손오공은 뒤도 돌아보지 않고 가운데 채로 돌아가 막 여의봉을 들어 내려치려다가 손을 멈추었어요.

'아니야, 사부님을 풀어드리고 나서 치자.'

그리고 다시 후원으로 가는데, 또 이런 생각이 들었어요.

'놈들을 쳐 죽인 뒤에 구해드리자.'

손오공은 이러기를 두세 번이나 한 후에야 후원으로 팔짝팔짝 춤을 추듯 달려왔어요. 삼장법사는 괴로워하다가 손오공을 보고 기뻐하며 중얼거렸어요.

"원숭이 녀석, 내가 무사한 걸 보고 기뻐 어쩔 줄 몰라 저렇게 팔짝팔짝 춤을 추는 게로군."

손오공은 삼장법사 곁으로 다가와 결박을 풀고 사부님을 부축해 나가려고 했어요. 그런데 맞은편 나무에 묶여 있던 사람이 소리를 지르며 불렀어요.

"나리, 자비를 베푸시어 제 목숨도 살려주십시오."

손오공이 남산대왕을 물리치고 삼장법사를 구해내다

삼장법사는 걸음을 멈추고 손오공에게 말했어요.

"오공아, 저 사람도 풀어주어라."

"저 사람은 누군데요?"

"저 사람은 나보다 하루 먼저 잡혀 왔다. 나무꾼인데 연로하신 어머니가 있다면서 얼마나 걱정을 하던지. 정말 효자란다. 풀어주는 김에 저 사람도 같이 풀어주려무나."

손오공은 삼장법사의 말대로 나무꾼의 결박도 풀어주고 같이 뒷문으로 데리고 나와 돌 절벽을 오르고 가파른 골짜기를 건넜어요. 삼장법사가 손오공에게 고맙다는 인사를 했어요.

"애야, 네 덕분에 나와 저 나무꾼이 목숨을 건졌구나. 팔계와 오정이는 모두 어디 있느냐?"

"그 애들은 저기에서 사부님을 위해 곡하고 있어요. 한번 불러보세요."

삼장법사는 손오공의 말대로 큰 소리로 외쳤어요.

"팔계야, 팔계야!"

멍텅구리는 곡을 하느라 정신이 멍해진 터라 눈물 콧물을 훔치며 사오정에게 말했어요.

"사오정, 사부님의 혼령이 돌아오셨나 보다! 저기서 우리를 부르고 계시잖아?"

손오공이 앞으로 나서며 호통을 쳤어요.

"멍청한 녀석, 혼령은 무슨 혼령이야? 사부님이 오신 거다!"

사오정이 고개를 들어서 살펴보더니, 얼른 삼장법사 앞에 무릎을 꿇고 물었어요.

"사부님, 얼마나 고생이 많으셨어요! 형님께서 어떻게 사부님을 구해내셨나요?"

손오공은 그동안의 일을 모두 이야기해주었어요.

저팔계는 이 이야기를 듣고 이를 부드득 갈며 쇠스랑을 들어 무덤을 내리쳐 그 사람 머리를 파내더니, 한 방에 내리찍어 곤죽을 만들어놓았어요. 삼장법사가 물었어요.

"너 그건 왜 치는 거냐?"

"사부님, 이게 누구 해골인진 모르겠지만, 여기에 대고 곡을 하게 만들었잖아요."

"덕분에 내 목숨을 구하지 않았니. 너희들이 요괴의 동굴 문 앞으로 치고 들어가 날 내놓으라고 야단을 하니까 그 머리로 얼버무린 모양이구나. 그 머리가 아니었다면 날 죽였을 거다. 머리를 묻어주어라. 그게 우리 출가한 이들의 도리인 게야."

멍텅구리는 삼장법사의 말에 따라 이 곤죽이 된 뼈와 살덩어리를 묻고 봉분도 만들어주었어요.

손오공이 웃으며 말했어요.

"사부님, 좀 앉아 계십시오. 제가 놈들을 싹 쓸어버리고 오지요."

그러더니 곧장 다시 절벽 아래로 뛰어내려 골짜기를 지나 동굴로 들어가, 삼장법사와 나무꾼을 묶었던 밧줄을 가지고 가운데 채 안으로 들어갔어요. 그리고 아직도 자고 있는 요괴 왕의 사지를 꽁꽁 묶어서 여의봉에 꿰어 어깨에 가로 메고 곧장 뒷문으로 빠져나왔어요. 저팔계가 멀리서 이 모습을 보고 말했어요.

"형님, 멜대를 아주 잘 지는데요. 한 놈 더 잡아 양쪽으로 메지 그래요?"

손오공이 저팔계 앞에 요괴를 내려놓자, 저팔계는 쇠스랑을 들어 내리치려 했어요.

손오공이 말렸어요.

"잠깐 기다려. 동굴 안에 아직 잡아 올 조무래기들이 남아 있어."

"형님, 그럼 저랑 같이 가서 때려죽입시다."

"때리는 것도 힘을 써야 되니까, 땔나무를 구해다 아예 놈들의 뿌리를 뽑아버리자."

나무꾼은 이 말을 듣고 즉시 저팔계를 동쪽 골짜기로 데려가 부러진 대나무 가지, 잎이 떨어진 소나무, 속이 빈 버드나무, 뿌리 잘린 등나무, 시든 쑥, 마른 물억새, 부들, 마른 뽕나무를 적당히 골라내 뒷문으로 밀어 넣었어요. 손오공이 불을 붙이자 저팔계는 두 귀로 부채질을 했어요. 제천대성은 뛰어올라 몸을 부르르 떨 더니 잠벌레로 변한 털들을 거두어들였어요. 졸개 요괴들은 그제야 깨어났는데, 이미 연기와 불이 치솟고 있었지요. 아, 불쌍하게 도 목숨을 구할 가망은 조금도 없었지요. 손오공과 저팔계는 동 굴에 아무것도 남지 않게 모조리 태운 후에야 돌아가 삼장법사 를 뵈었어요. 삼장법사는 요괴 왕이 막 깨어나 소리를 질러대자 제자들에게 알렸어요.

"얘들아, 요괴가 깨어났다."

저팔계가 요괴 앞으로 가서 쇠스랑으로 내리쳐 죽이자 본래 모습을 드러냈는데, 바로 회갈색 털의 고리 무늬가 있는 표범[艾 葉花皮豹子] 정령이었어요. 손오공이 말했어요.

"표범이 호랑이를 잡아먹는다더니, 지금 보니 사람으로도 변 하는구나. 이번에 때려죽였으니 후환을 없앤 셈이야."

삼장법사는 제자들에게 연이어 감사를 표하고 안장을 얹고 말 에 올랐어요. 그런데 나무꾼이 한 걸음 나서더니 말했어요.

"나리, 서남쪽으로 멀지 않은 곳에 제 집이 있습니다. 함께 가셔 서 저희 어머님을 뵙고 목숨을 살려주신 은혜에 감사드릴 수 있 게 해주십시오. 떠나시는 길은 제가 안내하겠습니다."

삼장법사는 흔쾌히 그 말에 따랐어요. 그래서 말에 오르지 않 고 나무꾼과 네 일행이 함께 길을 걸어갔어요. 서남쪽으로 구불

구불 가니 얼마 안 되어 과연 이런 풍경이 나타났어요.

돌길엔 이끼 겹겹이 끼었고
사립문엔 등꽃이 어지러이 휘감겨 있네.
사방에 산골 경치 이어졌고
숲속 가득 새들 시끄럽게 울어대네.
푸른 소나무와 대나무 어울려 빽빽이 들어섰고
기이한 풀과 꽃들 흐드러지게 피었네.
구름 짙게 낀 외딴곳
대나무 울타리 초가집이라네.

石徑重漫苔蘚　　柴門蓬絡藤花
四面山光連接　　一林鳥雀喧譁
密密松篁交翠　　紛紛異卉奇葩
地僻雲深之處　　竹籬茅舍人家

　　멀리 한 노파가 사립문에 기대어 눈에 눈물이 그렁그렁 맺힌 채 하염없이 아들을 부르며 울고 있었어요. 나무꾼은 자기 어머니를 보자 삼장법사를 버려두고 허겁지겁 사립문 앞으로 달려가 꿇어앉아 외쳤어요.
　　"어머니, 제가 왔습니다!"
　　노파는 아들을 일으켜 세우며 말했어요.
　　"애야, 네가 요 며칠 동안 집에 돌아오질 않아서 나는 산주인이 널 잡아가 해친 줄 알고 어찌나 가슴이 아팠는지 모른단다. 해를 당한 것도 아닌데 왜 오늘에야 돌아오는 거냐? 네 지게랑 도끼는 다 어디 있느냐?"
　　나무꾼은 머리를 조아리며 대답했어요.

"어머니, 제가 정말 산주인에게 잡혀가 나무에 묶여서 목숨을 보전하지 못할 뻔했습니다. 다행히 이 나리들 덕분에 목숨을 건졌지요. 이 나리들은 동녘 땅 당나라에서 서천으로 불경을 가지러 가시는 나한들이십니다. 저 나리께서도 산주인에게 잡혀 와서 나무에 묶여 있었습니다. 다행히 저 세 제자 나리들께서 신통력이 대단하셔서 산주인을 한 방에 때려죽였는데, 알고 보니 그것은 회갈색 고리 무늬가 있는 표범 요괴였습니다. 나머지 졸개 요괴들도 모두 불에 타 죽었고요. 저 큰나리를 구해주시면서 저까지 같이 구해주셨습니다. 정말 하늘처럼 높고 땅처럼 두터운 은혜를 입었습니다! 저분들이 아니었으면 전 틀림없이 죽은 목숨이었을 겁니다. 이제 이 산도 평화로워졌으니, 제가 밤새 산을 돌아다녀도 아무 일 없을 거예요."

노파는 이 말을 듣고 걸음을 옮길 때마다 절을 하며 삼장법사 일행을 맞이해, 모두 사립문 안 초가집으로 모셔 앉게 하고 모자가 함께 절했어요. 그리고 서둘러 정갈한 음식을 마련해 감사를 표했지요. 저팔계가 말했어요.

"나무꾼 형씨, 살림이 넉넉지 않은 걸 아니까, 뭐 신경 써서 차릴 것 없이 밥이나 한 그릇 주시구려."

나무꾼이 대답했어요.

"사실 이 산에는 정말 먹을 게 넉넉지 않습니다. 무슨 표고버섯이니 송이버섯, 산초, 팔각 같은 것은 없고, 그저 몇 가지 야채로나마 나리들께 성의나 표할까 합니다."

저팔계가 껄껄 웃으며 말했어요.

"이거 실례가 많소만, 조금 빨리 해주시면 좋겠소이다. 다들 배가 고프거든요."

"금방 됩니다. 금방 돼요."

얼마 지나지 않아 탁자와 의자를 벌여놓고 상을 차렸는데, 정말 야채 몇 접시가 전부였어요.

부드럽게 데친 원추리, 새콤한 고들빼기
물옥잠과 쇠비름나물, 꽃따지와 가시연밥
연자불래 어린잎은 향기롭고 연하며
주먹만 한 죽순은 아삭아삭 싱그럽다.
푹 익힌 마람 쪽, 그대로 데쳐낸 고비
조개풀
도꼬마리
푹 삶으니 먹을 만하네.
번음씀바귀와
질경이
솥에 쏟아부어 싸리불로 익히네.
황새냉이
상추 같은
나물들은 향긋하고 보드랍고
기름에 볶아낸 오영화
마름 열매도 그 맛이 제법 자랑할 만하고
부들 싹과 줄풀의 여린 줄기는
모두 물가에서 자란 것들이라 그 맛이 깔끔하구나.
둑새풀은
어려 연하고
쇠무릎지기도 그에 못지않네.
이것들은 삼대로 엮은 원두막 아래 울타리 쳐서 기른 것이라네.

괭이밥의 어린잎, 넓은잎

딱총나무의 어린싹은

기름에 지져 맛 좋을 수밖에.

쑥갓, 개사철쑥 차려진 모습

불나방이 물레나물 위에 내려앉은 듯하네.

소루쟁이와

구기자 열매에

검정 감람을 보태니 따로 기름 쓸 필요 없고

몇 가지 야채와 산나물에 밥 한 끼 곁들였으니

나무꾼이 경건한 마음으로 은혜에 보답한 것이네.

嫩燁黃花菜　酸虀白鼓丁

浮薔馬齒莧　江薺鵬腸英

燕子不來香且嫩　芽兒奉小脆還青

爛煮馬藍頭　白燿狗脚跡

貓耳躱　野落蓽　灰條熟爛能中吃

剪刀股　牛塘利　倒灌窩螺操簟薺

碎米薺　萵菜薺　幾品清香又滑膩

油炒烏英花　菱科甚可誇

蒲根菜并茭兒菜　四般近水實清華

看麥娘　嬌且佳

破破納　不穿他　苦麻臺下藩蘺架

雀兒綿單　猢猻脚跡　油灼灼煎來只好吃

斜蒿青蒿抱娘蒿　燈蛾兒飛上板蕎蕎

羊耳禿　枸杞頭　加上烏藍不用油

幾般野菜一飡飯　樵子虔心爲謝酬

스승과 제자 일행은 배불리 먹고 나서 떠날 채비를 했어요. 나무꾼은 감히 더 붙잡지 못하고 어머니께 나오시라고 해서 재차 절을 올리며 감사를 드렸어요. 나무꾼은 땅바닥에 꿇어앉아 절하더니 대추나무 지팡이를 챙기고 바지 끈을 동여맨 후 전송하러 나섰어요. 사오정은 말을 끌고 저팔계는 봇짐을 메고 손오공은 그 옆을 바짝 따랐으며, 삼장법사는 말 위에서 손을 맞잡고 인사를 올리며 나무꾼에게 말했어요.

"번거롭지만 길을 좀 안내해주십시오. 큰길을 만나면 헤어지기로 하지요."

일행은 모두 비탈을 오르내리고, 골짜기를 돌아 언덕을 가로질렀어요. 삼장법사는 말 위에서 곰곰 생각하더니 이렇게 말했어요.

"애들아,"

폐하께 인사드리고 서역으로 길 떠난 후
먼 길을 허위허위 달려왔구나.
물에서나 산에서나 재난을 피해가지 못했고
요괴 정령들 틈에서 목숨 보전하기 힘들었다.
한마음으로 다만 삼장의 불경을 얻고
부처님 계신 하늘에 오르길 바랄 뿐
분주히 달려온 지 며칠이 되었으며
언제야 이 길이 끝나 당나라로 돌아가겠느냐?

自從別主來西域　遞遞迢迢去路遙
水水山山災不脫　妖妖怪怪命難逃
心心只爲經三藏　念念仍求上九霄
碌碌勞勞何日了　幾時行滿轉唐朝

나무꾼이 이 말을 듣고 말했어요.

"나리, 염려하지 마십시오. 이 큰길을 따라가면 서천까진 천 리도 안 됩니다! 바로 천축국 극락 고을이지요."

삼장법사는 이 말을 듣고 얼른 말에서 내려서 말했어요.

"먼 길 오시느라 고생하셨습니다. 큰길까지 왔으니, 그만 돌아가서 자당慈堂께 인사를 전해주십시오. 감사하게도 성찬을 차려주셨는데, 제가 달리 사례할 것도 없으니, 그저 아침저녁으로 불경을 암송하면서 두 분 모자께서 평안하고 장수하길 빌겠습니다."

나무꾼은 "예예" 하고 대답을 하고 왔던 길로 되돌아갔어요. 스승과 제자들은 계속 서쪽으로 나아갔지요.

요괴를 무찌르고 원수를 갚으니 고난에서 벗어나고
은혜를 입어 길에 오르니 열심히 나아갈지어다.

降怪解寃離苦厄　受恩上路用心行

과연 며칠이나 더 가야 서천에 이를지는 알 수 없으니, 이에 대해서는 다음 회를 들어보시라.

큰 도는 그윽하고 깊어서

어떤 것이라도

설파하면 귀신을 놀라게 하네.

우주를 잡아 감추고

천지를 쪼개니

세상에 이와 겨룰 참 즐거움이 없다네.

영취봉 앞에서

보물 구슬을 집어내니

오색 광채 밝게 빛나네.

천지 만물 비추니

그 도를 아는 자, 산과 바다와 수명을 같이하리라.

大道幽深　如何消息　說破鬼神驚駭

挾藏宇宙　剖判玄光　眞樂世間無賽

靈鷲峰前　寶珠拈出　明映五般光彩

照乾坤上下群生　知者壽同山海

한편, 삼장법사와 제자들은 나무꾼과 작별하고 무은산霧隱山[1]을 내려와 열심히 큰길을 걸었어요. 며칠 지나자 저 앞에 성이 보였어요. 삼장법사가 말했지요.

"오공아, 저기 앞에 보이는 성이 천축국이 아닐까?"

"아니에요, 아닙니다. 석가여래가 계시는 곳을 극락이라고 부르지만, 그곳은 성이나 해자垓子가 없이 그저 큰 산일 뿐입니다. 그 산속에 누각과 궁전이 있어 영산 대뇌음사라고 칭하지요. 천축국에 도착했다고 해도, 거기는 석가여래가 계시는 곳이 아닙니다. 천축국에서 영취산까지는 얼마나 되는지 알 수 없어요. 저 성은 아마도 천축국의 변방인 것 같습니다. 가보면 알겠지요."

손오공이 손을 저으며 말했어요. 얼마 후 성 밖에 이르러 삼장법사가 말에서 내려 세 개의 문을 들어가니 오가는 사람도 없고 거리가 적막했어요. 큰 거리로 나가 보니 푸른 옷을 입은 한 무리의 사람들이 양쪽으로 늘어서 있었는데, 그중 관리인 듯 모자와 허리띠를 갖춘 몇몇이 처마 밑에 서 있었어요. 삼장법사 일행이 길을 따라 앞으로 가려 했지만, 그들은 비켜줄 생각을 하지 않았어요. 미련한 저팔계가 긴 주둥이를 뾰족 내밀고 "비켜라! 길을 비켜!" 하고 소리쳤어요. 그들은 휙 고개를 들다가 저팔계의 모습을 보자 온몸에 힘이 쪽 빠지도록 놀라 넘어지고 주저앉아 "요괴다, 요괴야!" 하고 외쳤어요. 처마 밑에 서 있던 관리들도 기겁을 해 벌벌 떨며 허리를 굽혔어요.

"어디서 오셨습니까?"

삼장법사는 제자들이 말썽을 일으킬까 두려워 얼른 앞에 나서서 사람들에게 말했어요.

"저희들은 동녘 땅 위대한 당나라의 사신으로, 석가여래를 알

---

1 제86회에서는 '은무산隱霧山'으로 되어 있다.

현하고 불경을 가지러 천축국 대뇌음사로 가는 승려들입니다. 가다가 귀국貴國을 지나게 되었는데, 지명도 모르고 묵을 인가도 만나지 못해 성에 들어오자마자 실례를 범했으니, 여러분께서 널리 양해해주십시오.”

듣고 있던 관리가 그제야 제대로 인사를 했어요.

“이곳은 천축국의 변방인 봉선군鳳仙郡입니다. 몇 해째 계속된 가뭄 때문에 군수님께서 저희더러 비를 내려 백성을 구제할 수 있는 법사를 구한다는 방문榜文을 여기에 내걸라고 하셨습니다.”

그 말을 듣자 손오공이 물었어요.

“그 방문은 어디 있나요?”

“여기 있습니다. 막 처마를 청소하던 참이라 아직 내걸지 못했어요.”

“좀 보여주시지요.”

관리들이 곧 방문을 펼쳐 처마 밑에 내걸자 손오공을 비롯해 삼장법사 일행이 가까이 다가가서 살펴봤어요.

대천축국의 봉선군 군수 상관上官은 명망 있는 법사를 모셔 불사를 일으키고자 방을 내는도다.

본디 우리 군은 땅이 넓고 비옥하여 온 백성이 풍족하게 살아왔으나, 연이은 가뭄으로 땅이 갈라지고 황폐해졌다. 백성들의 논이 갈라지고 땅은 척박해졌으며, 강바닥이 드러나고 수로가 말라버렸다. 우물에는 물이 없고 샘에서는 물이 솟지 않는다. 부유한 자들은 그럭저럭 살아갈 수 있으나 가난한 자들은 목숨을 부지하기가 어렵도다. 좁쌀 한 말에 금 백 냥이고 나무한 단에 다섯 냥이나 된다. 열 살짜리 딸은 쌀 석 되에 팔고 다섯 살짜리 아들은 아무나 데려가게 맡기는 지경이다.

성안에서는 법이 두려워 옷과 집기 등을 저당 잡혀 생명을 부지하나, 시골에서는 관官을 속이고 노략질하고 사람을 잡아 먹으며 연명하고 있도다.

이에 방을 내걸어 세상의 현자들을 구하니, 비를 내려 백성을 구해주면 그 은혜를 후사하겠노라. 기필코 천금으로 보답하 겠으니, 방을 본 해당자는 반드시 찾아오기를 바라노라.

손오공은 다 보고 나서 관리들에게 말했어요.

"'군수 상관'이 무슨 말이오?"

"상관은 성姓입니다. 우리 군수님의 성이지요."

"하하. 드문 성이로군요."

"형은 책도 안 읽었나 보지? 『백가성百家姓』 뒷부분에 '상관구 양上官歐陽'이란 말이 있소."

저팔계가 이렇게 말하자 삼장법사가 말을 막았어요.

"얘들아, 쓸데없는 말은 그만두거라. 너희 가운데 누가 비를 내 릴 수 있으면, 저들에게 단비를 좀 내려주어 백성들을 고통에서 구제해주어라. 그게 바로 훌륭한 선행이 아니겠느냐? 못하겠거 든 얼른 떠나자꾸나. 지체하지 말고."

"비를 기원하는 일이야 뭐 어렵겠습니까? 이 몸이야 강을 뒤집 고 바다를 휘저으며 별자리를 옮길 수 있고, 하늘을 마음대로 다 니며 안개와 구름을 뿜어내고, 산을 지고 달을 쫓으며 비와 바람 을 부를 수도 있습니다. 그 일이야 어렸을 때부터 장난삼아 하던 것이니, 별것도 아니지요!"

관리들이 그 말을 듣고 두 사람을 급히 군수에게 보내 알리도 록 했어요.

"나리, 희소식입니다!"

그때 군수는 막 향을 사르고 묵묵히 기원을 드리다가 희소식이라는 말을 듣고 즉시 물었어요.

"희소식이라니?"

"오늘 방을 받아 그걸 붙이러 시내 어귀에 이르렀을 때, 동녘 땅 위대한 당나라의 사신으로 부처님을 배알하고 불경을 가지러 천축국 대뇌음사에 가던 스님 네 분을 만났습니다. 그들이 방을 보더니 단비를 내리게 할 수 있다고 하기에 이렇게 알리러 왔습니다."

그 말을 들은 군수는 곧 의관을 갖추고 가마도 말도 없이, 하인도 몇 대동하지 않은 채, 걸어서 그곳으로 갔어요. 삼장법사 일행을 예를 갖추어 정중히 맞아들이려 한 것이지요.

"군수님께서 납시었다!"

갑자기 이런 소리가 들리자 사람들이 물러섰어요. 군수는 삼장법사를 보자마자, 무섭게 생긴 제자들도 두려워하지도 않고 길 한복판에 엎드려 절을 올렸어요.

"저는 봉선군 군수 상관 아무개이옵니다. 청결하게 향을 쐬고 엎드려 청하오니, 비를 내려 저희 백성을 구해주십시오. 부디 스님께서는 대자대비한 마음으로 신통력을 발휘하시어 저희를 구해주소서, 구해구소서."

삼장법사도 답례했어요.

"이곳은 얘기하기에 적당하지 않군요. 저희들이 어디 절에라도 들어가야 일을 처리하기 좋겠습니다."

"제 관사로 가시지요. 깨끗한 방이 있습니다."

삼장법사 일행은 말을 끌고 짐을 메고 군수의 관사로 가 일일이 인사를 나누었어요. 군수는 차와 공양을 준비시켰고, 잠시 후 음식이 차려졌어요. 저팔계는 굶주린 호랑이처럼 게걸스럽게 먹어댔어요. 음식을 나르던 사람들이 기겁해 왔다 갔다 하면서 밥이며 국을 가져다 날랐는데, 그 모습이 마치 주마등走馬燈 같았어요. 저팔계가 배가 불렀다 싶어 그만 먹을 때까지 이렇게 바삐 음식을 날랐어요. 공양이 끝나고 삼장법사가 감사를 드린 후 물었어요.

"군수님, 이곳에 가뭄이 든 지 얼마나 되었습니까?"

군수가 대답했어요.

이곳은 대천축국의 땅
봉선군이라는 변방으로 제가 다스리는 곳입니다.
삼 년이나 계속된 가뭄으로
풀 한 포기 남지 않았고 오곡도 자라지 않습니다.
집집마다 장사가 안 되고
열에 아홉 집에서는 울음소리 그치지 않습니다.
셋 중에 둘은 굶어 죽고
나머지 한 사람도 그 목숨이 바람 앞의 촛불 같습니다.
제가 방을 내 현자를 널리 구했더니
다행히 고승께서 이곳에 와주셨습니다.
약간의 비를 내려 백성들을 구해주신다면
천금을 바쳐 후히 사례하렵니다.

敝地大邦天竺國　　鳳仙外郡吾司牧
一連三載遇乾荒　　草子不生絕五穀
大小人家買賣難　　十門九戶俱啼哭
三停餓死二停人　　一停還似風中燭
下官出榜徧求賢　　幸遇眞僧來我國
若施寸雨濟黎民　　愿奉千金酬厚德

손오공은 이 말을 듣고 만면에 희색을 띠고 껄껄 웃으며 말했어요.

"됐어요. 그만두시오. 천금으로 후사하겠다면 비 한 방울도 없을 것이나, 공덕을 쌓겠다면 이 몸이 큰비를 내려드리지."

군수는 원래 청렴하고 어진 자로 백성을 사랑하는 마음이 깊었어요. 그래서 곧 손오공을 윗자리에 앉히고 머리 숙여 절을 했어요.

"스님께서 자비심을 베풀어주신다면 그 은혜 죽어도 잊지 못할 것입니다."

"더 말할 것 없어요. 일어나시오. 우리 사부님이나 잘 돌봐주시면, 이 몸이 움직여보겠소이다."

"형님, 어떻게 하시려고요?"

사오정이 묻자 손오공이 대답했어요.

"너와 팔계는 이리 와서 여기 대청 밑에서 나를 보좌해다오. 이 몸이 용을 불러 비를 내릴 테니."

저팔계와 사오정이 얌전히 그 말을 따르니, 셋은 대청 아래로 내려갔어요. 군수는 향을 피워 기원하고 삼장법사는 앉아서 경을 외었지요.

손오공이 진언을 외고 주문을 읊조리자, 금방 동쪽에서 검은 구름이 뭉게뭉게 피어나 조금씩 내려앉아 대청 앞에 이르렀어요. 이는 바로 동해 용왕 오광敖廣이었지요. 오광은 구름을 거두고 사람의 모습으로 변해 손오공 앞으로 걸어와 허리 숙여 인사했어요.

"제천대성님, 무슨 일로 이 몸을 부르셨습니까?"

"일어나시오. 먼 길 오느라 고생하셨소. 다른 일이 아니라 이곳 봉선군에 몇 해째 계속 가뭄이 들었다 하는데, 왜 이곳에 비를 내려주지 않는 거요?"

"제천대성님, 제 말씀 좀 들어보십시오. 저는 비를 내리게 할수는 있습니다만, 하늘의 부림을 받는 몸입니다. 하늘에서 시키지도 않았는데 어찌 감히 제멋대로 이곳에 비를 뿌릴 수 있겠습니까?"

"내가 이곳을 지나다 보니, 오랜 가뭄에 백성들이 고통을 겪고있었소. 그래서 이곳에 비를 내려 백성을 구해주라고 특별히 그대를 불렀는데, 왜 이런저런 핑계를 대는 거요?"

"감히 핑계라니요? 제천대성께서 진언을 외어 저를 부르기에 오긴 왔습니다만, 옥황상제의 어명도 받지 않았고 비를 내리는신장神將도 데려오지 않았습니다. 그런데 어떻게 우부雨部를 움직일 수 있겠습니까? 제천대성께서 백성을 구제할 마음이시면, 제가 바다로 돌아가 병사들을 모아 오겠습니다. 그동안 제천대성께서 직접 하늘궁전에 상소를 올려 비를 내려주라는 성지를 받으시고, 물을 다스리는 관리[水官]더러 용을 보내달라고 청하십시오. 그러면 저는 어명에서 정한 만큼 비를 내리도록 하겠습니다."

들어보니 일리가 있는 말인지라 손오공은 동해 용왕을 바다로돌아가게 놓아주고, 즉시 강신술降神術을 쓰는 제단에서 뛰어 내려와 그 얘기를 삼장법사에게 들려주었어요.

"그렇다면 네가 다녀오너라. 가거든 언행을 꼭 조심해야 한다!"

삼장법사의 허락이 떨어지자 손오공은 저팔계와 사오정에게당부했어요.

"사부님을 잘 모시고 있어라. 하늘궁전에 다녀올 테니."

멋진 제천대성! 그는 말을 마치자 바람같이 사라져버렸어요.군수는 간이 콩알만 해져 물었어요.

"손 나리는 어디 가셨습니까?"

"히히히, 구름을 타고 하늘로 갔지요."

저팔계가 웃으며 대답하자 군수는 몹시 황송해하며 급보를 내었어요. 즉 온 성안의 사람들은 신분과 벼슬의 고하를 막론하고 집집마다 용왕의 위패를 모셔 제사를 드리고, 문 앞에 깨끗한 물 항아리를 준비해 그 안에 버드나무 가지를 꽂고, 향을 태워 하늘에 기원을 올리라는 것이었지요. 이 이야기는 더 하지 않겠어요.

한편, 손오공은 그 길로 근두운을 타고 날아가 곧바로 서천문西天門 밖에 이르렀어요. 일찌감치 손오공이 오는 걸 보고 있었던 호국천왕이 천정天丁과 역사力士를 거느리고 다가와 맞았지요.

"제천대성, 불경을 가지러 가던 일은 끝났습니까?"

"이제 멀지 않았소. 지금 천축국 내의 봉선군이란 곳에 다다랐는데, 그곳에 삼 년 동안 비가 내리지 않아 백성들의 고통이 이만저만 아니오. 이 몸이 비를 내려 구제해줄까 싶어 동해 용왕을 그곳으로 불렀더니, 옥황상제의 어명 없이는 함부로 비를 내릴 수 없다고 하더이다. 그래서 옥황상제를 알현하고 상소를 올릴까 하오."

"그곳에는 비를 내리지 말아야 합니다. 제가 일전에 들어보니, 그곳 군수가 하늘과 땅에 얼토당토않은 죄를 지었다 합니다. 그래서 옥황상제께서 그 죄를 아시고 쌀 산, 밀가루 산, 황금 자물쇠를 만들어두시고 이 세 가지가 모두 없어져야 비를 내려주신다고 했답니다."

손오공은 그 말뜻을 알 수가 없어 옥황상제를 알현하겠다고 하니, 호국천왕도 감히 막지 못하고 안으로 들여보냈어요. 손오공이 통명전 밖에 이르자 네 천사가 나와 맞았어요.

"제천대성, 무슨 일로 오셨습니까?"

"삼장법사를 모시고 가는 길에 천축국 변경의 봉선군에 이르러 보니 가뭄이 들어 그곳 군수가 비를 내릴 현자를 구하고 있었소. 이 몸이 동해 용왕을 불러 비를 내려달라고 했으나 옥황상제의 어명 없이 맘대로 할 수 없다고 하기에, 특별히 옥황상제께 여쭈어 백성들을 고통에서 구해주러 왔소."

"그곳에는 비를 내려선 안 됩니다."

"하하하, 되고 안 되고 간에 번거롭겠지만 말씀이나 드려주오. 이 몸의 얼굴을 봐서 좀 해주오."

"시쳇말에 '파리가 머리에 두건을 두른다(蒼蠅包網兒)'고 하더니 염치도 좋구려."

갈선옹이 빈정거리자 허정양許旌陽이 나섰어요.

"쓸데없는 소리 말고 제천대성을 데리고 들어갑시다."

구홍제丘洪濟, 장도령張道齡, 갈선옹, 허정양, 네 천사는 손오공을 데리고 영소보전靈宵寶殿 아래로 가 아뢰었어요.

"폐하! 손오공이 천축국의 봉선군에 도착해 그곳의 가뭄을 보고 비를 내려달라고 특별히 청하러 들었습니다."

"삼 년 전 섣달 스무닷새 날에 짐이 온 하늘을 시찰하고 삼계三界를 순행하다가 봉선군에 이르러 보니, 군수 상관 아무개란 자가 참으로 돼먹지 못하였노라. 하늘에 제사 지내는 제물을 밀어 떨어뜨려 개에게 먹이고 욕을 하며 하늘을 업신여기는 죄를 지었노라. 그래서 짐은 피향전披香殿 안에 세 가지를 마련해놓았으니, 그대들은 손오공을 데리고 가서 보여주어라. 만일 그 세 가지가 모두 끝났다면 어명을 내려줄 것이나, 끝나지 않았다면 더 이상 상관하지 말라고 하라."

네 천사가 손오공을 피향전으로 안내해 들어가 보니, 그곳에는 높이가 열 길[丈] 정도 되는 쌀 산과, 스무 길 정도 되는 밀가루 산이 있었어요. 쌀 산 곁에는 주먹만 한 병아리가 콕콕 쌀을 쪼아 먹고 있었고, 밀가루 산 곁에는 금빛 털의 삽살개가 낼름낼름 쩝쩝 밀가루를 핥아 먹고 있었어요. 그 왼쪽에는 쇠로 만든 선반이 달려 있고, 그 위에 한 자 서너 치 정도 되는 황금 자물쇠가 걸려 있었어요. 그리고 손가락 굵기만 한 자물쇠 고리 밑에 등잔 하나가 놓여 있어 그 고리를 달구고 있었어요. 손오공은 그 의미를 알 수가 없어 고개를 돌려 천사에게 물었어요.

"왜 이렇게 해놓은 거요?"

"그놈이 하늘에 지은 죄 때문에 옥황상제께서 이 세 가지를 만들어놓으신 겁니다. 즉, 저 병아리가 쌀을 다 쪼아 먹고, 삽살개가 밀가루를 다 핥아 먹고, 등잔불이 자물쇠 고리를 다 녹여야 비로소 비를 내려주라 하셨습니다."

이 말을 들은 손오공이 깜짝 놀라 다시 상소할 엄두도 못 내고 겸연쩍은 낯으로 허겁지겁 영소보전을 나왔어요. 그것을 본 네 천사가 웃으며 말했지요.

"제천대성, 걱정하지 마십시오. 이것들은 선행으로 해결될 수 있소이다. 오롯한 마음으로 선행을 하고 자비를 베풀어 하늘을 감동시킨다면 저 쌀 산과 밀가루 산은 즉시 무너지고 자물쇠 고리도 바로 끊어질 것입니다. 돌아가 그자에게 선으로 귀의하면 복은 저절로 찾아올 거라고 권하십시오."

손오공은 그 말을 듣고 영소보전에 가서 옥황상제께 작별 인사도 하지 않고 곧장 아래 세상으로 내려가려고 했어요. 잠시 후 서천문에 이르자 호국천왕이 또 물었지요.

"상소 올린 일은 어떻게 되었습니까?"

손오공은 쌀 산과 밀가루 산, 황금 자물쇠 얘기를 한바탕 해주고 이렇게 말했지요.

"당신 말대로 윤허를 받지 못했소. 천사가 나를 배웅해주며 그놈에게 선으로 귀의하면 곧 복이 올 거라고 권하라 하더이다."

손오공은 호국천왕과 작별하고 구름을 타고 아래 세상으로 돌아왔어요.

군수와 삼장법사, 저팔계와 사오정 그리고 크고 작은 관리들이 반갑게 맞으며 손오공을 빙 둘러싸고 갔던 일을 물었어요. 손오공은 군수를 크게 꾸짖었어요.

"네놈이 삼 년 전 섣달 스무닷새 날에 하늘과 땅을 욕보이는 죄를 지었기에 백성들이 고통을 받게 되었다. 그래서 지금은 비를 내려줄 수 없다고 한다."

당황한 군수가 땅에 엎드려 물었어요.

"스님께서 어떻게 삼 년 전의 일을 아십니까?"

"하늘에 제사 지내는 제물을 어쩌자고 밀어 떨어뜨려 개에게 먹였느냐? 사실대로 고해라."

"삼 년 전 섣달 스무닷새 날에, 관아에서 하늘에 제사 지낼 준비를 하고 있었습니다. 그런데 제 아내가 어질지 못해 욕을 하며 서로 싸우다, 순간 화가 치솟아 저도 모르게 제사상을 엎어버리고 제사 음식을 땅에 쏟아, 말씀하신 것처럼 개를 불러 먹였습니다. 내내 그 일이 마음에 걸려 답답하고 막막했으나 풀 길이 없었습니다. 그것 때문에 하늘에 죄를 지어 백성들에게 피해를 입힌 줄은 꿈에도 몰랐습니다. 이제 이렇게 어르신께서 왕림해주셨으니, 하늘에서 어떻게 하실 양인지 부디 알려주소서."

"그날 마침 옥황상제께서 아래 세상으로 내려왔다가, 당신이 제사 음식을 개에게 먹이고 하늘에 대고 욕하는 걸 보셨소. 옥황상제는 즉시 당신을 벌하기 위해 세 가지 안배를 해놓았소."

저팔계가 얼른 끼어들었어요.

"세 가지 안배라니요?"

"피향전이란 곳에 높이가 열 길 정도 되는 쌀 산과, 스무 길 정도 되는 밀가루 산이 있었소. 그리고 쌀 산 곁에는 주먹만 한 병아리가 콕콕 쌀을 쪼아 먹고 있었고, 밀가루 산 곁에는 금빛 털의 삽살개가 낼름낼름 쩝쩝 밀가루를 핥아 먹고 있습디다. 또 그 왼쪽에는 철로 만든 선반 위에 한 자 서너 치의 황금 자물쇠가 걸려 있었는데, 자물쇠 고리가 손가락 굵기만 했소. 그 밑에 등잔이 있어서 등잔의 불꽃이 그 고리를 달구고 있었소. 그런데 그 병아리가 쌀을 다 쪼아 먹고, 삽살개가 밀가루를 다 핥아 먹고, 등잔불이 자물쇠 고리를 다 녹여야 비로소 비를 내려준다는 거요."

"히히히, 문제없네. 별것 아니야! 형님이 날 데려다주면, 내가 변신을 해 들어가서 쌀과 밀가루를 한입에 다 먹어치우고 자물쇠 고리도 끊어놓겠소. 그럼, 비가 내릴 거 아니오?"

"멍청한 놈, 허튼소리 마. 옥황상제가 그렇게 해놓은 건데, 네가 어떻게 그럴 수 있어?"

"그렇다면 어쩌면 좋으냐?"

듣고 있던 삼장법사가 물었어요.

"그리 어렵지는 않아요. 제가 돌아올 때 네 천사가 하는 말이, 군수가 선행을 하기만 하면 해결될 수 있답니다."

군수는 땅에 엎드려 애절하게 빌었어요.

"스님이 가르쳐만 주십시오. 뭐든지 따르겠습니다."

"당신이 죄를 뉘우치고 선행을 쌓으려 한다면 어서 염불을 하고 경을 읽으시오. 내가 당신을 도와주겠소. 그러나 여전히 고치지 않겠다면 나도 방법이 없을 뿐 아니라, 조만간 하늘이 당신에게 벌을 내려 목숨을 부지할 수 없을 것이오."

군수는 고개를 조아리며 절하고 선으로 귀의하기로 맹세했어요. 그러고는 그 나라의 승려와 도사들을 불러 모아 도량을 세우게 하고, 각각 문서를 써서 세 하늘[三天]에 올리도록 했어요. 또한 군수는 백성들을 거느리고 분향 참배를 하고 하늘과 땅에 감사를 올리며 자신의 죄를 참회했지요. 삼장법사도 그를 위해 불경을 읽었어요. 다른 한편으로는 급보를 내려 성 안팎의 부자와 가난뱅이 남녀노소를 막론하고 누구나 향을 태우고 염불을 하도록 했어요. 이렇게 되자 선한 소리[善聲]가 귀를 가득 채웠고, 비로소 손오공도 기뻐하며 저팔계와 사오정에게 말했어요.

"너희 둘은 사부님을 잘 모시고 있어라. 이 몸이 다시 한 번 다녀올 테니."

"형님, 또 어딜 가시려고?"

저팔계가 묻자 손오공이 말했지요.

"군수가 이 몸의 말을 믿고 그대로 가르침을 받아들여 공경스럽게 선을 행하고 정성스럽게 염불을 하니, 내가 가서 비를 좀 내려달라고 옥황상제에게 다시 아뢰어야겠다."

사오정이 말했어요.

"형님, 가실 거면 머뭇거리지 마시오. 우리도 어서 길을 떠나야 하니까. 비를 내려주게 된다면 우리의 정과正果도 이루는 셈이지."

멋진 제천대성! 그가 근두운을 타고 쌩 하니 서천문으로 가자, 호국천왕이 또 나와 맞았지요.

"오늘은 또 무슨 일로 오셨소?"

"그 군수가 이미 선에 귀의했소."

그 말을 듣고 호국천왕도 기뻐했어요. 그때 직부사자直符使者가 도사와 승려들의 문서를 전하러 서천 문 밖에 왔다가 손오공을 보고 인사했어요.

"이 모두가 제천대성께서 선을 권한 덕입니다."

"이 문서는 어디로 가져가는 것이냐?"

"바로 통명전으로 가져가 천사님께 전해드리면 옥황상제님께 올려질 것입니다."

"그렇다면 네가 앞장을 서라. 내가 뒤따라가겠다."

그래서 직부사자가 앞서 서천문을 들어갔어요.

"제천대성, 옥황상제를 알현할 것 없이 구천응원부九天應元府로 가 벼락신을 빌리고 우레와 번개를 치게 하면 비가 내리게 될 것입니다."

손오공은 호국천왕의 말대로 서천문을 들어가서는 어명을 받으러 영소보전으로 가지 않고 근두운을 구천응원부로 돌렸어요. 그곳의 뇌문사자雷門使者, 규록전자糾錄典者, 염방전자廉訪典者가 모두 나와 인사를 했지요.

"제천대성님, 무슨 일로 오셨습니까?"

"일이 있어 천존天尊을 좀 만나야겠다."

세 사자가 이 뜻을 전하자 천존이 아홉 마리 봉황이 그려진 붉은 노을빛 병풍을 뒤따르게 하고 의관을 차려입은 채 나왔어요. 서로 인사가 끝나자 손오공이 말을 꺼냈어요.

"한 가지 청이 있어 이렇게 왔소."

"무슨 일인지요?"

"내가 지금 삼장법사를 모시고 봉선군에 이르렀소. 그런데 그곳의 가뭄이 너무 심해 비를 좀 내려주겠다고 했으니, 이곳의 장군을 빌려 그곳에 비를 내려줄까 하오."

"그곳 군수가 하늘에 죄를 지어 세 가지를 마련해놓았다던데, 비를 내려도 될는지 모르겠소이다."

"하하, 내가 어제 옥황상제를 뵙고 상소를 올렸소. 옥황상제께서는 천사더러 나를 피향전으로 데려가 마련해놓으신 세 가지

旋賀八大星天都傳
森善聖孫致層仙

가뭄에 시달리는 봉선군에 비를 내려주다

안배를 보여주라 하셨소. 그 세 가지 안배란 쌀 산, 밀가루 산, 황금 자물쇠인데, 그것들이 다 없어져야 비를 내려준다고 하십디다. 그것을 보고 일이 어렵겠구나 걱정했더니, 천사가 그 군수와 백성들에게 선행을 쌓도록 권하라고 하면서 '사람이 선한 마음을 먹으면 하늘도 감동하는 법(人有善念 天必從之)'이라고 하더군요. 또 그렇게 하늘을 감동시킬 수 있으면 재난을 해결할 수 있다고 말해주었소. 지금 그 군수에게는 선한 마음이 생겨났고, 부처님을 부르는 선한 소리가 온 나라에 가득하오. 군수가 이미 개심해 선을 따르고 있다는 문서를 직부사자가 아까 옥황상제에게 올리러 갔소. 그래서 이 몸은 뇌부雷府의 여러 장군들의 도움을 빌리고자 특별히 귀부에 온 것이오."

"그렇다면 등鄧, 신辛, 장張, 도陶, 네 장수더러 번개 선녀[閃電娘子]들을 데리고 제천대성을 따라 봉선군으로 내려가 우레를 치라고 하지요."

네 신장이 얼마 후 제천대성과 함께 봉선군에 이르렀어요. 그리고 하늘에서 술법을 부리기 시작하자, 우르릉 쾅쾅 뇌성이 들리고 번쩍번쩍 번개가 쳤지요.

번개는 번쩍, 금빛 뱀이 솟아오르듯
천둥은 우르릉, 만물이 자다 깨어 울어대는 듯
번쩍 벼락이 빛나더니
산 동굴을 무너뜨리네.
번개 빛에 온 하늘 밝아지고
천둥소리에 온 땅이 들썩들썩
붉은 비단 같은 번개 번쩍 피어나니
온 나라 산하가 모두 진동하네.

電掣紫金蛇　　雷轟群蟄閣
熒煌飛大光　　霹靂崩山洞
列缺滿天明　　震驚連地縱
紅銷一閃發萌芽　　萬里江山都撼動

　　봉선군 성 안팎의 크고 작은 벼슬아치들을 비롯한 모든 백성들은 삼 년 내내 천둥 번개를 듣지도 보지도 못하다가, 오늘 이렇게 뇌성이 들리고 번개가 번쩍이는 것을 보자 일제히 꿇어앉아 향로를 머리 위로 쳐들거나 버들가지를 손에 쥔 채 "나무아미타불! 나무아미타불!"을 염송했어요. 이들의 일치된 선심善心은 참으로 하늘을 감동시켰지요. 바로 옛 시에서 말하던 그대로였어요.

　　　사람 마음에 오롯한 생각 생기면
　　　하늘과 땅이 모두 이를 알아준다네.
　　　선과 악에 따르는 보답이 없다면
　　　하늘과 땅이 공정하지 못한 것이라네.

人心生一念　　天地悉皆知
善惡若無報　　乾坤必有私

　　손오공이 벼락 장군들을 지휘해서 봉선군에 번개를 치고 우레를 울려, 모든 사람들이 선에 귀의한 일은 더 이야기하지 않겠어요.

　　한편, 하늘의 직부사자가 승려와 도사들의 문서를 통명전으로 가져가자, 네 천사가 그것을 영소보전에 올렸어요.

"그놈들이 이제 선한 길로 들어섰구나. 그 세 가지 안배는 어찌 되었는가?"

옥황상제가 그것을 보고 이렇게 말씀하시는데, 피향전을 지키던 관리가 들어와 아뢰었어요.

"만들어놓으신 쌀 산, 밀가루 산이 모두 무너지고 쌀도 밀가루도 삽시간에 없어졌습니다. 또한 자물쇠 고리도 다 끊어졌습니다."

아뢰는 말이 끝나기도 전에 하늘 관리가 봉선군의 토지신, 서낭신, 사령신社令神 등을 거느리고 와 절하며 아뢰었어요.

"저희 군 군주와 성의 모든 백성들이 한 집 한 사람도 남김없이 모두 선과善果에 귀의하고, 부처님을 예불하며 하늘을 우러르게 되었습니다. 이제 자비를 베푸셔서 단비를 고루 내려 백성들을 구해주소서."

이 말을 들은 옥황상제는 몹시 기뻐하며 어지를 내렸어요.

"풍부風府, 운부雲府, 우부雨府에 각각 명하노니 아래 세상의 봉선군으로 가 오늘부터 즉시 우뢰를 치고 구름을 깔아 석 자하고 마흔 두 방울의 비를 내리도록 하라."

네 천사는 어명을 받들어 각 부部에 전달하고, 곧 아래 세상으로 내려가 하늘신의 위엄을 일제히 떨치라고 했지요.

손오공이 하늘에서 등, 신, 장, 도, 네 장수와 번개 선녀들에게 막 우뢰를 치게 하고 있는데, 여러 신들이 하늘 가득 모여들었지요. 그러자 바람과 구름이 멀리서 일어나며 단비가 쏟아졌어요. 얼마나 기다리던 비였는지 들어보세요.

자욱하게 뒤덮인 구름
주위를 가득 메운 검은 안개

천둥소리 우르릉 쾅쾅

번갯불이 번쩍번쩍

거센 바람 몰아치고

굵은 빗줄기 쏟아지는구나.

오롯한 마음으로 하늘로 귀의하니

모든 백성들의 소망 이루어졌네.

이게 모두 제천대성이 신통한 공력을 부린 덕분

온 나라 곳곳이 비에 젖었네.

기다리던 단비가 강에도 바다에도 넘쳐나고

들판을 뒤덮고 하늘에 가득하네.

처마에서 떨어지는 빗물 폭포 이루고

창밖에 울리는 빗소리 영롱하여라.

온 나라 백성들 부처님을 부르니

거리거리 골목골목마다 빗물 흘러넘치네.

동서로 뻗은 강줄기마다 물 가득하고

남북으로 흐르는 개울마다 물 흐르네.

말라비틀어졌던 싹에 윤기 오르고

마른 나무도 다시 살아나네.

논밭에는 마와 보리 무성하고

마을에는 콩과 곡식 넘쳐나리.

상인들 기뻐하며 장사를 시작하고

농부들 김매고 밭 갈기에 여념 없네.

이제 곡식 무럭무럭 자라나

자연히 풍성한 수확 거두게 되리.

바람과 비 순조로우니 백성들 편안하고

바다 고요하고 강물 맑아 태평성대를 누리리.

漢漠濃雲　蒙蒙黑霧

雷車轟轟　閃電灼灼

滾滾狂風　淙淙驟雨

所謂一念回天　萬民滿望

全虧大聖施元運　萬里江山處處陰

好雨傾河倒海　蔽埜迷空

簷前垂瀑布　牕外響玲瓏

萬戶千門人念佛　六街三市水流洪

東西河道條條滿　南北溪灣處處通

槁苗得潤　枯木回生

田野麻麥盛　村堡荳糧升

客旅喜通販賣　農夫愛爾耘耕

從今黍稷多條暢　自然稼穡得豐登

風調雨順民安樂　海晏河清享太平

　하루 내내 석 자하고 마흔두 방울의 비를 내리고 나자, 신들은 하나둘씩 돌아가려고 했어요. 그때 손오공이 큰 소리로 불렀지요.

　"사부四部에서 온 여러 신들이여, 잠시 구름을 멈추시오. 이 몸이 군수를 불러와 여러분들께 감사를 드리게 할 터이니. 여러분, 저 속세의 범인凡人들이 직접 볼 수 있게 구름과 안개를 걷어 모습을 드러내시오. 그래야 그들은 믿음을 가지고 제사를 바칠 거요."

　여러 신들은 그 말을 듣고 모두 돌아서던 발길을 멈추고 하늘에 머물러 있었어요.

　손오공이 근두운을 타고 봉선군으로 가 보니 삼장법사와 저팔계, 사오정이 나와 맞았고 군수도 걸음을 뗄 때마다 절하며 감사했어요.

"나에게는 나중에 인사해도 되오. 내가 사부의 신들을 잠시 남아 있게 했으니, 백성들에게 명을 내려 함께 감사 인사를 올리고 앞으로도 비를 잘 내려달라고 비시오."

군수가 득달같이 명령을 내려 전하고 온 백성들과 함께 향을 들고 참배했어요. 그러자 사부의 신들이 구름과 안개를 환하게 열어젖히고 각자의 모습을 드러냈지요. 사부란 바로 우부, 뇌부, 운부, 풍부를 말하는 것인데, 그들의 모습은 이러했어요.

용왕이 얼굴을 드러내고
우레 장군이 몸을 쭉 펴는구나.
구름동자가 나타나고
바람신이 제 모습을 보이는구나.
드러난 용왕의 얼굴
은빛 수염에 늙수그레한 얼굴 세상에 둘도 없을지라.
몸을 쭉 편 우레 장군
갈고리같이 찢어진 입에 위엄 있는 얼굴 정말 견줄 데 없구나.
모습을 드러낸 구름동자
옥 같은 얼굴에 금관을 썼구나.
제 모습을 드러낸 바람신
불꽃 같은 눈썹에 둥근 눈일세.
푸른 하늘 위에 나란히 모습 드러내고
저마다 차례차례 성스러운 모습 보이네.
봉선군의 사람들 이제야 믿고

정례頂禮[2] 올리고 향을 사르며 악한 심성을 되돌리네.

오늘 하늘 장군들을 우러르며

정결한 마음으로 모두 선에 귀의하는구나.

龍王顯像　雷將舒身

雲童出現　風伯垂眞

龍王顯象　銀鬚蒼貌世無雙

雷將舒身　鉤嘴威顏誠莫比

雲童出現　誰如玉面金冠

風伯垂眞　曾似燥眉環眼

齊齊顯露青霄上　各各挨排現聖儀

鳳仙郡界人纏信　頂禮拈香惡性回

今日仰朝天上將　洗心向善盡歸依

　여러 신들이 두 시간을 편히 머무는 동안 백성들은 끊임없이 절을 했어요. 손오공이 다시 구름 끝에서 일어나 신들에게 인사를 했어요.

　"정말 고생 많았소. 여러분은 이제 각 부로 돌아가시오. 이 몸은 봉선군 사람들에게 돌아가 여러분을 잘 공양하고 철따라 제사를 지내 감사하라고 일러놓겠소. 여러분은 이제부터 닷새에 한 번씩 바람을 날려주고 열흘에 한 번씩 비를 내려주어 이들을 잘 보살펴주시오."

　신들이 그 말에 따라 각자의 부로 돌아간 일은 더 말하지 않겠어요.

2　무릎을 꿇어 두 손으로 땅을 짚고 존경하는 사람의 발밑에 머리를 대는 절로, 가장 공경하는 뜻으로 올린다.

한편, 손오공은 구름에서 내려와 삼장법사에게 말했어요.

"일이 잘 끝나 백성들이 편안해졌으니, 짐을 꾸려 길을 떠나시지요."

이 말을 들은 군수가 황급히 절하며 말했어요.

"나리, 무슨 말씀이십니까! 이번에 한없이 큰 은혜를 입었으니, 그에 보답하고자 제가 사람들더러 간단한 잔칫상을 보라고 일렀습니다. 또한 민간의 땅을 사서 나리들을 위한 절을 세우고 사당[生祠]을 만들며 비석에 이름을 새겨 사시사철 제사를 올릴까 합니다. 나리의 은혜는 뼈와 심장에 새긴다 해도 만 분의 일도 갚기 어려운데, 어찌하여 이렇게 급히 길을 떠나신다고 하십니까?"

"지당하신 말씀입니다만, 저희들은 서역을 찾아가는 행각승인지라 오래 머물 수 없습니다. 하루 이틀 안에는 틀림없이 떠나야 합니다."

삼장법사가 이렇게 말했지만 군수는 보내주려 하지 않았어요. 밤새껏 여러 사람들을 시켜 주연을 베풀게 하고 절을 짓는 일에 착수했지요. 다음 날 성대한 잔치를 벌여놓고 삼장법사를 윗자리에, 손오공과 저팔계, 사오정을 그 옆에 모셨어요. 군수는 크고 작은 관리들과 함께 술과 안주를 대접하고 풍악을 울려 꼬박 하루를 대접했어요. 그 잔치는 정말 흥겨웠지요. 이를 증명하는 시가 있답니다.

> 오랫동안 가물었던 논고랑에 단비가 쏟아지고
> 장사치들을 실어 나르는 물길 곳곳으로 통하네.
> 고맙게도 신승께서 봉선군에 오시고
> 제천대성은 하늘에 올라 힘써주셨네.
> 이전에 지은 죄로 인한 세 가지 일은 풀리고

한마음으로 불교에 귀의하니 선과 널리 베풀어지네.

앞으로는 바라옵건대 요순시대 같은 태평성세를 누리고

때맞추어 부는 바람과 비에 오래 풍년 들었으면.

田疇久旱逢甘雨　河道經商處處通

深感神僧來郡界　多蒙大聖上天宮

解除三事從前惡　一念皈依善果弘

此後應如堯舜世　五風十雨萬年豐

오늘은 잔치, 내일은 연회. 오늘은 보답, 내일은 감사. 이렇게 붙들려 반달이 지나다 보니, 절과 사당의 완공이 다가왔어요. 어느 날 군수가 삼장법사 일행에게 절을 보러 가자고 하니, 삼장법사가 놀라 물었어요.

"큰 공사인데 어떻게 이렇게 빨리 완공되었습니까?"

"제가 장인들을 재촉하며 밤낮으로 다그쳐 얼른 완공하라 했습니다. 그러니 좀 가서 봐주십시오."

손오공이 말했어요.

"하하, 과연 현명하고 유능한 군수로군요."

함께 새로 지은 절에 가 보니, 누각은 높다랗고 산문山門은 웅장해 그들은 칭찬을 아끼지 않았어요. 손오공은 삼장법사에게 절 이름을 지어달라고 청했어요.

"좋은 게 있다. '감림보제사甘霖普濟寺'가 딱 좋겠구나."

"좋습니다, 아주 훌륭한 이름입니다!"

군수가 감탄하면서 금으로 현판을 만들고, 많은 승려들을 모아 향을 사르게 했어요. 그리고 절의 대웅전 왼쪽에는 네 사람을 모시는 사당을 세워, 해마다 계절이 바뀌면 제사를 지내게 했어요. 또한 벼락신, 용신 등의 사당을 세워 신들의 공덕에 보답하고자 했지요. 절을 다 보고 나자 삼장법사는 길 떠날 준비를 시켰어요.

봉선군의 백성들은 더 이상 붙잡을 수 없다는 것을 알고 각기 선물을 바쳤지만, 삼장법사는 하나도 받지 않았어요. 그래서 봉선군의 관리들과 백성들은 풍악을 크게 울리고 깃발을 높이 휘날리며 삼십 리 정도까지 멀리 따라 나오며 이별을 아쉬워했어요. 마침내 그들은 눈물을 훔치며 삼장법사 일행이 보이지 않을 때까지 눈으로 전송하다 겨우 돌아갔지요. 이는 바로 다음과 같은 것이지요.

큰 덕 베푼 삼장법사 널리 백성을 구제하고[3]
제천대성은 널리 은혜를 베풀었구나.

碩德神僧留普濟　　齊天大聖廣施恩

결국 이번에 가면 언제나 석가여래를 뵈올 수 있을 것인지는 알 수 없으니, 이에 대해서는 다음 회를 들어보시라.

3　원문의 '보제普濟'는 절 이름을 가리키기도 하고, 널리 중생을 구제한다는 뜻을 나타내기도 하는 중의적 표현이다.

제88회
손오공 삼 형제, 제자를 받아들이다

한편, 삼장법사는 기쁜 마음으로 군수와 작별했어요. 그리고 말을 타고 가며 손오공에게 말했지요.

"장하다, 오공아! 이번의 선과는 비구국比丘國에서 아이들을 구해낸 것에 못지않으니, 모두 네 덕분이다."

"비구국에서는 천백열한 명의 아이들을 구했을 뿐이나, 이번에 내려준 비는 메마른 땅을 두루두루 흠뻑 적셔 수만 명의 목숨을 살려내지 않았습니까? 저도 큰형님이 신통한 법력으로 온 나라에 자비를 베푼 일에 대해 내심 감복하고 있습니다."

사오정이 이렇게 말하자, 저팔계는 코웃음을 쳤어요.

"형님은 은혜도 베풀고 선행도 쌓았지만 겉으로만 어질고 의로운 척할 뿐, 속으로는 못된 마음을 품고 있어. 어떻게든 날 못살게 굴려고만 하지."

"내가 언제 널 못살게 굴었다고?"

"관둬요, 관두라고! 보살펴준 덕분에 나는 항상 묶이고, 매달리고, 통구이가 되고, 찜을 당했잖소? 그렇지만 이제 봉선군에서 수많은 이들에게 은혜를 베풀어주었으니, 한 반년쯤 머물면서 밥이라도 몇 끼 실컷 먹어보게 해주면 좀 좋아? 그런데 부랴부랴 길이나 재촉하다니!"

이 말을 듣고 있던 삼장법사가 버럭 호통을 쳤어요.

"이런 멍청한 놈! 넌 어찌 자나깨나 먹을 생각만 하냐? 어서 떠나자! 쓸데없는 소린 그만하고."

저팔계는 입도 벙긋 못 하고 주둥이를 삐죽 내민 채 짐 꾸러미를 건성으로 둘러멨어요. 삼장법사 일행은 큰길을 따라 발걸음을 재촉했어요. 시간은 베틀 북처럼 빨리 흘러 어느덧 또 늦가을로 접어들었어요. 그러자 눈앞에는 이런 풍경들이 펼쳐졌지요.

물은 마르고
산은 헐벗었네.
단풍잎 우수수 날리고
꽃은 누렇게 시들어가네.
서리 걷히자 밤이 길어진 듯하고
하얀 달빛은 창문 뚫고 들어오네.
집집마다 밥 짓는 연기 해질녘이라 늘어나고
호수마다 반짝이는 빛 차가운 물 위로 미끄러지네.
마름 냄새 향기롭고
붉은 여뀌 무성하네.
귤은 파랗고 등자는 노랗게 익었으며
버드나무 시들고 낟알은 영글었네.
황량한 마을에 기러기 날아내리니 갈대꽃 흩어지고
들판의 여관에서는 닭 울 때 콩을 거두네.

水痕收　山骨瘦

紅葉紛飛　黃花時候

霜晴覺夜長　月白穿牖透

家家烟火夕陽多　處處湖光寒水溜

白蘋香　紅蓼茂

橘綠橙黃　柳衰穀秀

荒村鴈落碎蘆花　墅店雞聲收菽豆

삼장법사 일행이 한참을 가다 보니, 또 성벽이 희미하게 보였어요. 삼장법사가 채찍을 들어 가리키며 물었어요.

"오공아, 저기 또 성이 보이는데 어떤 곳인지 모르겠구나."

"아직 거기 도착하지 않았으니까 알 수가 없지요. 저 앞에 닿으면 사람들에게 물어보지요."

말이 끝나기도 전에 숲에서 한 노인이 걸어 나왔어요. 그는 손에 대나무 지팡이를 짚고 가벼운 옷차림에 종려나무 잎으로 엮은 신을 신었으며, 허리에는 넓은 띠를 두르고 있었어요. 삼장법사가 구르듯 말에서 내려와 앞으로 나서며 인사를 하자, 노인도 대나무 지팡이를 짚고 답례했어요.

"스님들, 어디서 오십니까?"

"저희들은 동녘 땅 위대한 당나라의 사신으로 부처님을 뵙고 불경을 구하러 대뇌음사로 가고 있습니다. 막 이곳에 도착했는데 멀리 보이는 저 성벽이 어딘지 모르겠습니다. 좀 알려주시겠습니까?"

삼장법사가 합장하고 묻자, 노인이 대답했어요.

"도가 깊으신 스님이시군요. 이곳은 천축국의 한 군으로 옥화현玉華縣이랍니다. 현의 성주城主는 천축국 황제의 종실로 옥화왕에 봉해졌지요. 왕께서는 매우 어질고 승려를 존경하며 백성들을 깊이 사랑하신답니다. 스님께서 그곳에 가서 왕을 만나신다면 반드시 후한 대접을 받을 것입니다."

삼장법사가 고맙다고 인사하자, 노인은 숲으로 들어가버렸지요.

삼장법사는 곧 몸을 돌려 방금 들은 얘기를 제자들에게 해주었어요. 제자들이 기뻐하면서 삼장법사를 부축해 말에 태우려 하자, 삼장법사는 이렇게 말했어요.

"그리 멀지 않은 것 같으니 걸어가마."

일행이 마침내 성에 도착해 성 밖의 거리를 둘러보니, 그곳에는 물건을 사고파는 사람들과 인가들이 몰려 있고 장사도 활발하게 이루어지고 있었지요. 사람들의 말이나 생김새도 중원[中華]과 다르지 않았어요.

"얘들아, 조심해라. 절대 함부로 행동해서는 안 된다."

삼장법사의 당부에 저팔계는 고개를 숙이고, 사오정은 얼굴을 가렸으나, 손오공만은 삼장법사를 부축하고 걸었어요. 길가의 사람들이 앞다투어 구경하며 이구동성으로 떠들어댔어요.

"이곳에 용과 호랑이를 항복시킨 고승은 있었지만, 돼지와 원숭이를 항복시킨 중은 처음 보네."

듣다 못한 저팔계가 주둥이를 쑥 빼며 말했어요.

"돼지 왕을 항복시킨 중을 본 적 있소?"

사람들은 화들짝 놀라서 엎어지고 넘어지며 모두 재빨리 양쪽으로 비켜섰어요. 손오공이 말했어요.

"하하, 멍청아. 주둥이 좀 숨겨라, 잘난 척 말고. 다리를 건널 테니 발밑을 잘 살펴라."

멍텅구리는 다시 고개를 푹 숙이고 웃기만 했어요. 해자 위에 걸린 다리를 지나 성안으로 들어가니, 큰길가에는 술집과 기생집들로 제법 시끌벅적하고 또 번화한 것이 과연 신주神州의 도읍다웠지요. 이를 증명하는 시가 있어요.

금성철벽의 철옹성 만년을 버틸 만하고
강을 끼고 산에 기대어 풍경도 싱그럽네.
온갖 화물 뱃길 따라 저자에 들어오고
수많은 술집마다 깃발 내걸었네.
곳곳에 누대요, 밥 짓는 연기 가득 퍼지는데
거리에는 날마다 손님과 장사치들로 웅성웅성
장안 못지않은 멋진 경치에
닭 울고 개 짖는 것 또한 다를 바 없구나.

錦城鐵甕萬年堅　臨水依山色色鮮
百貨通湖船入市　千家沽酒店垂帘
樓臺處處人烟廣　巷陌朝朝客賣喧
不亞長安風景好　雞鳴犬吠亦般般

삼장법사는 속으로 기뻐했지요.

'서역의 여러 나라에 대해 얘기하는 것은 들어봤지만 이곳에 다녀왔다는 이는 이제껏 없었는데, 자세히 보니 우리 당나라와 다를 게 하나도 없구나! 극락세계란 정말 이런 곳을 두고 한 말인 가 보다.'

또 누가 하는 말이 "흰쌀은 한 섬에 네 냥이고 참기름은 한 근 에 여덟 푼"이라고 하니, 참으로 오곡이 풍성한 곳이었어요.

삼장법사 일행이 한참을 걸어서 옥화국의 왕궁에 도착하니, 문 의 좌우에 행정관이 근무하는 장사부長史府, 소송을 처리하는 심 리청審理廳, 왕궁의 음식을 만드는 전선소典膳所, 손님을 접대하는 대객관待客館이 있었지요.

"애들아, 이곳이 왕궁이로구나. 내 들어가서 국왕을 알현하고 통행증명서에 도장을 받아 와 다시 길을 떠나자꾸나."

삼장법사의 말에 저팔계가 물었어요.

"사부님이 들어가시면 저희들은 이 문 앞에 서서 기다려야 하나요?"

"저 문 위에 '대객관'이라고 적혀 있지 않느냐? 너희들은 저기가 쉬면서, 여물이 있으면 좀 사서 말도 먹이고 해라. 내가 국왕을 뵙고 혹 공양이라도 받게 되면, 너희들을 불러 같이 먹자고 하마."

"사부님, 아무 걱정 마시고 들어가세요. 이 몸이 다 알아서 하겠습니다."

손오공이 이렇게 말하자 사오정은 짐을 짊어지고 일행이 함께 대객관으로 들어갔지요. 그곳을 지키던 사람들은 삼장법사 일행의 흉악한 생김새를 보고는 물어볼 엄두도 내지 못하고 또 감히 나가라고도 하지 못한 채 그들이 앉아 쉬도록 내버려두었어요. 그 이야기는 더 이상 하지 않겠어요.

한편, 삼장법사는 옷과 모자를 갈아입고 통행증명서를 들고 곧장 왕궁으로 갔어요. 손님을 안내하는 인례관引禮官이 인사를 하고 맞으며 물었어요.

"어디서 온 스님이십니까?"

"저는 동녘 땅 위대한 당나라의 사신으로 부처님을 뵙고 불경을 구하러 대뇌음사로 가는 승려입니다. 오늘 귀국에 이르러 통행증명서에 도장을 받으려고 전하를 배알하러 왔습니다."

인례관이 안에 들어가 아뢰자, 듣던 대로 현명한 국왕은 곧 들어오라는 전갈을 내렸어요. 삼장법사가 들어가 대전 아래에서 절을 올리자, 왕은 대전 위로 올라와 앉으라고 권했어요. 삼장법사가 올리는 통행증명서를 본 왕은 각 나라의 도장과 왕들의 서명을 보고, 역시 흔쾌히 도장을 찍고 서명을 하더니, 잘 접어 탁자에 놓아두고 물었어요.

"스님, 당나라를 떠나 여기에 이르는 동안 여러 나라를 지나오셨을 텐데, 그 거리가 얼마나 되나요?"

"기록해놓지는 않았습니다만, 관음보살님이 저희 폐하의 어전에 나타나 내리신 게송揭頌에 의하면, 서쪽으로 십만팔천 리라고 하였습니다. 이곳까지 오는 동안 추위와 더위를 열네 차례 겪었습니다."

"허허, 그러면 십사 년이란 말씀이군요. 오시는 길에 고생도 많으셨겠습니다."

"그 고생을 어찌 다 말로 할 수 있겠습니까? 수많은 요괴를 만나고 무수한 고생 끝에 겨우 이곳까지 왔습니다!"

왕이 매우 기뻐하며 전선을 불러 정갈한 공양을 준비하라고 이르자, 삼장법사가 일어나 아뢰었지요.

"저에게는 세 제자가 있사온데 그들이 밖에서 저를 기다리고 있습니다. 공양을 주신다니 황송하기 이를 데 없지만, 길이 늦어질까 걱정입니다."

왕은 어전 관리에게 명을 내렸어요.

"어서 가서 스님의 세 제자분을 모셔 와서 함께 공양을 드시게 해드려라."

명을 받은 어전 관리가 나가 보니, 모두들 "보지 못했습니다. 본 적이 없습니다" 하는 것이었어요. 그러자 누군가 이렇게 말했어요.

"대객관에 험상궂게 생긴 중 셋이 있던데, 분명 그들일 겁니다."

어전 관리는 그들과 함께 대객관으로 가서 그곳을 지키는 관리에게 물었지요.

"당나라에서 파견되어 불경을 가지러 가는 스님의 제자분들이 누구신가? 주상께서 그분들을 모셔 와 공양을 함께 들자고 하신다."

마침 앉아서 꾸벅꾸벅 졸던 저팔계가 '공양'이란 말을 듣고 벌떡 몸을 일으키며 말했어요.

"우리예요! 바로 우리라니까요!"

어전 관리는 그 모습을 보자마자 혼비백산해 모두 부들부들 떨었어요.

"돼지 요괴다! 돼지 요괴!"

손오공이 이 소리를 듣고 저팔계를 잡아끌며 주의를 주었어요.

"좀 점잖게 굴어라. 촌티 내지 말고."

관리들은 손오공을 보자 또 소리쳤어요.

"원숭이 요괴다! 원숭이 요괴!"

그러자 사오정이 두 손을 맞잡아 인사하며 말했어요.

"여러분은 놀라지 마십시오. 우리들이 바로 당나라 스님의 제자들입니다."

그러자 관리들이 또 소리쳤어요.

"부엌 귀신이다! 부엌 귀신!"

손오공은 저팔계에게 말고삐를 잡게 하고 사오정에게는 짐을 메게 해서 함께 옥화국 왕궁으로 들어갔어요. 어전 관리는 먼저 안에 들어가 왕에게 아뢰었어요.

왕은 흉악하게 생긴 그들의 모습을 보고 더럭 겁이 났어요. 삼장법사가 합장하며 말했지요.

"전하, 안심하십시오. 제 제자들이 생긴 것은 저렇게 험상궂어도 마음만은 모두 착하답니다."

저팔계가 왕을 향해 큰 소리로 인사를 올렸어요.

"소승, 인사드립니다."

왕이 더욱 겁을 내자, 삼장법사가 안심을 시켰어요.

"산야에서 거두어들인 아이들인지라 예의를 모르오니, 부디 너그러이 용서해주십시오."

그러자 왕은 가까스로 마음을 진정시키고 전선에게 일러 일행을 폭사정暴紗亭으로 안내해 공양을 드리라고 했어요. 삼장법사는 은혜에 감사드리고 어전을 물러나와 폭사정으로 가면서 저팔계를 나무랐어요.

"이 멍청아! 예의라는 것은 조금도 모르면서 차라리 입이나 열지 말 것이지, 어쩌자고 그 촌스런 주둥이를 함부로 놀린단 말이냐! 말 한마디로 태산을 뒤집을 수도 있는데 말이야."

"히히히, 차라리 나처럼 인사를 안 하는 게 낫지. 힘이라도 좀 더니까."

손오공이 말하자 사오정이 끼어들었어요.

"그래도 둘째 형님의 인사법은 달라요. 일단 입부터 열고 본다니까요?"

"끓는다! 끓어! 일전에 사부님이 다른 사람을 만나면 인사를 올리는 것이 예의라고 가르쳐주셔서 오늘 그대로 한 건데 또 잘못했다니, 도대체 저더러 어떡하라는 겁니까?"

저팔계의 항변에 삼장법사가 대꾸했어요.

"내가 다른 사람을 만나거든 인사를 올리라고는 가르쳤다만, 국왕을 만나 그렇게 주책을 떨라고 가르친 적은 없다. '사물에도 여러 등급이 있듯이 사람에게도 등급이 있다(物有幾等物 人有幾等人)'는 말도 있지 않느냐? 이렇게 귀천을 가리지 못해서야 원!"

이렇게 말하고 있는데, 전선이 시종을 데리고 와 식탁과 의자를 놓고 상을 차렸어요. 삼장법사 일행은 그제야 조용히 제각기 밥을 먹었지요.

한편, 왕은 어전에서 나와 내전으로 갔어요. 그곳에 있던 세 왕자들이 부친의 안색이 좋지 않은 것을 보고 이렇게 물었어요.

"아바마마, 무슨 안 좋은 일이라도 있으셨습니까?"

"방금 동녘 땅 위대한 당나라의 사신으로 부처님을 배알하고 불경을 가지러 가는 승려가 통행증명서에 도장을 받으러 왔는데, 그 모습이 비범하기에 밥을 먹고 가라고 붙잡았지. 그가 제자들이 왕궁 앞에서 기다리고 있다기에, 내가 그들도 불러오게 했지. 그런데 그들이 잠시 후 들어와서 제대로 예도 갖추지 않고 다짜고짜 '안녕하시오!' 하는지라, 기분이 상했단다. 그런데 고개를 들어 보니 하나같이 모두 요괴처럼 흉하게 생겼는지라 더럭 겁까지 나더구나. 그래서 안색이 안 좋은가 보다."

원래 이 세 왕자는 비범하고 하나같이 무예가 출중한 터라, 주먹을 쥐고 소매를 걷어붙이며 말했어요.

"혹시 산에서 뛰쳐나온 요괴들이 인간으로 둔갑한 게 아닐까요? 저희들이 무기를 들고 가보겠습니다."

대단한 왕자들! 첫째 왕자는 세우면 눈썹까지 오는 제미곤齊眉棍을 들고, 둘째 왕자는 아홉 날 쇠스랑을 둘러메고, 셋째 왕자는 검게 기름칠한 오유봉烏油棒을 잡고 기세등등하게 왕궁으로 쳐들어갔어요.

"경전을 가지러 간다는 중들이 누구냐? 어디 있어?"

전선소의 관리들이 무릎을 꿇으며 아뢰었어요.

"왕자님, 그분들은 폭사정에서 공양을 드시고 계십니다."

왕자들은 앞뒤 가리지 않고 뛰어들어 가 호통을 쳤어요.

"너희들은 사람이냐, 요괴냐? 어서 실토하면 목숨은 살려주마!"

기겁을 한 삼장법사가 얼굴이 하얗게 질려 밥그릇을 내려놓고 허리를 굽혔어요.

"저희들은 당나라에서 온 승려들로, 불경을 가지러 가는 사람입니다. 절대 요괴가 아닙니다."

"너는 그래도 사람 같다만 흉악하게 생긴 저 세 놈은 분명 요괴렷다!"

이런 판에도 저팔계는 밥을 먹느라 거들떠보지도 않고, 사오정과 손오공만 허리를 살짝 숙이며 이렇게 말했지요.

"우리들은 모두 사람이오. 생긴 건 이래도 마음은 선량하고, 몸은 우락부락 미련해 보여도 심성은 착하지요. 그런데 당신들은 어디서 왔기에 멋대로 큰소리를 치는 거요?"

옆에 있던 전선이 말했어요.

"이분들은 우리나라 왕자님들입니다."

저팔계는 그제야 밥그릇을 내려놓으며 말했어요.

"왕자님들, 무기는 들고 어쩌겠다고? 우리들과 한판 붙어보자는 건 아니겠지?"

둘째 왕자가 성큼 나서며 두 손으로 쇠스랑을 휘둘러 저팔계를 내리치려 하자, 저팔계는 깔깔 웃으며 말했어요.

"그 쇠스랑은 내 것에 비하면 기껏 손자뻘이나 되겠군."

그러고는 옷을 걷어 올리고 허리춤에서 쇠스랑을 꺼내 한 번 휘두르니 금빛이 수만 갈래로 퍼지고, 자세를 갖추며 휘둘러 보이니 상서로운 기운이 수천 갈래로 뻗는 것이었어요. 놀란 둘째 왕자는 온몸에 힘이 빠져 쇠스랑을 휘두를 엄두도 내지 못했어요.

손오공은 첫째 왕자의 제미곤을 보고 폴짝폴짝 뛰어가 귀에서 여의봉을 끄집어냈지요. 그리고 그것을 한 번 휘둘러 사발만 한 굵기에 한 길 두세 자 남짓한 길이로 만들어 쿵 하고 땅을 찍으니, 석 자 깊이로 들어가 박혔어요. 손오공은 그 곁에서 싱글싱글 웃으며 "이걸 너에게 주지"라고 말했지요. 그 말을 들은 첫째 왕자가 자신의 제미곤을 버리고 얼른 여의봉을 가지러 갔으나, 두 손으로 있는 힘껏 뽑아보아도 여의봉은 꼼짝도 하지 않았어요. 또두 손으로 들어 올리려 해보고 흔들어봐도 그건 마치 뿌리를 내린 듯 옴짝달싹하지 않았어요.

그러자 셋째 왕자가 울컥하는 성질에 오유봉을 들고 덤벼들었어요. 그러나 사오정이 한 손으로 막으며 항요장을 꺼내 한 번 휘두르니, 찬란한 빛이 나며 노을빛이 퍼지는 것이었어요. 놀란 전선들은 하나같이 멍하니 서 있을 뿐, 입도 벙긋하지 못했어요. 세왕자는 일제히 절을 올리며 말했어요.

"신선 스님들! 저희가 평범한 인간이라 알아뵙지 못했습니다. 부디 한 번만 능력을 보여주십시오. 저희들이 스승으로 모시겠습니다."

손오공이 먼저 앞으로 나가 가볍게 여의봉을 들어 올리며 이렇게 말했어요.

"여기는 비좁아 한 수 보여주기 어렵겠군. 공중으로 올라가 한번 놀아볼 테니, 잘들 봐라."

멋진 제천대성! 그는 휘익 휘파람 소리와 함께 근두운에 올라두 발로 오색구름을 밟고 공중에 올라섰어요. 그리고 대략 땅에서 삼백 걸음쯤 되는 곳에서 여의봉을 휘두르며 꽃을 뿌려 정수리를 덮는 듯한 산화개정撒花蓋頂과 누런 용이 몸을 뒤척이는 듯한 황룡전신黃龍轉身의 수법을 펼쳐 보였어요. 올라갔다 내려갔다 왼쪽으로 돌았다 오른쪽으로 돌았다 하는데, 처음에는 사람과 여의봉이 어울려 비단에 꽃을 얹은 듯 멋지게 움직이더니, 나중엔사람은 보이지 않고 여의봉만 하늘에서 춤을 추는 것이었어요. 아래에서 보고 있던 저팔계가 갈채를 보내다, 저도 손발이 근질

禪宗玉振德
法會心猿來
工授門人木
□□

손오공 삼 형제가 제자를 받아들이다

근질한지 이렇게 외쳤어요.

"이 몸도 한번 놀아볼까?"

멋진 멍텅구리! 그는 바람을 일으켜 공중으로 올라가 쇠스랑을 휘두르며 위아래로, 좌우로, 앞뒤로 온갖 수법들을 죄다 펼쳐 보이는데, 쉭쉭 바람 소리만 들릴 뿐이었어요. 이렇게 점점 열기가 더해가자, 마침내 사오정이 삼장법사에게 말했어요.

"사부님, 이 몸도 가서 솜씨 좀 보이겠습니다."

멋진 사오정! 그가 휙 하고 몸을 솟구쳐 항요장을 휘두르며 공중에 서자, 날카로운 기운이 사방으로 뻗치고 금빛이 떠돌았어요. 사오정은 두 손으로 항요장을 휘둘러 붉은 봉황이 태양을 향하는 듯한 단봉조양丹鳳朝陽과 굶주린 호랑이가 먹이를 덮치는 듯한 아호박식餓虎撲食의 수법을 선보였어요. 급하게 들어갔다 천천히 막아내고 질풍처럼 돌며 재빨리 찔렀지요. 삼 형제는 이렇게 공중에서 신통한 법술을 한바탕 펼쳤어요.

참된 선사의 모습은 범인과 달라
큰 도의 단초가 우주에 가득하구나.
손오공, 저팔계가 드러내는 위엄 법계에 가득하고
사오정도 이리저리 돌며 원통[1]에 합치되었구나.
신병의 날카로움 수시로 나타나니
신선의 무기 꽃처럼 휘둘러 도처에서 추앙하네.
천축국이 고매하다 하나 본성을 삼가 지켜야 하니
옥화국의 왕자들도 끝내 바른길로 귀의하는구나.

眞禪景象不凡同　大道緣由滿太空

金木施威盈法界　刀圭展轉合圓通

1　불교의 성자聖者들이 깨달음을 얻은 경지를 뜻하는 말이다.

神兵精銳隨時顯　丹器花生到處崇

天竺雖高還戒性　玉華王子總歸中

　세 왕자는 놀라 땅바닥에 무릎을 꿇었어요. 폭사정 안의 크고 작은 벼슬아치들이며 왕궁에 있던 국왕, 그리고 온 성안의 백성들, 승려며 도사, 속인 할 것 없이 모두 하나가 되어 집집마다 염불을 하며 머리를 조아리고 향을 피워 배례했어요.

　참모습을 나타내 중생을 제도하고
　인간 세상에서 복을 지어 태평성대를 누리게 하네.
　이제부터는 정과를 닦아 깨달음의 길을 걸을지니
　모두 참선하며 부처님께 배례하는구나.

見像歸眞度眾僧　人間作福享清平

從今果正菩提路　盡是參禪拜佛人

　세 제자는 제각기 신통력을 발휘해 한 가지씩 수법을 보여준 후, 구름을 내리고 무기를 거두었어요. 그리고 삼장법사의 앞으로 와서 인사하고 스승의 은혜에 감사드린 후, 각자 자리에 앉은 일은 더 이상 얘기하지 않겠어요.

　한편, 세 왕자는 급히 내전으로 돌아가 왕에게 아뢰었어요.
　"아바마마, 기뻐하십시오! 오늘 아주 큰 수확이 있었습니다. 조금 전에 공중에서 펼쳐진 무예를 보셨는지요?"
　"조금 전에 공중에 오색 노을이 깔리기에 여기 뜰에서 너희 어머니를 비롯한 여러 사람들과 함께 향을 사르고 배례를 올렸다만, 어느 곳의 신선님들이 한꺼번에 내려오셨는지는 모르겠구나."

"어디 신선님들이 아닙니다. 바로 불경을 가지러 가는 스님의 제자, 흉악하게 생긴 그 세 분이옵니다. 한 분은 금테 두른 몽둥이를, 한 분은 아홉 날 쇠스랑을, 또 한 분은 요괴 잡는 지팡이를 쓰는데, 저희 셋의 무기와 조금도 다를 바가 없었습니다. 저희가 한 수 가르쳐달랬더니 '여기는 비좁아 한 수 보여주기 어렵군. 공중으로 올라가 한번 놀아볼 테니, 잘 봐라' 하시곤 각기 구름을 타고 오르자, 공중에 상서로운 구름이 흩날리고 서기가 가득하더이다. 그분들은 막 땅으로 내려와 모두 폭사정에 앉아 계십니다. 소자들은 너무도 기쁩니다. 그분들을 스승으로 모시고 그 재주를 배우면 우리나라를 지킬 수 있을 테니, 이야말로 정말 큰 수확이 아닙니까! 아바마마의 뜻은 어떠하신지요?"

왕이 그 말을 듣고 기꺼이 찬성했어요. 그들 넷은 수레도 타지 않고 양산도 받지 않은 채, 폭사정으로 걸어갔어요.

한편, 삼장법사 일행은 짐을 꾸리고 왕궁으로 가 공양을 대접해준 데 감사하고 작별 인사를 하려던 참이었지요. 그런데 갑자기 옥화국의 국왕 부자가 폭사정으로 들어와 엎드려 절을 올리자, 삼장법사도 당황하여 땅에 납작 엎드려 답례했어요. 손오공삼 형제는 얼른 한쪽으로 비켜서서 슬며시 웃고 있었어요. 그들은 절이 끝나자 삼장법사 일행을 왕궁으로 청했어요. 그들이 흔쾌히 왕궁으로 들어가자, 왕은 일어서서 이렇게 말했어요.

"당나라에서 오신 사부님! 제게 한 가지 청이 있습니다만, 세 제자분들께서 들어주실지 모르겠습니다."

"전하께서 분부만 하신다면 저 아이들이야 어찌 따르지 않겠습니까?"

"제가 아까 여러분을 뵈었을 때는 당나라에서 멀리 여기까지 온 행각승인 줄로만 알았습니다. 제가 뭘 볼 줄 모르는 평범한 인간인지라 여러 가지로 실례가 많았습니다. 그런데 방금 세 제자분들이 공중에서 무예를 펼치시는 것을 보고서야, 신선이요 부처님이 강림하신 줄 알았습니다. 저의 세 아들놈은 평소 무예를 연마하기 좋아합니다. 그래서 이렇게 간절히 청하오니, 제 아들놈들을 제자로 삼아 무예를 좀 가르쳐주십시오. 사부님께서 넓으신 마음으로 자비를 베푸시어 저 아이들을 가르쳐 이끌어주신다면, 이 나라를 다 바쳐서 그 은혜에 보답하겠습니다.”

손오공이 참고 있던 웃음을 터뜨렸어요.

“하하하, 이봐요, 전하, 일을 할 줄 모르시는군요! 우리같이 출가한 사람들은 제자 몇을 가르치는 것이 소원입니다. 자제분들이 선한 마음을 가졌다면 절대 조금의 이득이라도 입에 담지 말아야지요. 그저 진심으로 대하면 그걸로 충분하지요.”

그 말을 들은 왕은 몹시 기뻐하며 잔치 준비를 마련토록 했으며, 곧 왕궁의 어전에 상이 차려졌어요. 아, 한마디 어명이 떨어지자 모든 것이 즉시 갖추어지는군요!

색색 매듭 나부끼고
향 연기 자욱하네.
금도금한 식탁에는 고운 비단 걸어
휘황찬란 눈이 부시고
곱게 옻칠한 의자에는 수놓은 비단 깔아
자리의 품위를 더했네.
과일들은 신선하고
차에서는 좋은 냄새 진동하네.
네댓 가지 간단한 음식은 깔끔하고 달콤하며

한두 접시 갓 쪄낸 만두는 푸짐하고 정갈하네.

찐 과자 꿀에 구워내니 그 맛이 신기하고

기름에 적셨다 설탕에 졸여내니 정말 맛있네.

찹쌀로 빚은 술 몇 병

찰랑찰랑 따르니

옥액경장玉液鯨醬보다 낫고

양선² 에서 나는 좋은 차 몇 차례

바치니

그 향은 계수나무 향기보다 뛰어나네.

하나하나 가지가지 모두 갖추어져 있으며

색색으로 줄줄이 진귀하지 않은 것이 없구나.

結彩飄飄　香烟馥郁

餻金桌子掛絞綃　幌人眼目

綵漆椅兒鋪錦繡　添座風光

樹果新鮮　茶湯香噴

三五道閑食淸眊　一兩湌饅頭豊潔

蒸酥蜜煎更奇哉　油劄糖澆眞美矣

有幾瓶香糯素酒　斟出來　賽過瓊漿

獻幾番陽美仙茶　捧到手　香欺丹桂

般般品皆齊備　色色行行盡出奇

　한편에서는 노래하고 춤추고 풍악을 울리며 연희演戱를 공연
하게 했어요. 삼장법사 일행은 국왕 및 왕자들과 함께 하루를 즐
거이 보냈어요.

2　지금의 장쑤성江蘇省 이싱시앤宜興縣을 가리키는데, 이곳은 예부터 차와 다기茶器의 생산지
　로 유명하다.

어느덧 밤이 되자 잔치도 끝났어요. 왕은 폭사정에 잠자리를 준비시켜 편히 쉬도록 해주면서, 다음 날 새벽에 정성으로 향을 피우고 배례하며 왕자들에게 무예를 전수해달라고 청하겠다고 했어요. 궁궐 사람들은 목욕물을 준비하여 삼장법사 일행에게 목욕을 하도록 권하고 모두들 잠자리로 갔어요.

온갖 새들 높은 둥지에 깃들어 온 세상 적막하고
시인은 침상에 누워 읊조림을 거두었네.
은하수 빛을 드러내 하늘이 더욱 환해지고
황량한 들길에는 풀만 더 무성하네.
또닥또닥 다듬이 소리 별채에 울려 퍼지는데
고향은 아득하니 향수를 자아내는구나.
귀뚜라미 맑은 소리 내 마음을 아는 듯
귀뚤귀뚤 침대 머리맡에서 울어 꿈을 깨우네.

眾鳥高棲萬籟沉　詩人下榻罷哦吟

銀河光顯天彌亮　野徑荒涼草更深

砧杵叮咚敲別院　關山杳窵動鄉心

寒蛩聲朗知人意　喔喔桛頭破夢魂

어느새 하룻밤이 지나고 다음 날 새벽이 되자 왕과 왕자들이 와서 삼장법사를 뵈었어요. 전날 만났을 때는 왕을 대하는 예[王禮]를 요구했지만, 오늘은 스승을 대하는 예[師禮]를 올렸지요. 세 왕자는 손오공, 저팔계, 사오정 앞에서 머리를 조아리고 인사를 여쭈었어요.

"사부님들, 저희에게 무기를 좀 보여주실 수 있겠습니까?"

저팔계가 그 말을 듣고 흔쾌히 쇠스랑을 꺼내어 땅에 내려놓자, 사오정도 항요장을 꺼내 벽에 세워두었어요. 둘째 왕자와 셋째 왕자는 얼른 달려가 그것들을 집어 들려고 했으나, 잠자리가 돌기둥을 흔드는 격이었어요. 모두 얼굴이 온통 빨갛게 되도록 용을 써봤으나 꿈쩍도 하지 않았어요. 첫째 왕자가 보고 있다 이렇게 말했지요.

"애들아, 쓸데없이 힘 빼지 마라. 사부님들의 무기는 신선의 무기이니 얼마나 무거운지 몰라!"

저팔계가 웃으며 말했어요.

"내 쇠스랑은 별로 안 무겁지. 그저 불경佛經 한 장藏의 수數인지라, 자루까지 오천마흔여덟 근밖에 안 되지."

이 말을 들은 셋째 왕자가 사오정에게 물었어요.

"사부님의 항요장은 얼마나 무겁나요?"

"하하하, 역시 오천마흔여덟 근쯤 될 거요."

첫째 왕자도 손오공에게 여의봉을 좀 보여달라고 청하자, 손오공은 귓속에서 바늘 하나를 꺼내 바람을 향해 흔들어 사발만큼 굵게 만들더니 앞에 똑바로 세웠어요. 왕과 왕자들은 모골이 송연해졌고, 여러 관리들도 모두 놀랐어요. 세 왕자는 모두 절을 올리며 물었어요.

"저猪 사부님과 사沙 사부님은 모두 무기를 옷 아래 허리에 차고 계셔서 언제라도 즉시 꺼내 쓸 수 있는데, 손 사부님은 어째서 귀에서 꺼내시는지요? 또 어째서 바람을 쐬자 커지는 것인지요?"

"하하하, 너희들은 잘 모르겠지만, 이 여의봉은 인간세계에서 아무나 가질 수 있는 게 아니지. 이것은,"

혼돈이 처음 열릴 때 달구어놓은 철로서
위대한 우임금께서 친히 만든 것이라.

호수와 바다, 강과 하천의 깊이를
이 여의봉으로 정확히 재었고
산을 열고 물을 다스려 태평성대가 이뤄진 후
동쪽 바다 용궁으로 흘러 들어갔지.
날이 가고 해가 더해지자 오색 노을빛 뿌리면서
작아지기도 커지기도 하고 밝은 빛도 낼 수 있게 되었지.
이 몸이 인연이 닿아 이걸 얻었는데
주문에 따라 끝없는 변화 마음껏 부리지.
크게 만들면 우주를 꽉 채우고
작게 만들면 바늘처럼 변하지.
이름은 여의봉如意棒이요, 호는 금고봉金箍棒이니
하늘과 땅을 통틀어 제일가는 보물
그 무게는 일만삼천오백 근이요
굵어졌다 가늘어지기도 하고 생겨났다 없어지기도 하지.
일찍이 나를 도와 하늘궁전을 쑥대밭으로 만들었고
또 나를 따라 저승 관청을 때려 부순 적도 있노라.
호랑이와 용을 항복시키며 가는 곳마다 길을 뚫었고
요괴들을 소탕하며 곳곳을 평정했노라.
이것을 들고 가리키기만 해도 태양이 빛을 잃고
천지간의 귀신들 모두 간담이 서늘해지지.
혼돈의 시절부터 지금까지 전해졌으니
본래부터 인간세계의 쇠몽둥이가 아니로다.

鴻濛初判陶鎔鐵　大禹神人親所設
湖海江河淺共深　曾將此棒知之切
開山治水太平時　流落東洋鎮海闕
日久年深放彩霞　能消能長能光潔

老孫有分取將來　變化無窮隨口訣
要大彌于宇宙間　要小卻似針兒節
棒名如意號金箍　天上人間稱一絕
重該一萬三千五百斤　或粗或細能生滅
也曾助我鬧天宮　也曾隨我攻地闕
伏虎降龍處處通　煉魔蕩怪方方徹
擧頭一指太陽昏　天地鬼神皆膽怯
混沌時傳到至今　原來不是凡間鐵

　왕자들은 그 말을 듣고 공손히 합장한 채 극진한 예를 하염없이 올리고, 다시 손오공 앞으로 나아가 연거푸 절을 올리며 경건하게 가르침을 청했어요. 손오공이 말했지요.

"세 사람은 어떤 무예를 배우고 싶은가?"

"철봉을 다루어 온 자는 철봉을, 쇠스랑을 써 온 자는 쇠스랑을, 몽둥이에 익숙한 자는 몽둥이 쓰는 법을 배우고 싶습니다."

"하하하, 가르쳐주는 건 문제가 아니겠군. 그런데 너희들은 우리의 무기를 다룰 힘이 없으니 제대로 배우지 못해서 '호랑이를 그리려다 개를 그리고 말까(畵虎不成 反類狗)' 걱정이야. '가르침이 엄격하지 못한 것은 스승이 게으른 탓이지만 학문을 이루어내지 못하는 것은 제자의 잘못이다(訓敎不嚴師之惰 學問無成子之罪)'라는 옛말도 있지. 너희들에게는 정성스러운 마음이 있으니 향을 피우고 천지에 배례를 올려라. 우선 신령한 힘을 조금 전수해주겠다. 그래야 이후 무예를 가르칠 수 있으니."

　세 왕자는 이 말을 듣고 진심으로 기뻐하며 곧 손수 향을 피울 탁자를 설치하고 손을 씻고 향을 피워 하늘을 향해 배례했어요. 그리고 배례가 끝나자 가르침을 청했지요. 손오공이 몸을 돌려 삼장법사에게 절을 올리고 말했지요.

"사부님! 저희들의 방자함을 용서해주십시오. 옛날 양계산에서 사부님의 은혜를 입어 풀려난 후, 불문에 귀의하여 줄곧 서쪽을 향해 왔습니다. 그동안 사부님의 하해와 같은 은혜에 크게 보답하지는 못했지만, 산 넘고 물 건너며 전심전력을 다해왔습니다. 이제 부처님의 나라로 들어와 다행히도 어진 세 왕자를 만났는데, 그들은 저희를 스승으로 모시고 무예를 배우고자 합니다. 그들이 저희의 제자가 된다는 것은 곧 사부님께 사손師孫이 되는 것입니다. 그래서 삼가 사부님께 아뢰고 잘 가르치고자 합니다."

삼장법사는 아주 흡족해했어요. 저팔계와 사오정도 손오공이 절을 올리는 것을 보고 즉시 몸을 돌려 삼장법사에게 머리를 조아렸어요.

"사부님, 저희들은 생각이 짧고 어리석으며 말재주도 없습니다만, 부디 고명하신 사부님께서 저희들이 제자를 받아들여 장난삼아 가르쳐볼 수 있도록 허락해주시길 바랍니다. 이 또한 서역으로 가는 여정 가운데 추억거리가 될 것입니다."

삼장법사가 쾌히 승낙했지요.

손오공은 세 왕자를 폭사정 뒤편의 밀실로 불러놓고 술법을 부릴 제단을 마련했어요. 그리고 세 사람을 그 안에 모두 엎드리게 한 후, 눈을 감고 정신을 가다듬게 했어요. 그리고 자신은 중얼중얼 주문을 외면서 세 사람의 배 속에 "훅" 하고 신선의 기운을 불어 넣어 그들로 하여금 원신元神*을 본래 자리로 거둬들이게 하고, 구결口訣[3]을 통해 각자에게 엄청난 힘을 전해주어 그간 쌓은 공력에 더해주었으니, 마치 환골탈태換骨奪胎의 법력을 베푼

---

3 불가나 도가에서 도법이나 비술을 전수하는 요결要訣이다.

것 같았어요.

세 왕자는 온몸에 기를 한 바퀴 운행하고 나서야 정신을 차렸어요. 그들이 일제히 일어나 얼굴을 비비고 정신을 차려보니, 모두들 강철같이 단단한 몸이 되어 있었지요. 첫째 왕자는 여의봉을 들어 올릴 수 있었고, 둘째는 쇠스랑을 휘두를 수 있었으며, 셋째는 항요장을 쓸 수 있게 되었던 것이지요. 이것을 본 왕은 기쁨을 이기지 못하여 다시 잔치를 벌여 삼장법사 일행에게 감사를 올렸어요.

잔치 석상에서 각기 제자들에게 무술을 전수하여, 여의봉을 배우는 자는 여의봉을, 쇠스랑을 배우는 자는 쇠스랑을, 항요장을 배우는 자는 항요장을 휘둘렀지요. 그런데 그들은 몇 번 몸을 돌리고 몇 차례 수법을 펼치긴 했지만, 이들은 결국 평범한 인간인지라 아무래도 힘이 조금 달려서 한 가지 수법을 펼치고 나자 곧 헉헉 숨이 차서 오래 버텨낼 수가 없었어요. 그 무기들은 변화무쌍한 것이라 찌르거나 빠질 때 거기에 맞춰 작아지거나 커지는데, 그 속에 모두 자연의 오묘함이 담겨 있었어요. 왕자들은 모두 평범한 사람들이니 어떻게 금방 따라잡을 수 있었겠어요? 이렇게 그날의 잔치가 끝이 났어요.

다음 날 세 왕자가 다시 찾아와 감사드리며 말했어요.

"황송하게도 힘을 전수받아 사부님들의 무기는 잡을 수 있게 되었으나, 마음대로 다루기가 어렵습니다. 그래서 장인들을 시켜 모양은 사부님들의 무기와 똑같되 좀 더 가볍게 새로 만들어볼까 하는데, 괜찮을까요?"

"좋지, 좋아! 일리가 있군그래. 우리들의 무기는 일단 너희들이 다룰 수가 없을 테고 또 우리도 불법을 지키고 요괴들을 항복시키는 데 써야 되니까, 다시 하나 만들어라. 그게 좋겠구나."

저팔계의 말에 왕자들은 즉시 대장장이들을 불러 만근의 강철을 사서 왕궁 안 뜰에 대장간을 짓고 풀무를 세워 무기를 주조하게 했지요. 우선 첫날은 하루 종일 강철을 단련하고, 다음 날엔 손오공 삼 형제에게 부탁해 여의봉, 쇠스랑, 항요장을 모두 대장간 앞에 꺼내놓고 그 모양대로 만들기 시작했어요. 그래서 그 무기들은 밤낮으로 그곳에 있게 되었지요.

오호라! 그런데 이 무기들은 그들이 늘 지니고 다니던 보물들인지라, 한시라도 몸에서 떼놓을 수 없는 것들이었어요. 또한 각기 몸에 지니고 다닐 때에는 그 무기들이 몸을 보호하는 엄청난 빛을 내었지요. 그런데 이제 대장간에 며칠 동안 놓여 있게 되자 수만 갈래 노을빛이 하늘을 찌르고 수천 갈래 상서로운 기운이 땅을 덮었어요.

마침 옥화군에서 칠십 리쯤 떨어진 표두산豹頭山 호구동虎口洞에 사는 요괴가 그날 밤에 갑자기 노을빛과 상서로운 기운이 번쩍이는 것을 보고 즉시 구름을 타고 보러 왔어요. 그가 와서 보니 광채가 일어나는 곳은 바로 왕궁 안이었고, 구름을 내려 가까이 가 보니 세 가지 무기가 빛을 뿜어내고 있었어요. 요괴는 기쁘기도 하고 탐도 났어요.

"굉장한 보물이다! 훌륭해! 누구 것일까? 이런 데 내팽개쳤으니 내 것이 될 운명인가 보다. 가져가야지. 횡재했네!"

요괴는 욕심이 생겨 바람을 일으켜 그 세 가지 무기들을 몽땅 가지고 자기 동굴로 가버렸어요. 이것은 바로,

도는 잠시라도 떨어질 수 없으니
떨어질 수 있다면 그것은 도가 아니라네.

신선의 무기 모두 없어졌으니
참선 수양이 헛되게 되었구나.

道不須臾離　可離非道也
神兵盡落空　枉費參修者

라는 것이었지요.

　결국 그들이 어떻게 무기를 되찾을지는 아직 알 수 없으니, 이
에 대해서는 다음 회를 들어보시라.

제89회
손오공 삼 형제, 무기를 도둑맞다

한편, 궁궐 마당의 대장장이들은 연일 고생했기 때문에, 밤이 되자 모두 깊이 잠들어버렸어요. 그리고 날이 밝아오자 일어나 일을 계속하려다가, 덮개에 덮어두었던 세 가지 무기가 모두 사라져버린 것을 발견했어요. 그들은 모두 깜짝 놀라 덜덜 떨며 사방으로 찾아보았어요. 그때 셋째 왕자가 궁에서 나오자, 대장장이들은 일제히 머리를 땅에 처박으며 말했어요.

"왕자님, 신선 사부님들의 세 가지 무기가 모두 어디론가 사라져버렸습니다!"

왕자는 그 말을 듣고 가슴이 떨렸어요.

"아마 사부님들께서 간밤에 챙겨가신 모양이지."

그가 급히 폭사정으로 달려가 보니, 백마가 아직 복도 아래 매여 있는지라 다급하게 소리쳤어요.

"사부님들, 아직 주무십니까?"

사오정이 대답했어요.

"일어났다."

그리고 즉시 방문을 열고 왕자를 들어오게 했어요. 하지만 왕자는 무기가 보이지 않자 당황해 어쩔 줄 모르며 말했어요.

"사부님들, 무기는 모두 가져오셨습니까?"

그러자 손오공이 벌떡 일어나 말했어요.

"가져오지 않았느니라!"

"세 가지 무기가 엊저녁에 모두 사라져버렸습니다."

저팔계가 허둥지둥 일어나며 말했어요.

"내 쇠스랑은 있더냐?"

"조금 전에 제가 나와 보니, 여럿이 여기저기를 찾아보았으나 없다고 합니다. 저는 사부님들께서 챙겨 오신 게 아닌가 해서 찾아와 여쭙는 것입니다. 사부님들의 보물은 커지기도 하고 줄어들기도 하니, 분명 몸에 숨겨두고 저를 놀리시는 것이겠지요?"

손오공이 말했어요.

"정말 가져오지 않았다. 모두 찾으러 가자!"

그들이 궁궐 마당의 덮개 아래로 가 보니, 정말 무기들은 흔적도 없었어요. 저팔계가 말했어요.

"틀림없이 이 대장장이들이 훔친 게야. 빨리 내놓아라! 조금이라도 머뭇거렸다가는 모두 때려죽일 테다! 때려죽일 거야!"

대장장이들은 깜짝 놀라 머리를 땅에 박고 눈물을 뚝뚝 흘리며 말했어요.

"나리, 저희들은 연일 고생해서 간밤에는 깊이 잠들었습니다. 날이 새서 일어나 보니 그것들이 모두 사라져버렸습니다. 저희는 모두 평범한 사람들인데, 그 무거운 무기들을 어떻게 들어 나를 수 있었겠습니까? 제발 살려주십시오! 살려주십시오!"

손오공이 말없이 속으로 자책하다가 말했어요.

"어쨌든 우리 잘못이야. 모양을 보여주었으면 마땅히 바로 챙겨두었어야 했거늘, 어쩌자고 여기다 두었단 말이냐! 그 보물은 노을빛 광채가 나니까 아마도 어떤 못된 놈이 거기에 현혹되어서 간밤에 훔쳐 가버린 모양이구나."

저팔계는 그 말을 믿지 않았어요.

"형님, 그게 무슨 말씀이오? 이렇게 평화로운 나라에서, 또 무슨 너른 들판이나 깊은 산도 아닌데, 어떻게 못된 놈이 찾아올 수 있었겠소? 틀림없이 대장장이들이 속이는 거요. 우리 무기에서 광채가 나니까 보물이란 걸 알아보고, 밤중에 왕궁을 빠져나가 일당들을 모아 와서 맞들고 끌고 하면서 훔쳐 가버린 것이오. 얼른 내놔! 정말 맞아볼래?"

대장장이들은 그저 머리를 박으며 자기들 짓이 아니라고 맹세할 뿐이었지요.

그렇게 한참 떠들어대고 있던 차에 첫째 왕자가 나왔어요. 그는 어떻게 된 일인지 묻고 나서 얼굴이 하얗게 질린 채 한참 동안 아무 말도 못 하다가 이렇게 말했어요.

"사부님들의 무기는 본래 인간 세상의 평범한 것들과는 달라서, 백 명이 넘게 달려들어도 꿈쩍도 안 합니다. 하물며 이 나라는 벌써 다섯 대째 이어지고 있고, 저도 건방지게 허풍을 떠는 것이 아니오라 밖에 조금은 명성이 있습니다. 이 도성 안의 군인들과 백성들, 장인들도 제가 법도를 지키는 것을 알고 꽤나 조심하기 때문에, 절대 속일 리가 없습니다. 신선 사부님들, 부디 다시 한번 생각해주십시오."

손오공이 웃으며 말했어요.

"다시 생각할 필요도, 대장장이들을 괴롭힐 필요도 없소. 그런데 전하, 혹시 이 도성 주위에 무슨 숲속에 사는 요괴 같은 게 있소?"

"매우 일리 있는 질문이십니다. 이 도성 북쪽에 표두산이라고 있는데, 그 안에 호구동이란 동굴이 있습니다. 사람들이 종종 그 동굴 안에 신선이 산다고 하기도 하고, 호랑이나 이리가 산다고도 하고, 또 요괴가 산다고도 하더군요. 제가 직접 찾아가 알아보지 않았으니, 그게 과연 무엇인지는 모르겠습니다."

"하하, 더 이상 얘기하실 필요 없소. 분명 거기 사는 못된 놈들이 이게 모두 보물이란 걸 알고 밤새 훔쳐 갔을 거요."

그리고 저팔계와 사오정에게 말했어요.

"너희들은 여기서 사부님을 보호하고 도성을 지키고 있어라. 손 어르신은 거기 좀 다녀와야 되겠다."

그리고 또 대장장이들에게 말했어요.

"너희들은 화로의 불을 끄지 말고 모두 잘 만들어라."

멋진 원숭이 왕! 그는 삼장법사에게 작별하고 휙 하는 휘파람 소리와 함께 모습이 사라져버렸어요. 어느새 표두산 위에 이르렀는데, 알고 보니 그곳은 도성과 겨우 삼십 리밖에 떨어지지 않은 곳이었는지라 순식간에 도착한 것이었지요. 그가 산꼭대기에 올라 바라보니, 과연 요사한 기운이 약간 느껴졌어요.

> 용 같은 산맥 길게 이어지니
> 지형은 멀고 장대하다.
> 뾰족한 봉우리 우뚝 하늘 높이 솟았고
> 험하고 깊은 골짝에 물살 거칠게 흐른다.
> 산 앞에는 아름다운 풀들 요처럼 깔려 있고
> 산 뒤엔 기이한 꽃들 비단을 펼쳐놓은 듯
> 아름드리 소나무와 늙은 잣나무
> 오래된 나무들과 잘 자란 대나무
> 산에 사는 까막까치들 어지러이 날며 울고

들판의 학과 원숭이들 모두 울부짖는다.

까마득한 벼랑 아래

노루와 사슴 쌍쌍이 노닐고

깎아지른 절벽 앞에

오소리와 여우 짝지어 몰려다닌다.

오르락내리락 멀리서 다가오는 용이

구불구불 지맥 속에 숨어 있는 듯

산언덕 하나 옥화주에 이어져

긴긴 세월 아름다운 경치 만들어내는구나.

龍脉悠長　地形遠大

尖峰挺挺插天高　陡澗沉沉流水急

山前有瑤草鋪茵　山後有奇花佈錦

喬松老柏　古樹修篁

山鴉山鵲亂飛鳴　野鶴野猿皆嘯唳

懸崖下　麋鹿雙雙

峭壁前　獾狐對對

一起一伏遠來龍　九曲九灣潛地脉

獨頭相接玉華州　萬古千秋興勝處

　　손오공이 한참 구경하고 있노라니 문득 산 뒤쪽에서 누군가
얘기하는 소리가 들렸어요. 급히 고개를 돌려 바라보니 바로 두
마리 이리 요괴가 또랑또랑한 목소리로 이야기를 주고받으며 서
북쪽을 향해 걸어가고 있었어요.

　　'이놈들은 틀림없이 산을 순찰하는 요괴일 거야. 가서 무슨 얘
기들을 하고 있나 들어볼까?'

　　그는 손가락을 구부려 결을 맺고 주문을 외며 몸을 흔들어 한

마리 나비로 변신하더니, 날개를 펴고 팔랑팔랑 날아 쫓아갔어요. 그 모습은 정말 맵시가 있었어요.

분칠한 듯한 날개 한 쌍
은 같은 수염 두 가닥
바람을 타고 재빨리 날아갔다가
햇빛 속에서 천천히 춤추며 오네.
물 건너고 담 넘을 땐 빠르고 맵시 있고
꽃의 꿀 훔치고 버들 솜 희롱하며 무척 즐겁게 노네.
가벼운 몸으로 신선한 꽃만 골라 먹고
향기로운 마음으로 우아한 자태 마음대로 구부렸다 펴네.

一雙粉翅　兩道銀鬚

乘風飛去急　映日舞來徐

渡水過墻能疾俏　偸香弄絮甚懽娛

體輕偏愛鮮花味　雅態芳情任卷舒

　그는 요괴의 머리 바로 위로 날아가 훨훨 날면서 그들의 이야기를 들었어요. 한 요괴가 갑자기 말했어요.
　"둘째 형님, 우리 대왕님은 연일 운이 좋으십니다. 지난달에는 미인을 얻어 동굴 안에 두고 무척 즐거워하시더니, 어젯밤에는 또 세 가지 무기를 얻었는데 값을 따질 수 없는 보물이더군요. 내일 아침에 보물 쇠스랑 축하 잔치를 여신다 하니, 우리 모두 신나게 먹읍시다."
　"우리도 운이 좋은 편이지. 이 은전 스무 냥으로 소와 양을 사러 가잖아? 이제 동쪽 건방乾方의 시장에 가면 먼저 술을 몇 병 마시고, 물건을 사면서 장부를 조작해 두세 냥을 남겨 겨울에 입을 비단옷을 한 벌 사면 좋지 않겠어?"

두 요괴는 낄낄거리며 큰길에 올라 나는 듯이 달려갔어요. 손오공은 축하 잔치를 연다는 소리를 듣고 속으로 기뻐했어요. 그는 두 요괴들을 때려죽이고 싶었으나 자기와 상관없는 일에는 관여하지 않기로 했어요. 더구나 손에 무기도 없었으니 말이지요.

그는 즉시 앞으로 날아가 본래 모습을 드러내고 길 어귀에 서 있었어요. 요괴들이 가까이 오자 그는 술법을 부려 침을 한 입 뱉으며 "옴훔다리唵吽咤唎"하고 주문을 외며 즉시 몸을 꼼짝 못 하게 하는 정신법定身法을 써서 이리 요괴들을 멈춰 세웠어요. 요괴들은 눈을 빤히 뜨고 입도 벌리지 못한 채 다리가 뻣뻣이 굳어서 있었어요.

그가 요괴를 밀어 넘어뜨린 후 옷을 헤치고 품속을 뒤지니, 과연 허리띠 위에 묶은 돈주머니에 은전 스무 냥이 들어 있었어요. 그들은 또 각기 옻칠한 패를 하나씩 걸고 있었는데, 하나에는 '조찬고괴刁鑽古怪', 다른 하나에는 '고괴조찬古怪刁鑽'이라고 적혀 있었어요.[1]

멋진 제천대성! 그는 은전을 꺼내고 옻칠한 패를 풀어 가지고 걸음을 돌려 도성으로 돌아왔어요. 왕궁에 이르러 그는 왕자와 삼장법사 및 크고 작은 벼슬아치들, 대장장이 등을 만나 그동안의 일들을 자세히 말해주었어요. 그러자 저팔계가 웃으며 말했어요.

"아마 이 몸의 보물에 노을빛 광채가 나니까 소와 양을 사 와서 축하 잔치를 벌이려는 모양이군. 하지만 이제 어떻게 그걸 되찾지?"

---

1 두 요괴의 이름에 들어 있는 '조찬刁鑽[diāo zuān]'은 '조잠刁賺[diāo zuàn]'과 중국어 발음이 통한다. 둘 다 '교활하고 간사하다'는 뜻이다.

손오공이 말했어요.

"우리 세 형제가 모두 가자. 이 은전은 돼지와 양을 사려던 것이었으나 그냥 대장장이들에게 상으로 주고, 전하께 돼지와 양 몇 마리만 내어달라고 하지 뭐. 팔계 너는 조찬고괴로 변신하고, 나는 고괴조찬으로, 그리고 사오정은 돼지와 양을 파는 장사꾼으로 변해 호구동 안으로 들어가자. 그리고 때를 봐서 각자 무기를 들어 요괴들을 일망타진하고 돌아와 짐을 꾸려 길을 떠나자."

사오정이 웃으며 말했어요.

"그거 참 묘책입니다! 훌륭해요! 머뭇거리지 말고 얼른 갑시다!"

왕은 과연 이 계책에 따라 즉시 담당 관리에게 예닐곱 마리의 소와 네다섯 마리의 양을 사 오게 했어요.

그들 세 형제는 삼장법사와 헤어져 성 밖으로 나와 신통력을 펼쳤어요. 저팔계가 말했어요.

"형님, 나는 그 조찬고괴를 본 적이 없는데, 어떻게 그놈 모습으로 변신한단 말이오?"

"그 요괴는 손 어르신이 정신법으로 저기 붙잡아두었으니, 내일 이 시간이 돼야 깨어날 게다. 내가 그놈의 생김새를 기억하고 있지. 어디, 거기 서 있어봐라, 내가 설명해줄 테니까. 여긴 이렇고, 저긴 저렸으니까…… 됐다! 이게 바로 그놈 모양이다!"

멍텅구리가 입안에서 주문을 외고 손오공이 신선의 기운을 불어 넣어주자 저팔계는 순식간에 조찬고괴와 똑같은 모습으로 변해서 옻칠한 패를 허리에 찼어요. 손오공도 즉시 고괴조찬으로 변신해서 허리에 옻칠한 패를 찼고, 사오정은 돼지와 양을 파는 장사꾼으로 변신했지요. 그들은 함께 돼지와 양을 몰고 큰길에 올라 곧장 산으로 달려갔어요. 얼마 지나지 않아서 산의 움푹한 곳으로 들어가다가 또 졸개 요괴 한 놈을 만났어요. 그놈의 생김새도 정말 흉악했지요!

부리부리한
두 눈
등불처럼 빛나고
시뻘겋게 치뻗은
머리카락
불꽃처럼 휘날린다.
뭉툭한 코
삐뚤어진 입
뾰족한 송곳니
늘어진 귀
널따란 이마
푸르딩딩하고 디룩디룩 살찐 얼굴
몸에는 연노랑 웃옷 걸쳤고
발에는 부들로 엮은 신을 신었다.
흉맹하게 뻐기는 모습은 못된 신과 같고
허둥거리는 모습은 나쁜 귀신과 같다.

圓滴溜　兩隻眼　如燈幌亮
紅刺娬　一頭毛　似火飄光
糟鼻子　猛㑸口　獠牙尖利
查耳躲　砍額頭　靑臉泡浮
身穿一件淺黃衣　足踏一雙莎蒲履
雄雄赳赳若兇神　急急忙忙如惡鬼

요괴는 왼쪽 겨드랑이 밑에 화려하게 옻칠을 한 편지 상자를 끼고 있었는데, 손오공 일행과 마주치자 이렇게 말했어요.

"고괴조찬, 너희들 돌아왔구나? 돼지와 양은 몇 마리나 샀어?"

손오공이 대답했어요.

"여기 몰고 오잖아?"

요괴가 사오정을 가리키며 말했어요.

"이분은 누구시지?"

손오공이 대답했어요.

"바로 이 돼지와 양들을 판 상인이야. 은전 몇 냥을 덜 드려서 함께 모셔 온 거야. 넌 어디 가는데?"

"죽절산竹節山에 계신 큰대왕님께 내일 아침에 연회에 오시라고 모시러 가는 거야."

손오공이 그 말꼬리를 잡아 물었어요.

"모두 몇 분을 초대하는 거야?"

"큰대왕님을 상석에 모시고 우리 대왕님과 두목들까지 합쳐서 마흔 분 남짓 될 거야."

그렇게 말하고 있는데 저팔계가 끼어들었어요.

"얼른 갑시다! 얼른! 돼지와 양들이 모두 도망치잖아!"

손오공이 말했어요.

"너도 가서 저것들 좀 막아. 그동안 나는 초청장이나 좀 보자."

요괴는 한집안 식구를 만났는지라 즉시 상자를 열고 초청장을 꺼내 손오공에게 건네주었어요. 손오공이 펼쳐 보니, 그 위에는 이렇게 적혀 있었어요.

내일 아침 안주와 술을 준비하여 보물 쇠스랑을 얻은 기념으로 축하 잔치를 열까 하오니, 왕림하셔서 잠시 회포나 푸십시오. 다행히 외면하지 않으신다면 정말 감사하겠습니다.

손오공이 다 보고 나서 돌려주자, 요괴는 초청장을 상자 안에 넣고 곧장 동남쪽으로 갔어요. 사오정이 물었어요.

"형님, 초청장에 뭐라고 적혀 있던가요?"

"보물 쇠스랑 기념 잔치에 오라는 초청장이야. '문하손 황사 돈수백배'라고 했고, 부르려는 놈은 '조옹 구령원성 노대인'이라는군."

"하하, 황사라는 놈은 분명 황금 털의 사자가 변한 정령이겠군요. 하지만 구령원성이란 놈은 어떤 물건일까요?"

저팔계가 그 말을 듣고 웃으며 말했어요.

"이 몸의 차지이지!"

손오공이 물었어요.

"그게 네 차지라는 걸 어찌 알아?"

"옛말에 '비루먹은 암퇘지가 노상 황금 깃털 사자만 쫓아다닌다(癩母豬專赶金毛獅子)'고 했으니, 그게 이 몸의 차지라는 걸 알 수 있소."

세 형제가 낄낄거리며 돼지와 양을 몰고 가자니 멀리 호구동의 입구가 보였어요. 그 바깥 모습을 좀 볼까요?

주위에는 푸른 산이 두르고 있고
한 줄기 기운이 도성과 이어졌다.
깎아지른 절벽에는 푸른 넝쿨 기어오르고
높다란 벼랑엔 자줏빛 가시나무가 걸려 있다.
새소리 깊은 나무숲에 둘러싸이고

꽃 그림자 동굴 문을 맞이하고 있다.
세상 밖의 도원동에 못지않으니
속세의 물정 피해 살기에 딱 좋겠구나.

周圍山繞翠　一脈氣連城
峭壁扳青蔓　高崖掛紫荊
鳥聲深樹匝　花影洞門迎
不亞桃源洞　堪宜避世情

그들이 동굴 입구로 점점 다가가자 또 한 무리의 크고 작은 잡다한 요괴들이 저쪽 꽃나무 아래에서 장난치고 있는 것이 보였어요. 그들은 저팔계가 "이랴! 워!" 하며 돼지와 양을 몰고 오는 것을 보고는 모두 마중을 나와 돼지를 잡고 양을 붙들어 모조리 끈으로 묶었어요. 그 소란에 놀란 요괴 왕이 십여 명의 졸개 요괴들을 거느리고 와서 물었어요.

"너희들 왔구나? 돼지와 양은 몇 마리나 샀느냐?"

"돼지 여덟 마리하고 양 일곱 마리, 모두 열다섯 마리입니다. 돼지는 모두 은전 열여섯 냥이고 양은 모두 아홉 냥입니다. 아까 제가 스무 냥을 받아 갔는데, 다섯 냥이 모자랍니다. 이 사람이 바로 이것들을 판 사람인데, 잔금을 받아 가려고 같이 왔습니다."

요괴 왕은 그 말을 듣더니 즉시 부하들을 불렀어요.

"얘들아, 저자에게 은전 다섯 냥을 줘서 돌려보내라."

그러자 손오공이 말했어요.

"이 상인은 잔금도 받을 겸 잔치를 구경하려고 왔습니다."

요괴 왕은 무척 화를 내며 욕을 퍼부었어요.

"조찬 이놈, 무례하구나! 물건이나 살 것이지 남에게 무슨 잔치 얘기까지 했단 말이냐!"

그러자 저팔계가 나아가 말했어요.

"주인 나리께서 얻으신 보물은 정말 세상에 보기 드문 진귀한 것인데, 저 사람에게 좀 보여준다고 무슨 탈이 있겠습니까?"

요괴는 버럭 호통을 쳤어요.

"고괴 이놈, 못됐구나! 내 이 보물은 바로 옥화주 도성에서 가져온 것이다. 만약 이 장사꾼이 보고 그곳에 가서 소문을 내 남들이 알게 된다면 그곳 왕자가 당장 찾아와 내놓으라고 할 텐데, 그럼 어쩐단 말이냐?"

손오공이 말했어요.

"폐하, 이 상인은 건방의 시장 뒤쪽에 사는 사람이라 옥화주와는 멀리 떨어져 있고, 또 도성 안에 사는 사람이 아닙니다. 그러니 어찌 소문을 내겠습니까? 또 이분도 배가 고플 테고 저희 둘도 아직 밥을 먹지 못했습니다. 술과 밥이라도 좀 먹여 보내십시오."

말이 끝나기도 전에 졸개 요괴 하나가 은전 다섯 냥을 가져와서 손오공에게 건네주었어요. 손오공은 은전을 사오정에게 건네주며 말했어요.

"돈을 받으시고 저와 함께 뒤쪽으로 가서 밥을 좀 먹읍시다."

사오정은 대담하게 저팔계, 손오공과 함께 동굴 안으로 들어갔어요. 두 번째 문을 지나 널따란 대청에 이르니 한가운데 탁자 하나가 놓여 있고, 그 위에 높다랗게 아홉 날 쇠스랑이 모셔져 있었는데, 정말 눈부신 광채가 피어나고 있었어요. 동쪽 산머리에는 여의봉이 비스듬히 세워져 있고, 서쪽 산머리에는 항요장이 비스듬히 세워져 있었어요. 요괴 왕이 뒤따라오며 말했어요.

"이보게, 저 중간에 빛나는 것이 바로 '보물 쇠스랑'이라네. 구경만 하고 절대 밖에 나가 다른 사람들에게 얘기하면 안 되네."

사오정이 고개를 끄덕이며 감사했어요.

아! 이야말로 '물건이 주인을 만났으니 꼭 가져야 한다(物見主 必定取)'는 격이었지요. 저팔계는 평생 멍청하기 그지없는 놈인지라, 쇠스랑을 보자마자 무슨 사정을 늘어놓고 말고 할 것 없이 뛰어 올라가 집어 내리더니, 손으로 빙빙 돌리며 본래 모습을 드러냈어요. 그리고 공격을 펼쳐 요괴의 얼굴을 향해 내리찍었어요.

손오공과 사오정도 양쪽 산머리로 달려가 각기 무기를 들고 본래 모습을 드러냈어요. 세 형제가 일제히 공격하자 깜짝 놀란 요괴 왕은 재빨리 몸을 빼내 피하더니, 뒤쪽으로 돌아갔어요. 그리고 자루가 길고 날이 날카로운 사명산四明鏟이라는 자귀를 들고 마당 한가운데로 와서, 그들의 세 가지 무기를 막으며 사납게 고함을 쳤어요.

"너희들은 뭐하는 놈들이냐? 감히 허튼수작을 부려 내 보물을 훔쳐 가려 하다니!"

손오공이 욕을 퍼부었어요.

"이 털북숭이 도둑놈아! 네가 날 모르는 모양이로구나! 우리는 바로 동녘 땅의 성승聖僧 삼장법사님의 제자들이다. 옥화주에 이르러 통행증명서에 도장을 받으려는데, 그 나라 현명하신 왕께서 우리더러 세 왕자의 스승이 되어 무예를 가르쳐달라기에 우리의 보물과 같은 모양의 무기를 만들게 했다. 그래서 궁전 뜰에 놓아두었는데 이 털북숭이 도적놈이 밤중에 도성으로 들어와 몰래 훔쳐 왔지. 그러고도 오히려 우리더러 허튼수작을 부려 네 보물을 훔치려 했다고 말하는 것이냐? 꼼짝 마라! 우리의 세 가지 무기로 각자 네놈에게 몇 대 맛을 보여주마!"

요괴는 자귀를 들어 대적했는데, 이 싸움은 마당 한가운데서 시작해 동굴 문 밖까지 이어졌어요. 보세요, 저 세 승려들이 요괴

한 놈을 함께 공격하는데, 그 모습이 정말 살벌했어요.

> 휙휙 여의봉은 바람 같고
> 쉭쉭 쇠스랑은 소낙비 같네.
> 항요장 드니 하늘 가득 노을빛 퍼지고
> 사명산 내지르니 구름이 비단처럼 피어나네.
> 흡사 세 신선이 커다란 단약을 단련하듯
> 오색찬란한 불빛에 귀신도 놀라는구나.
> 위세 떨치는 손오공은 재간이 대단하고
> 보물 훔친 도적은 너무 무례하구나.
> 천봉원수 저팔계 신통력 발휘하고
> 권렴대장 사오정 솜씨 빼어나구나.
> 세 형제가 뜻 모아 계책을 써서
> 호구동 안에서 싸움을 일으켰네.
> 그 요괴 힘도 세고 기술도 좋아
> 네 영웅이 맞서 싸울 만했지.
> 살벌한 싸움 해질녘까지 이어지니
> 요괴는 힘이 빠져 대적하기 어려워졌네.

> 呼呼棒若風　滾滾鈀如雨
> 降妖杖擧滿天霞　四明鏟伸雲生綺
> 好似三仙煉大丹　火光彩幌驚神鬼
> 行者施威甚有能　妖精盜寶多無禮
> 天蓬八戒顯神通　大將沙僧英更美
> 弟兄合意運機謀　虎口洞中興鬪起
> 那怪豪强弄巧乖　四個英雄堪實比
> 當時殺至日頭西　妖邪力軟難相抵

손오공 삼 형제가 계책을 써서 자신들의 무기를 훔쳐 간 요괴의 소굴을 공격하다

표두산에서 전투가 한참 지속되자 요괴는 더 이상 대적하기 어려워서 사오정에게 "자귀를 받아라!" 하고 소리치고, 사오정이 피하는 틈을 이용해서 도망쳐버렸어요. 그는 동남쪽 손궁巽宮의 방향으로 바람을 타고 날아갔지요. 저팔계가 뒤쫓으려 하자 손오공이 말했어요.

"보내줘라. 옛말에도 '궁지에 몰린 도적은 쫓지 않는 법(窮寇勿追)'이라 하지 않더냐? 그냥 그놈이 돌아올 길이나 끊어버리자."

저팔계는 그 말에 따랐어요. 세 형제는 곧장 동굴로 가서 백여 마리의 크고 작은 요괴들을 모두 때려죽여 버렸어요. 알고 보니 그놈들은 모두 호랑이며 이리, 표범, 말, 사슴, 산양 따위의 정령들이었어요. 손오공은 술법을 부려 동굴 안의 귀중품들과 때려죽인 잡다한 동물들, 몰고 왔던 돼지와 양을 모두 밖으로 내왔어요. 사오정이 마른 나무를 모아 불을 지르고 저팔계가 두 귀를 펄럭여 바람을 일으키니, 동굴 안은 순식간에 깡그리 타버렸어요. 그리고 그들은 가지고 나온 물건들을 지니고 바로 옥화주의 도성으로 돌아왔어요.

이때는 성문이 아직 열려 있고 사람들도 잠들지 않은 때였어요. 왕과 왕자들, 삼장법사가 모두 폭사정에서 기다리고 있노라니, 세 형제가 죽은 짐승이며 돼지, 양 및 귀중품들을 투둑투둑 떨어뜨려 궁궐 뜰에 가득 쌓아놓은 뒤 일제히 보고했어요.

"사부님, 저희가 이기고 돌아왔습니다!"

그 왕은 "예예" 하며 감사했고, 삼장법사도 무척 기뻐했어요. 세 왕자들이 땅에 무릎을 꿇고 절을 올리자 사오정이 부축해 일으키며 말했어요.

"감사할 필요 없소. 모두 이리 오셔서 물건들을 좀 보시구려."

왕자가 말했어요.

"이것들은 모두 어디서 난 것입니까?"

그러자 손오공이 웃으며 말했어요.

"그 호랑이며 이리, 표범, 말, 사슴, 산양들은 모두 정령이 된 요괴들인데, 무기를 회수하고 때려잡아 가져왔소. 요괴 두목은 황금빛 털을 가진 사자인데, 사명산이라는 자귀를 쓰더군요. 우리와 날이 저물 때까지 싸우다 패배하자 동남쪽으로 도망쳤소. 우린 그놈을 쫓지 않았지만 그놈이 돌아올 곳을 쓸어버리고, 그 졸개 요괴들을 때려죽이고서 이런 물건들을 찾아내 가져온 것이오."

왕은 그 말을 듣고 기뻐하면서도 걱정했어요. 기뻐한 것은 승리를 거두고 돌아왔기 때문이고, 걱정한 것은 그 요괴가 훗날 복수하러 올까 염려스러웠기 때문이지요. 손오공이 말했어요.

"전하, 안심하십시오. 제가 벌써 잘 생각해보고 적당하게 처리해놓았습니다. 반드시 요괴의 씨를 말린 후에 길을 떠나서, 나중에라도 뒤탈이 없게 할 것입니다. 낮에 동굴을 찾아갈 때 초청장을 전하러 가는 푸른 얼굴에 붉은 털을 가진 졸개 요괴를 만났는데, 제가 그 초청장을 보니,

내일 아침 안주와 술을 준비하여 보물 쇠스랑 얻은 기념으로 축하 잔치를 열까 하오니, 왕림하셔서 잠시 회포나 푸십시오. 다행히 외면하지 않으신다면 정말 감사하겠습니다.

조옹 구령원성 노대인 귀하

라고 적혀 있고, '문하손 황사 돈수백배'라고 서명이 되어 있었습니다. 조금 전 그 요괴가 패배했으니, 틀림없이 제 할아비가 있는 곳으로 가서 사정을 얘기할 것입니다. 분명 내일 아침에 우릴 찾아와 복수하려 할 테니, 인정상 마땅히 소탕해드리겠습니다."

왕은 감사 인사를 했어요. 저녁 공양을 차려서 삼장법사 일행이 잘 먹은 후 각자 잠자리로 돌아간 일에 대해서는 더 이상 얘기하지 않겠어요.

한편, 그 요괴는 과연 동남쪽으로 달려가 죽절산에 이르렀어요. 그 산속에는 구곡반환동九曲盤桓洞이라는 동굴세계[洞天]가 있었는데, 거기 사는 구령원성이 바로 그의 할아버지였어요. 요괴는 밤길을 쉬지 않고 달려 네 시 무렵에 동굴 입구에 도착해서, 문을 두드리고 안으로 들어갔어요. 졸개 요괴가 그를 보고 말했어요.

"대왕님, 엊저녁에 얼굴이 퍼런 녀석이 초청장을 가져왔기에, 저희 나리께서는 오늘 아침까지 여기 있다가 함께 보물 쇠스랑 얻은 잔치에 가자고 하셨습니다. 그런데 대왕님께선 어찌 이렇게 이른 시각에 몸소 모시러 오셨습니까?"

"말하기 곤란해! 좋지 않아! 잔치는 틀렸어."

그렇게 말하고 있는데 퍼런 얼굴의 요괴가 안에서 달려 나오며 말했어요.

"대왕님, 어떻게 오셨습니까? 큰대왕님께서 일어나시면 바로 제가 잔치에 모시고 갈 텐데요."

요괴는 당혹스러워서 그저 손만 내저을 뿐 아무 말도 못 했어요. 잠시 후 늙은 요괴가 일어나서 들어오라고 하자, 요괴는 무기를 내려놓고 털썩 엎드려 절을 올리며 볼에는 하염없이 눈물을 흘렸어요.

"애야, 어제 초청장을 보냈기에 오늘 아침 잔치에 가려던 참인데, 어째서 네가 또 직접 왔으며, 어째서 그리 슬퍼하는 게냐?"

요괴가 머리를 조아리며 말했어요.

"제가 간밤에 달빛 아래 한가롭게 산책을 하고 있다가, 문득 옥화주 도성 안에서 광채가 공중으로 치솟는 것을 발견했습니다. 급히 가 보니 바로 왕궁 마당에 놓인 세 가지 무기에서 빛이 나고 있었던 것입니다. 하나는 날이 아홉 개 달리고 금을 박아 장식한 쇠스랑이고, 하나는 보배로운 지팡이, 그리고 하나는 금테를 두른 몽둥이였습니다. 저는 즉시 술법을 써서 그것들을 가져와서 잔치를 열기로 했습니다. 그리고 부하를 시켜 돼지와 양, 과일 따위를 사 와 잔치 자리를 준비하게 하고, 할아버님께도 구경시켜 드리고 잠시 즐겨볼까 했습니다.

그런데 어제 퍼런 얼굴의 저 녀석을 시켜 이곳으로 초청장을 보낸 후, 돼지와 양을 사러 보냈던 고괴조찬 등이 돼지와 양 몇 마리를 끌고 왔습니다. 그리고 그걸 판 상인도 데려와서 잔금을 치러야 한다고 했습니다. 그 상인이 잔치 자리를 구경하고 가겠다기에 저는 밖에 소문이 날까 걱정스러워서 안 된다고 했습니다. 그자가 또 배가 고프다며 밥이나 좀 달라기에, 그를 데리고 뒤쪽으로 가서 밥을 먹여주었습니다.

헌데 그놈은 안으로 들어가 무기를 보더니 자기 것이라고 했습니다. 세 놈이 곧 하나씩 들고 본래 모습을 드러내더군요. 하나는 털북숭이 얼굴에 벼락신 주둥이를 가진 중이고, 하나는 긴 주둥이에 커다란 귀를 가진 중이었으며, 하나는 피부가 거무튀튀한 중이었습니다. 그들은 다짜고짜 고함을 지르며 마구 달려들더군요. 그래서 제가 급히 사명산을 들고 맞서면서 뭐하는 놈들이기에 감히 속임수를 쓰느냐고 물었더니, 동녘 땅 위대한 당나라 황제가 파견해서 서천으로 가는 삼장법사의 제자들이라더군요.

옥화주 도성을 지나며 통행증명서에 도장을 받으려 하는데 왕자들이 붙들고 무예를 가르쳐달라기에, 이 세 가지 무기와 똑같은 모양으로 무기를 만들려고 궁궐 마당에 놓아둔 걸 제가 훔쳐 왔다는 것입니다. 이렇게 해서 서로 물러서지 않고 싸우게 되었 지요. 그 세 중이 도대체 이름이 뭔지는 모르겠지만 모두들 재간 이 대단했습니다. 저는 혼자라 그들 셋을 당해내지 못하고 패배 해 할아버님께 도망쳐 온 것입니다. 제발 손자를 사랑하는 마음 으로 칼을 뽑아 저를 도와서 그 중들에게 원수를 갚아주십시오!"

늙은 요괴는 그 말을 듣고 잠시 묵묵히 생각에 잠기더니, 곧 웃 으며 말했어요.

"알고 보니 그놈이구나. 애야, 네가 상대를 잘못 골랐다!"

"할아버님은 그자가 누군지 아십니까?"

"그 주둥이가 길고 귀가 큰 자는 저팔계이고, 피부가 거무튀튀 한 자는 사오정이다. 이 둘은 그래도 해볼 만하다. 하지만 그 털북 숭이 얼굴에 벼락신의 주둥이를 가진 자는 손오공이라 하는데, 이자는 그 신통력이 정말 대단하단다. 오백 년 전에 하늘궁전에 서 크게 소란을 피운 적이 있는데, 그때 십만 명의 하늘 병사들도 그를 잡지 못했다. 그놈이 마음먹고 사람을 찾을 때면 산을 훑고 바다를 뒤집고 동굴을 무너뜨리고 성을 공격하니, 무엇보다도 큰 재앙덩어리야. 그런데 넌 어쩌자고 그놈을 건드렸느냐! 됐다! 내 너와 함께 가서 그놈들과 옥화주 왕자들까지 모조리 잡아와 분 풀이를 하게 해주마."

요괴는 그 말을 듣고 즉시 머리를 조아려 감사했어요.

늙은 요괴는 노사狻獅, 설사雪獅, 산예狻猊, 백택白澤, 복리伏狸, 박 상搏象 등 여러 자손들을 불러 모아, 각기 날카로운 무기를 갖추 게 한 다음, 황사를 우두머리로 해서 각자 사나운 바람을 일으키 며 곧장 표두산 경계로 달려갔어요. 그런데 연기 냄새가 코를 찌 르고 통곡하며 우는 소리가 들려 자세히 살펴보니, 조찬고괴와 고괴조찬이 거기에서 요괴 왕을 외쳐 부르며 통곡하고 있었어요. 요괴가 다가가 소리쳤어요.

"너희들은 진짜 조찬고괴와 고괴조찬이냐?"

두 요괴는 무릎을 꿇고 눈물을 흘리고 머리를 조아리며 말했어요.

"저희가 어찌 가짜이겠습니까? 어제 요 무렵에 은전을 받아 돼지와 양을 사러 가다가 산 서쪽 큰길에 이르렀을 때, 털북숭이 얼굴에 벼락신의 주둥이를 한 중을 만났습니다. 그자가 우리에게 침을 한 입 뱉으니 저희들은 다리가 풀리고 입이 굳어 말도 걷지도 못하게 되었습니다. 그자는 우리를 넘어뜨리고 은전을 챙기고 옻칠한 패도 풀어 가져갔습니다. 저희 둘은 기절해 있다가 지금에야 간신히 깨어났습니다. 집에 와보니 불이 아직 꺼지지 않았고 건물들도 모두 타버렸습니다. 또 폐하와 크고 작은 두목들도 보이지 않아서 이렇게 가슴 아프게 통곡하고 있었던 것입니다. 도대체 이 불은 어떻게 일어난 것입니까?"

요괴는 그 말을 듣고 샘처럼 치솟는 눈물을 어쩌지 못하고 두 발을 일제히 구르고, 하늘이 쩌렁쩌렁하게 고함을 지르며 원한에 차서 말했어요.

"빡빡머리놈들! 정말 못돼 처먹었구나! 어떻게 이렇게 지독한 짓을 저지를 수가! 내 동굴을 모조리 태워버리고, 미녀들을 모두 태워 죽이고, 집안일을 하던 노인과 어린 요괴들을 모두 쓸어버렸군. 아이고, 열나는구나! 분통 터져 죽겠어!"

늙은 요괴는 노사에게 그를 말리도록 하면서 말했어요.

"애야, 일이 이미 이 지경이 되었으니 화를 내봐야 아무 도움도 되지 않는다. 잠시 그 기백을 보존해두었다가 옥화주 도성 안으로 그 중들을 잡으러 가자."

요괴는 그래도 통곡을 멈추려 하지 않으며 말했어요.

"할아버님, 저의 이 터전은 하루아침에 이룬 것이 아닙니다. 이제 빡빡머리들이 모두 망쳐놓았으니, 이 목숨 살아서 뭐하겠습니까!"

그리고 그는 벌떡 일어나 돌벼랑에 머리를 찧으려 했으나, 설사와 노사가 간신히 만류했어요.

그들은 곧 그곳을 떠나 모두 옥화주 도성으로 달려갔어요. 쌩쌩 바람 소리와 뭉게뭉게 안개가 지척까지 다가오자, 성 밖 관문 근처에 살던 사람들은 깜짝 놀라 서로 부둥켜안으며 살림살이를 챙길 겨를도 없이 모두 도성 안으로 도망쳤어요. 그들은 성문 안으로 들어가 문을 닫았어요. 그리고 누군가 왕궁으로 들어가 보고했어요.

"큰일 났습니다! 큰일 났어요!"

왕자와 삼장법사 등은 마침 폭사정에서 아침을 먹던 참이었는데, 큰일이 났다는 보고를 듣고 문밖으로 나와 물었어요.

"한 떼의 요괴들이 모래와 돌을 휘날리고 안개를 내뿜고 바람을 일으키며 성으로 다가오고 있습니다!"

여럿이 보고하는 소리를 듣고 왕이 깜짝 놀라며 말했어요.

"어쩌면 좋겠소?"

손오공이 웃으며 말했어요.

"모두들 안심하십시오. 안심해요! 이건 호구동의 요괴입니다. 어제 패배하여 동남쪽으로 가서 무슨 구령원성인가 하는 놈과 작당하여 왔을 겁니다. 우리 형제들이 나갈 테니, 사방의 문을 닫으라 하고, 사람들을 모아 성을 지키십시오."

왕자들은 명령을 내려 사방의 문을 닫고 사람들을 모아 성 위로 올라갔어요. 왕과 왕자들, 그리고 삼장법사가 성루城樓 위에서 사열하니, 깃발이 해를 가리고 포화가 하늘까지 이어졌어요. 손오공 세 형제는 구름과 안개를 타고 밖으로 나가 적을 맞았어요.

슬기로운 무기 잃은 것은 신중하지 않았기 때문이니
갑자기 요괴 일어나 흉악한 무리 모이게 했네.

失却慧兵緣不謹　頓敎魔起衆邪兇

결국 이 싸움의 승패가 어떻게 될지는 아직 알 수 없으니, 이에 대해서는 다음 회를 들어보시라.

한편, 제천대성이 저팔계, 사오정과 함께 성 밖으로 나와 직접 보니, 요괴 무리들은 모두 갖가지 털을 가진 사자들이었어요. 황사 요괴가 앞에서 무리를 인도하고, 산예사狻猊獅와 박상사搏象獅 요괴는 왼쪽에, 백택사白澤獅과 복리사伏狸獅 요괴는 오른쪽에, 노사猱獅와 설사雪獅 요괴는 뒤쪽에, 중간에 있는 것은 머리가 아홉인 구두사자九頭獅子였어요.

푸른 얼굴 요괴는 수놓은 비단에 둥근 꽃무늬가 있는 지휘용 깃발을 들고 구두사자를 바짝 따르고 있었고, 조찬고괴와 고괴조찬은 각각 붉은 깃발을 흔들며 질서 정연하게 북쪽에 자리 잡고 있었지요. 저팔계는 대뜸 그들에게 다가가 욕설을 퍼부었어요.

"보물을 훔쳐 간 도적놈아! 어디 가서 그런 털북숭이놈들을 데려온 것이냐?"

황사 요괴도 이를 갈며 욕설을 퍼부었어요.

"이 못된 까까중놈아! 어제는 셋이서 덤비기에 내가 물러나 네놈들의 체면을 세워준 것이다. 그런데 네놈들은 어찌 그렇게도 악독하단 말이냐! 우리 동굴을 태워버리고, 산속의 우리 터전을 부수고, 우리 식구들을 해치다니! 내 너에 대한 원한이 큰 바다만큼 깊다. 꼼짝 말고 이 나리의 사명산이나 받아라!"

멋진 저팔계! 그는 쇠스랑을 들고 바로 상대했어요. 둘이 교전을 벌이며 아직 승부가 나지 않았는데, 노사 요괴가 가시 박힌 쇠몽둥이를 들고 설사 요괴는 삼릉간三楞簡을 휘두르며 곧장 달려와 공격했어요. 저팔계가 한마디 했어요.

"오냐, 어디 덤벼봐라!"

보세요. 그는 이리저리 찌르고 막으며 그들 셋과 싸웠어요. 이쪽에서는 사오정이 급히 항요장을 들고 달려가 저팔계를 도왔어요. 그런데 산예사와 백택사, 박상사, 복리사 요괴가 일제히 우르르 달려드는 것이었어요. 그러자 이쪽의 제천대성도 여의봉을 휘두르며 그 요괴들을 막았어요. 산예사 요괴는 굵은 몽둥이를, 백택사 요괴는 청동망치를, 박상사 요괴는 강철 창을, 복리사 요괴는 큰 도끼를 사용했어요. 저쪽의 일곱 마리 사자 요괴와 이쪽 세 스님들의 싸움은 정말 대단했지요.

몽둥이, 망치, 창, 도끼, 삼릉간,
가시 박힌 쇠몽둥이, 사명산.
일곱 사자 요괴의 일곱 가지 무기는 정말 예리하구나.
세 스님을 포위해 공격하며 일제히 함성 지르네.
제천대성의 여의봉도 사납고
사오정의 항요장도 인간 세상에서 찾아보기 어렵다네.
저팔계 바람을 일으키며 위세 떨치니
쇠스랑 번뜩이자 광채가 무시무시하구나.
앞뒤로 막아내며 각자 실력을 보이고
좌우 막고 치는데 모두가 용감하구나.

성 위의 왕자들 위풍을 도와

북과 징을 쳐대니 모두들 씩씩하고 담대해지네.

맞부딪쳐 싸우며 신통력을 부리니

오싹하고 어둑한 모습 천지가 뒤집히는 듯.

棍鏈槍斧三楞簡　蒺藜骨朶四明鏟

七獅七器甚鋒芒　圍戰三僧齊吶喊

大聖金箍鐵棒兇　沙僧寶杖人間罕

八戒顚風騁勢雄　釘鈀幌亮光華慘

前遮後擋各施功　左架右迎都勇敢

城頭王子助威風　擂鼓篩鑼齊壯膽

投來搶去弄神通　穀得昏蒙天地反

요괴들과 제천대성 삼 형제가 한나절쯤 싸우자, 어느새 날이 어두워졌어요. 저팔계가 입에서 침이 질질 흐르고 다리도 점점 풀려 쇠스랑을 한 번 헛치고 달아나자, 설사와 노사 요괴가 소리쳤어요.

"어딜 달아나느냐! 이거나 받아라!"

멍텅구리는 미처 피하지 못하고 설사 요괴의 삼릉간에 등을 맞고 땅바닥에 엎어지며 외쳤어요.

"망했다! 망했어!"

두 요괴는 저팔계의 갈기를 붙잡고 꼬리를 끌며 함께 받쳐 들고 구두사자에게 가서 보고했어요.

"조부님, 저희가 한 놈 잡아 왔습니다."

이 말이 끝나기도 전에 사오정과 손오공도 모두 싸움에서 패했어요. 여러 요괴들이 일제히 쫓아오자, 손오공은 털을 한 줌 뽑아 잘게 씹어 내뿜으며 "변해라!" 하고 외쳤어요. 그러자 털 조각들은 백여 마리의 작은 손오공으로 변하여 주위를 빙빙 돌며 백택사, 산예사, 박상사, 복리사, 황사 요괴를 가운데 놓고 포위했어요. 사오정과 손오공이 다시 달려들어 한꺼번에 공격했어요. 저녁 무렵이 되자 산예사와 백택사 요괴는 사로잡았지만, 복리사와 박상사 요괴는 놓치고 말았어요. 황사 요괴가 이를 구두사자에게 보고했지요. 구두사자는 산예사와 백택사 요괴를 잃은 것을 알고 이렇게 분부했어요.

"저팔계는 묶어놓고 죽이지 마라. 저놈들이 우리 편 둘을 돌려보내면 저팔계를 내주고, 저놈들이 무식하게 우리 편을 모두 죽여버리면 바로 저팔계를 죽여 목숨값을 받아내면 된다."

저녁이 되어 여러 요괴들이 성 밖에서 휴식을 취한 것은 더 이상 이야기하지 않겠어요.

한편, 제천대성은 두 사자 요괴를 성 근처까지 메고 갔어요. 옥화국 왕은 그를 보고 즉시 명을 내려 성문을 열도록 했어요. 그리고 이삼십 명의 병사들에게 밧줄을 가지고 성문 밖으로 가서 사자 요괴를 묶어 성안으로 메고 오도록 했어요. 제천대성은 털을 거둬들이고 사오정과 함께 곧장 성루로 가서 삼장법사를 만났어요. 삼장법사가 말했어요.

"이번 싸움은 정말 끔찍했다. 그런데 저팔계는 죽었는지 살았는지 모르겠구나."

손오공이 대답했어요.

"괜찮을 겁니다. 제가 이 두 요괴를 붙잡아 왔는데 그들이 어떻게 감히 저팔계를 해치겠어요? 두 요괴를 단단히 잘 묶어놓았다가 내일 아침에 저팔계와 교환하도록 하겠습니다."

세 왕자가 손오공에게 머리를 조아리며 말했어요.

"사부님, 처음에 싸울 때는 사부님 혼자였는데, 나중에 패한 척하며 돌아오려 할 때는 어떻게 백여 개의 몸이 되신 겁니까? 그러다가 요괴를 붙잡아 성 가까이 오셨을 때는 다시 한 분의 모습만 보이더군요. 그게 무슨 법술입니까?"

손오공이 웃으며 대답했어요.

"내 몸에는 팔만사천 개의 털이 있지. 한 가닥마다 열 명, 열 가닥이면 백 명으로 변하여 백만, 천만, 억 명으로 변하지. 그걸 신외신법身外身法이라고 한다."

왕자들은 모두 합장한 채 공손히 예를 올리고 즉시 공양을 차려 오도록 하여, 모두들 성루 위에서 먹었어요. 모든 성가퀴[1]에는 횃불을 밝히고 깃발을 흔들며 딱따기와 방울, 징, 북을 쳤고, 시간마다 화살과 포를 쏘며 함성을 질렀어요.

어느새 또 날이 밝았어요. 구두사자는 즉시 황사 요괴를 불러 계책을 이야기했어요.

"너희들은 오늘 최선을 다해 손오공과 사오정을 잡도록 해라. 나는 몰래 공중으로 날아올라 성으로 가서 그의 사부와 국왕, 그리고 왕자들을 붙잡아 먼저 구곡반환동으로 돌아가서 너희들이 이기고 돌아오기를 기다리마."

황사 요괴가 계책에 따라 노사, 설사, 박상사, 복리사 요괴를 거느리고 제각기 무기를 쥔 채 성 근처로 가서 바람을 일으키고 안개를 뿜어대며 싸움을 걸었어요. 이쪽 손오공과 사오정이 성벽 위로 뛰어나와 큰 소리로 욕설을 퍼부었어요.

"이 못된 도적놈아! 내 동생 저팔계를 속히 돌려보낸다면 네

---

1 성 위에 나지막하게 쌓은 담으로 여기에 의지하여 몸을 숨기고 적을 쏘거나 공격한다. 성첩城堞이나 여장女墻이라고도 한다.

목숨만은 살려주마! 그렇지 않으면 네놈들을 박살 내버리겠다!"

　　요괴들은 다짜고짜 우르르 덤벼들었어요. 이쪽 제천대성과 사
오정도 각자 있는 재주를 발휘하여 다섯 사자 요괴를 막아냈지
요. 이번 싸움은 어제와는 완전히 딴판이었어요.

　　휙휙 지독한 광풍 땅을 휩쓸고
　　어둑어둑 검은 안개 하늘을 뒤덮네.
　　돌과 모래 휘날리니 귀신도 두려워하고
　　숲의 나무 쓰러뜨리니 호랑이와 이리도 놀라네.
　　강철 창 무시무시하고 큰 도끼 번뜩이며
　　가시 박힌 쇠몽둥이, 삼릉간, 사명산도 지독하구나.
　　통째로 손오공을 삼키고
　　산 채로 사오정을 붙잡지 못해 안달하네.
　　이쪽 제천대성의 여의봉
　　찔렀다 뺐다 정말 민첩하고
　　사오정의 항요장
　　영소보전 밖에서도 유명하다네.
　　이번에 크나큰 신통력을 발휘하니
　　서역에서 재주 부려 요괴를 소탕하는구나.

呼呼刮地狂風惡　暗暗遮天黑霧濃
走石飛沙神鬼怕　推林倒樹虎狼驚
鋼槍狠狠鉞斧明　蒺藜簡鏆太毒情
恨不得圇圇吞行者　活活捉沙僧
這大聖一條如意棒　卷舒收放甚精靈
沙僧那柄降妖杖　靈霄殿外有名聲
今番幹運神通廣　西域施功掃蕩精

갖가지 털을 가진 다섯 사자 요괴와 손오공, 사오정이 이렇게 한참 싸우고 있을 때, 구두사자는 검은 구름을 타고 곧장 성루 위에 이르러 머리를 한 번 흔들었어요. 성 위에 있던 크고 작은 문무 벼슬아치들과 성을 지키던 병사들은 깜짝 놀라 모두 성 아래로 굴러떨어졌어요. 그는 곧장 누각 안으로 들어가 입을 쫙 벌리고 삼장법사와 옥화국 국왕, 그리고 왕자들을 한꺼번에 물고 북쪽으로 돌아와, 저팔계도 입에 물었어요. 그는 원래 머리가 아홉이니 입도 아홉 개나 되었던 것이지요. 그는 삼장법사와 저팔계, 옥화국 국왕과 첫째, 둘째, 셋째 왕자를 각각 한 입에 하나씩 물었어요. 그렇게 여섯 개의 입으로 여섯 명을 물었는데도 아직 입 세 개가 비어 있었어요. 그는 이렇게 소리쳤어요.

"나 먼저 가마."

이쪽에 있던 다섯 사자 요괴들은 조부가 승리를 거두고 가는 것을 보자 모두 더욱 뛰어난 재주를 펼쳤어요. 손오공은 성 위에 있던 사람들의 비명 소리를 듣고는 저들의 계책에 빠졌음을 깨달았지요. 그는 다급히 사오정을 불렀어요.

"오정아, 조심해라!"

그는 팔뚝에 난 털을 모두 다 뽑아 입속에 넣고 잘게 씹었다 내뱉어 천여 명의 작은 손오공으로 변하게 해 한꺼번에 공격하도록 했어요. 작은 손오공들은 그 자리에서 노사를 잡아끌어 쓰러뜨리고, 설사와 박상사를 생포했으며, 복리사를 들어 메치고, 황사를 때려죽였어요. 그들은 함성을 지르며 성 아래로 달려왔지만, 푸른 얼굴 요괴와 조찬고괴, 고괴조찬, 두 요괴는 놓치고 말았어요. 성 위에 있던 벼슬아치들은 그 광경을 지켜보고 있다가, 문을 열고 밧줄로 다섯 사자 요괴를 묶어 성안으로 들쳐 메고 들어갔어요. 요괴들을 아직 처리하기도 전에, 왕비가 엉엉 울며 손오공에게 예를 올리고 말했어요.

"스님, 우리 전하와 왕자들, 그리고 당신 사부님의 목숨은 끝장 났습니다! 주인 잃은 이 성을 어쩌면 좋단 말입니까?"

제천대성은 털을 거둬들이고 왕비에게 예를 올리며 말했어요.

"왕비마마, 걱정 마십시오. 그 요괴가 사람을 납치하는 술법[攝法]을 써서 우리 사부님과 전하 부자를 납치해 간 것은 분명하지만, 제가 저 일곱 사자 요괴를 붙잡아 왔기 때문에 결코 해치지는 않을 겁니다. 내일 아침 일찍 저희 두 형제가 그 산으로 가서 반드시 요괴를 사로잡고 국왕과 왕자 분들을 찾아오겠습니다."

왕비와 궁녀들은 이 말을 듣고 모두 손오공에게 절을 올리며 이렇게 말했어요.

"부디 전하와 왕자들을 구하여 이 나라를 튼튼히 지켜주십시오."

그들은 절을 하고 나서 모두 눈물을 머금고 돌아갔어요. 손오공이 여러 벼슬아치들에게 분부했어요.

"맞아 죽은 황사 요괴는 가죽을 벗기고, 살아 있는 여섯 요괴는 단단히 가두고 자물쇠를 채우도록 하시오. 그리고 밥 좀 가져오시오. 먹고 자야겠소. 그대들은 모두 안심하시구려. 절대 아무 일 없을 테니."

다음 날, 제천대성은 사오정과 함께 상서로운 구름을 타고 날아가 얼마 후에 죽절산 꼭대기에 도착했어요. 구름에서 내리고 보니 정말 높은 산이었어요.

봉우리들 우뚝우뚝 늘어서 있고
고개도 험준하구나.
깊은 계곡에서는

졸졸 물이 흐르고
깎아지른 벼랑 앞에는
향기로운 꽃들 수놓은 비단 같네.
첩첩이 에두른 산들
구불구불 돌아가는 옛길
참으로 학이 소나무에 찾아와 노닐고
구름이 흘러가니 돌은 의지할 데 없는 형상이구나.
검은 원숭이 열매 찾으러 양지바른 곳으로 가고
사슴은 꽃을 찾으며 따사로운 햇볕을 즐기네.
푸른 난새는 스륵스륵
꾀꼬리는 꾀꼴꾀꼴
봄이면 복숭아꽃, 살구꽃 아름다움을 다투고
여름이면 버드나무, 홰나무 무성함을 다투네.
가을이면 국화꽃 비단을 펼쳐놓은 듯
겨울 되니 흰 눈이 솜처럼 휘날리네.
계절마다 절기마다 아름다운 풍경은
영주 신선 세계의 풍경에 뒤지지 않는다네.

峰排突兀　嶺峻崎嶇

深澗下　潺湲水漱

陡崖前　錦繡花香

回巒重疊　古道灣環

眞是鶴來松有伴　果然雲去石無依

玄猿覓果向晴暉　麋鹿尋花懽日暖

靑鸞聲淅瀝　黃鳥語綿蠻

春來桃李爭妍　夏至柳槐競茂

秋到黃花佈錦　冬交白雪飛綿

　그들 둘이 산꼭대기에서 한참 경치를 감상하고 있는데, 문득 푸른 얼굴 요괴가 손에 짧은 방망이를 들고 곧바로 골짜기 사이에서 뛰어나왔어요. 손오공이 소리쳤어요.

　"게 섰거라! 이 손 어르신이 오셨다!"

　깜짝 놀란 졸개 요괴는 구르듯이 골짜기로 뛰어 내려갔어요. 둘이 곧장 뒤쫓았지만 종적이 보이질 않았어요. 다시 앞으로 몇 걸음 가 보니 동굴이 하나 있고, 두 짝의 얼룩무늬 돌문은 꼭 닫혀 있었지요. 문루 위에는 가로로 돌판이 박혀 있고, 해서체로 '만령죽절산 구곡환반동'이라고 크게 새겨져 있었어요. 알고 보니 그 졸개 요괴는 이 동굴 속으로 뛰어들어 간 것이었어요. 졸개 요괴는 즉시 동굴 문을 닫고 안으로 가서 구두사자에게 보고를 올렸어요.

　"나리, 밖에 또 중 둘이 찾아왔습니다."

　"너희 대왕과 노사, 설사, 박상사, 복리사도 왔더냐?"

　"아니요, 안 보이던데요? 두 중만 높은 산봉우리에서 두리번거리고 있었습니다. 제가 그들을 발견하고 바로 뒤돌아 뛰었는데, 그들이 뒤쫓아 오기에 문을 닫았습니다."

　구두사자는 이 말을 듣고 고개를 숙인 채 말이 없었어요. 한참 지나 구두사자는 갑자기 눈물을 흘리며 절규했어요.

　"아아! 내 손자 황사가 죽고, 노사와 다른 아이들도 모두 중들에게 붙들려 가다니! 이 원한을 어떻게 갚는단 말이냐?"

　저팔계는 옥화국 왕과 왕자들, 그리고 삼장법사와 같이 묶여 낭패한 몰골로 고생하고 있었어요. 그는 요괴의 여러 손자들이 성으로 잡혀갔다는 구두사자의 말을 듣고 좋아했어요.

"사부님, 무서워하지 마세요. 국왕 폐하, 걱정하지 마세요. 사형이 이미 승리를 거두어 요괴들을 붙잡았으니, 곧 이곳으로 찾아와 우리들을 구해줄 겁니다."

이 말이 끝나자 다시 구두사자의 목소리가 들렸어요.

"애들아, 여기를 잘 지키고 있어라. 내 나가서 그 두 중놈을 잡아와 한꺼번에 처단해야겠다."

여러분, 보세요. 그는 몸에는 갑옷도 걸치지 않고 손에는 무기도 들지 않은 채 성큼성큼 걸어갔어요. 그런데 그때 손오공이 고함치는 소리가 들렸어요. 구두사자는 바로 동굴 문을 활짝 열더니 다짜고짜 손오공에게 달려들었어요. 손오공은 여의봉을 휘두르며 정면에서 막았고, 사오정도 항요장을 휘두르며 공격했어요. 구두사자는 머리를 한 번 흔들더니 좌우 여덟 개의 입을 일제히 쫙 벌리더니 손오공과 사오정을 가볍게 물고 동굴 안으로 들어와 명을 내렸어요.

"밧줄을 가져오너라."

어젯밤에 도망쳐 온 조찬고괴와 고괴조찬, 푸른 얼굴 요괴가 즉시 두 개의 밧줄을 가져와 그 둘을 단단히 묶었어요. 구두사자가 말했어요.

"이 못된 원숭이 녀석! 내 일곱 손자를 잡아갔겠다. 내 오늘 너희 중놈 넷과 국왕 및 왕자들 넷을 붙잡아 왔으니, 내 손자들의 목숨값은 충분히 되겠구나. 애들아, 가시를 박은 버드나무 몽둥이를 골라 와서 이 원숭이놈의 머리를 한바탕 두들겨 내 황사 손자의 원수를 갚도록 해라."

세 졸개 요괴는 각자 버드나무 몽둥이를 잡고 손오공만을 두들겨 팼어요. 손오공은 본래 단련된 몸인지라 그까짓 버드나무 몽둥이쯤은 가려운 곳을 긁는 정도였으니, 어디 소리나 질렀겠어요? 그들이 아무리 두들겨 패도 전혀 개의치 않았지요. 하지만 저팔계와 삼장법사, 왕과 왕자들은 이 광경을 보고 모두 무서워 소름이 끼칠 정도였어요. 잠시 후 버드나무 몽둥이가 부러졌어요. 그렇게 날이 어두워질 때까지 때렸으니 얼마나 때렸는지 그 수를 헤아릴 수 없을 정도였지요. 사오정은 손오공이 그렇게 많이 두들겨 맞는 것을 차마 더 두고 볼 수 없어 이렇게 말했어요.

"내가 대신 백 대 정도 맞겠소."

구두사자가 말했어요.

"너무 조급해하지 마라. 내일은 네가 맞을 차례니까. 한 명씩 차례대로 때려주마."

저팔계가 다급해져서 중얼거렸어요.

"모레는 이 몸이 맞을 차례이겠군."

그렇게 한바탕 때리고 나니 날이 점점 어두워졌어요. 구두사자가 졸개들을 불렀어요.

"얘들아, 잠시 멈춰라. 등불을 켜고 너희들은 뭐를 좀 먹어라. 나는 금운와錦雲窩에 가서 잠을 좀 자야겠다. 너희 셋은 모두 전에 당해본 적이 있으니 조심해서 잘 지키도록 해라. 내일 다시 때리도록 하자."

세 졸개 요괴는 등불을 가져오더니 다시 버드나무 몽둥이를 들고 손오공의 머리통을 때렸어요. 마치 딱따기를 치듯이 똑똑딱딱 딱딱똑똑 몇 번은 빠르게 몇 번은 느리게 때렸지요. 밤이 깊어서야 모두 잠자러 갔어요.

손오공은 바로 둔신법遁身法을 써서 몸을 작게 해 밧줄에서 빠져나와, 털을 한 번 흔들고 옷깃을 단단히 여몄어요. 그리고 귓속에서 여의봉을 꺼내어 한 번 흔들어 물통만 한 굵기에 두 길 정도의 길이로 만들더니, 세 졸개 요괴를 보고 말했어요.

"이 못된 녀석들! 이 나리님을 그렇게 팼다만, 이 나리는 여전히 멀쩡하시다. 이 나리께서 이 몽둥이로 너희들을 슬쩍 쳐볼 테니 어떤지 봐라."

손오공이 세 졸개 요괴를 가볍게 한 번 치자 그들 셋은 빈대떡이 되어버렸어요. 그는 등불 심지를 돋우고 사오정을 풀어줬어요. 묶여 있던 저팔계는 조바심이 나서 참지 못하고 큰 소리로 불렀어요.

"형님, 묶여 있느라 손발이 모두 퉁퉁 부었는데, 어째서 나를 먼저 풀어주지 않는 거요?"

멍텅구리의 고함 소리에 구두사자가 놀라 깼어요. 구두사자는 구르듯이 일어나며 말했어요.

"누가 풀어준다는 게냐?"

손오공은 그 소리를 듣자 등불을 혹 불어 끄고, 사오정 등 일행을 돌아보지도 못한 채 여의봉으로 몇 겹의 문을 부수고 달아났어요. 구두사자가 대청으로 나와서 소리쳤어요.

"얘들아! 어째서 불을 꺼놓았느냐? 도망치는 놈이 있으면 어쩌려고!"

하지만 그 소리에 대답하는 자가 없었어요. 그가 다시 불렀지만 역시 아무 응답도 없었지요. 그가 등불을 가져와 살펴보니 땅바닥에서 피를 흘리고 있는 세 개의 고깃덩어리만 보일 뿐이었어요. 옥화국 왕과 왕자들, 그리고 삼장법사와 저팔계는 모두 있는데, 손오공과 사오정만은 보이지 않았어요.

등불을 켜고 이리저리 찾아보니 사오정은 복도에 등을 붙이고 서 있었어요. 그는 사오정을 붙잡아다가 내동댕이치더니 전처럼 묶어놓았어요. 다시 손오공을 찾아보니 몇 겹의 문이 모두 부서져 있는 것이었어요. 그제야 그는 손오공이 문을 부수고 달아난 것을 알았지요. 그도 더 추격하지 않고 부서진 문을 수리하고 집 안을 잘 지키도록 했는데, 그 이야기는 더 이상 하지 않겠어요.

한편, 제천대성은 구곡반환동을 나와서 상서로운 구름을 타고 곧장 옥화주로 돌아왔어요. 성 위에 있던 각 지역의 토지신과 서낭신들이 공중으로 나와 영접했어요. 손오공이 꾸짖었어요.

"너희들은 어째서 오늘 밤에야 나타난 것이냐?"

서낭신이 대답했어요.

"저희들은 제천대성께서 옥화주에 왕림하셨다는 것을 알았지만, 어진 왕이 극진히 모시고 있었기 때문에 감히 찾아뵙지 못하고 있었습니다. 지금 국왕 등이 요괴를 만났는데 제천대성께서 요괴를 물리치신 것을 알고, 이렇게 찾아와 절하여 영접하는 것입니다."

손오공이 그렇게 화내며 꾸짖고 있는데, 금두게체金頭揭諦와 육정육갑六丁六甲이 토지신 하나를 끌고 와서 손오공 앞에 무릎을 꿇고 말했어요.

"제천대성님, 저희들이 이 토지신을 붙잡아 왔습니다."

"너희들은 죽절산에서 우리 사부님을 보호하지 않고 어째서 여기까지 와서 떠드는 거냐?"

손오공이 묻자 육정육갑이 대답했어요.

"제천대성님, 요괴는 제천대성께서 도망치시고 난 후에 권렴대장을 다시 붙잡아 전처럼 묶어놓았습니다. 저희들은 요괴의 법력이 대단한 것을 보고 죽절산 토지신을 여기로 압송해 왔습니다. 그가 요괴의 근원을 알고 있으니, 제천대성께서 한번 물어보십시오. 성승과 어진 왕의 고통을 구할 방법이 있을 겁니다."

손오공은 이 말을 듣고 매우 기뻐했어요. 토지신은 벌벌 떨면서 고개를 조아리며 대답했어요.

"그 요괴는 재작년에 죽절산에 내려왔습니다. 구곡반환동은 원래 여섯 마리 사자의 소굴이었지요. 그 여섯 사자는 요괴가 이곳에 온 후로 그를 할아버지로 모셨습니다. 그 할아버지라는 자가 바로 구두사자로 호는 구령원성입니다. 그를 물리치려 한다면 반드시 동극묘암궁東極妙嚴宮으로 가서 그의 주인을 모셔 와야 합니다. 그래야 그를 항복시킬 수 있습니다. 다른 사람은 데려올 생각도 마십시오."

손오공은 그 말을 듣고 한동안 기억을 더듬으며 혼잣말로 중얼거렸어요.

"동극묘암궁이라면 태을구고천존太乙救苦天尊이구나. 그가 타던 것이 바로 구두사자였지. 그렇다면……."

손오공이 명을 내렸어요.

"금두게체와 육정육갑은 토지신과 같이 돌아가 사부님과 동생들, 옥화국 왕과 왕자들을 은밀히 보호하고 있어라. 이곳의 서낭신은 성을 지키고 있고."

신들은 각각 명에 따라 물러갔어요.

제천대성은 근두운을 타고 밤새 달려 새벽 네 시경에 동천문東天門에 도착했어요. 마침 행렬을 갖춰 길을 가고 있던 광목천왕廣目天王과 하늘 병사, 역사力士 일행과 마주쳤어요. 그들은 멈춰 서서 손을 모아 인사를 하며 맞이했어요.

"제천대성님, 어디 가십니까?"

손오공이 그들에게 인사를 하고 나서 대답했어요.

"묘암궁에 가는 길이오."

광목천왕이 물었어요.

"서천으로 가지 않고 동천에는 무엇 하러 가십니까?"

"옥화주에 도착해서 그곳 왕의 환대를 받았고, 세 왕자도 우리 형제들을 스승으로 모시며 무예를 익히고 있었소. 그런데 뜻밖에도 사자 요괴 무리를 만나게 되었다오. 지금 그 요괴의 주인인 묘암궁 태을구고천존을 찾아가 요괴를 항복시키고 사부님을 구하러 가자고 청할까 하오."

"당신이 남의 스승 노릇을 하려고 하는 바람에, 이 사자 무리가 나오게 만들었군요."

손오공이 웃으며 대답했어요.

"맞아요. 정말 그렇소."

여러 하늘 병사, 역사들은 모두 손을 모아 인사하고 길을 내주었어요. 제천대성이 동천문으로 들어간 지 얼마 되지 않아 묘암궁에 도착했어요.

오색구름 층층이 드리워 있고
자주색 기운 자욱하네.
기와는 불꽃 같은 금빛 물결 일렁이는 듯하고
문에는 위엄 있는 옥 짐승 배치되어 있네.
꽃이 두 궁궐에 가득하고 붉은 노을 감싸며
태양은 고목 늘어선 숲을 비추고 비췻빛 이슬 맺혀 있네.
과연 수많은 진인眞人들 손을 모은 채 둘러서 있고
수많은 성인들 가득하구나.
궁궐과 누각 층층이 아름답고
창과 처마는 곳곳으로 이어져 있네.
푸른 용이 똬리 틀고 지키니 상서로운 빛 자욱하고
태양이 밝게 비치니 상서로운 기운 짙구나.

이곳이 바로 청화장락계인
동극묘암궁이라네.

彩雲重疊　紫氣籠葱
瓦漾金波皎　門排玉獸崇
花盈雙闕紅霞遶　日映翀林翠露籠
果然是萬眞環拱　千聖興隆
殿閣層層錦　膅軒處處通
蒼龍盤護祥光藹　黃道光輝瑞氣濃
這的是靑華長樂界　東極妙嚴宮

　궁궐 문 안에는 오색 깃털 배자를 입은 신선 동자들이 서 있다가 제천대성을 발견하고 즉시 궁궐로 들어가 보고했어요.
　"나리, 밖에 하늘궁전을 시끄럽게 했던 제천대성이 찾아왔습니다."
　태을구고천존은 그 말을 듣고 즉시 시중들던 신선들에게 그를 궁궐 안으로 영접하도록 했어요. 천존은 아홉 가지 색깔의 연화대蓮花臺 위, 온갖 상서로운 빛 속에 높이 앉아 있었어요. 그는 손오공을 보더니 자리에서 내려와 맞이했어요. 손오공이 나아가 예를 올리자, 천존이 답례하고 말했어요.
　"제천대성, 요 몇 년 보지 못했구려. 전에 들으니 도교를 버리고 불교에 귀의하여 당나라 스님을 보호하여 서천으로 경전을 가지러 간다고 하던데, 공을 다 이루었나 봅니다."
　"아직은 아니지만 거의 다 이루어갑니다. 그런데 지금 삼장법사를 보호하여 옥화주에 이르니 세 왕자가 이 몸과 형제들을 스승으로 모시고 무예를 익히고자 했습니다. 그래서 우리들의 세 가지 무기 모양에 본떠 무기를 만들려고 하는 참에 뜻밖에도 밤중에 도둑이 훔쳐 가버렸습니다. 날이 밝아 찾아보니 성 북쪽 표두산 호구동에서 요괴 노릇하는 황금 털 사자가 훔쳐 간 것이었지요. 이 몸이 계책을 써서 되찾아오자, 요괴는 바로 사자 요괴 몇을 데려와 이 몸과 크게 싸웠습니다. 그 요괴 가운데 구두사자가 있었는데, 신통력이 대단하여 저희 사부님과 저팔계, 옥화국 왕과 왕자들을 모두 죽절산 구곡반환동으로 물어 가버렸지요. 다음날 이 몸이 사오정과 함께 찾아갔다가 역시 그놈에게 물려가 묶여서 무수히 매를 맞았는데, 다행히 술법을 써서 빠져나왔습니다. 우리 일행은 아직도 그곳에서 고초를 겪고 있습니다. 그곳 토지신에게 물어보니 천존께서 그의 주인이라고 하는지라, 이렇게 찾아와 그를 물리쳐 주십사고 부탁드리는 것입니다."

천존은 그 말을 듣더니 즉시 신선 장수로 하여금 사자 우리로 가서 사자 지기를 불러와 추궁해보도록 했어요. 사자 지기는 단잠에 빠져 신선 장수들이 흔들어댄 후에야 깨어났어요. 사자 지기는 대청으로 붙들려 와 천존을 알현했어요. 천존이 물었지요.

"사자는 어디 있느냐?"

사자 지기는 눈물을 흘리면서 머리를 땅에다 박으며 애원했어요.

"살려주십시오. 살려주십시오."

"제천대성도 여기 계시고 하니, 때리지는 않으마. 어찌하여 임무를 소홀히 해서 구두사자를 달아나게 했느냐? 어서 말해보아라."

"나리, 제가 그저께 대천감로전大千甘露殿에서 우연히 술병을 하나 발견하고 무심코 훔쳐 먹었습니다. 그리고 저도 모르는 사이에 술에 만취해 잠이 들어 자물쇠를 채우지 못했습니다. 그래서 그 사자가 달아나게 된 것입니다."

"그 술은 태상노군이 보내준 것으로 '윤회경액輪廻瓊液'이라는 술이다. 네가 먹었으니 사흘 동안은 취해서 깨어나지 못했겠구나. 그 사자가 달아난 지 지금 며칠이나 되었느냐?"

제천대성이 대답했어요.

"토지신의 말에 따르면, 그가 재작년에 내려왔다고 하니, 올해로 이삼 년 정도 된 셈입니다."

천존이 웃으며 말했어요.

"그래, 그렇지요. 하늘궁전의 하루가 인간 세상에서는 일 년이지요."

그는 사자 지기를 불러 말했어요.

"일어나라. 너의 죽을죄는 용서해줄 테니 나를 따라 제천대성과 함께 아래 세상으로 가서 그놈을 데려오도록 하자. 나머지 신선들은 따라올 필요 없으니, 모두 돌아가라."

마침내 천존과 제천대성, 사자 지기는 구름을 타고 곧장 죽절산에 도착했어요. 오방게체, 육정육갑, 죽절산 토지신들이 모두 와서 무릎 꿇고 영접했어요. 손오공이 물었어요.

"너희들이 보호하고 있을 때 요괴가 우리 사부님을 해치지는 않았느냐?"

여러 신들이 대답했어요.

"요괴는 화를 내다가 잠이 들었고 아직 무슨 형벌을 가하지는 않았습니다."

천존이 말했어요.

"나의 저 구령원성도 오랫동안 수련하여 도를 깨달은 진짜 정

태을구고천존이 찾아와 사자 요괴를 굴복시켜 거둬들이다

령이라오. 그놈이 한번 고함을 치면 위로는 세 성인[2]에, 아래로는 구천九泉까지 통한답니다. 하지만 함부로 살아 있는 생명을 해치지는 않지요. 제천대성, 당신이 문 앞으로 가서 싸움을 걸어 그놈을 끌어내시오. 그러면 내가 그놈을 굴복시키겠소."

손오공은 이 말을 듣고 여의봉을 들고 동굴 입구로 뛰어가 큰소리로 욕을 퍼부었어요.

"못된 요괴야! 우리 일행을 돌려보내라! 못된 요괴야! 우리 일행을 돌려보내라!"

손오공이 연달아 수차례 소리쳤지만, 요괴는 잠이 들었는지라 대답하지 않았어요. 손오공은 조급해졌어요. 그는 입으로는 쉬지 않고 욕을 퍼붓고 여의봉을 휘두르며 안으로 공격해 들어갔어요. 구두사자는 그제야 놀라 깨었어요. 그는 몹시 화가 나 자리에서 일어나 고함을 쳤어요.

"오냐, 싸워보자!"

그는 머리를 흔들며 입을 벌리고 물으려고 했어요. 손오공은 머리를 돌려 뛰어나왔지요. 요괴는 바깥까지 쫓아오며 욕을 했어요.

"원숭이 녀석! 어딜 도망가느냐!"

손오공은 높은 벼랑 위에 서서 웃으며 말했어요.

"네가 죽을지 살지도 모르면서 아직도 그렇게 대담하고 무례하게 구는구나! 여기 네 주인 나리가 계시지 않느냐?"

요괴가 벼랑 앞까지 쫓아오자, 어느새 천존이 주문을 외며 소리쳤어요.

---

2 다양한 설이 있다. 복희伏羲, 문왕文王, 공자孔子를 말하기도 하며, 요堯, 순舜, 우禹를 가리키는 경우도 있다. 공자, 석가釋迦, 노자老子를 꼽는 이도 있으며 노자, 공자, 안회顔回를 꼽는 이도 있다.

"이놈아! 내가 왔다!"

요괴는 주인을 알아보고 감히 날뛰지 못하고, 땅바닥에 납작 엎드린 채 그저 머리만 조아리고 있었어요. 옆에서 사자 지기가 뛰어오더니 갈기를 움켜잡고 주먹으로 목을 백여 대는 족히 때리며 욕을 퍼부었어요.

"이 못된 짐승! 어째서 몰래 달아나 나를 고생시키느냐!"

사자는 감히 움직이지도 못하고 입을 다문 채 아무 말도 못 했어요. 사자 지기는 손이 아프도록 때리고 나서야 멈추었어요. 그가 비단 말다래[3]를 사자 등에 올려놓자 천존이 올라타고 "가자!" 하고 소리쳤어요. 그는 몸을 솟구쳐 오색구름을 타고 곧장 묘암궁으로 돌아갔어요.

제천대성은 공중을 향해 감사 인사를 했어요. 그는 즉시 동굴로 들어가 먼저 옥화국 왕을 풀어주고 다음으로 삼장법사, 저팔계, 사오정, 세 왕자를 차례대로 풀어주었어요. 그들은 다 같이 동굴의 물건들을 수습한 후 느긋하게 일행을 이끌고 문밖으로 나왔어요. 저팔계는 마른 땔나무를 가져다가 앞뒤에 쌓고 불을 놓아 구곡반환동을 태워, 검게 그을리고 무너진 가마처럼 만들어버렸어요. 제천대성도 신들을 돌려보내고 토지신에게 다시 이곳을 지키도록 했지요.

손오공은 저팔계, 사오정에게 각자 술법을 써서 옥화국 왕과 왕자들을 등에 태워 옥화주로 돌아가도록 했어요. 그리고 자신은 삼장법사를 부축하여 얼마 지나지 않아 성에 도착했어요. 날은 어느새 어두워져 있었지만 왕비와 비빈들, 관리들이 모두 와서 영접했어요. 잔치 자리를 마련하여 모두 앉아서 먹었지요.

삼장법사 일행은 전처럼 폭사정에서 쉬었고, 왕자들은 궁궐로,

3 말의 배 양쪽에 달아 늘어뜨려 진흙이 튀는 것을 막는 마구馬具이다.

들어가 각자 잠자리에 들었어요. 그날 밤은 별다른 일 없이 지나 갔어요.

다음 날 왕이 명을 내려 소식素食을 차린 연회를 성대히 열었어요. 모든 관청의 크고 작은 벼슬아치들이 일일이 은혜에 감사했어요. 손오공은 백정을 불러와서 살아 있는 여섯 마리 사자를 잡아 죽이고, 누런 사자도 함께 가죽을 벗겨 고기는 가져와 음식 만드는 데에 쓰라고 말했어요. 국왕은 매우 기뻐하며 즉시 명을 내려 사자를 잡도록 했지요.

한 마리는 궁궐 안팎의 사람들에게 남겨 쓰도록 하고, 한 마리는 왕부王府의 장사長史 등 관리들에게 주어 나눠 쓰도록 했어요. 나머지 다섯 마리는 모두 한두 냥 정도의 덩어리로 썰어서, 교위校尉로 하여금 성 안팎의 병사와 백성들에게 나눠 주어 먹도록 했어요. 맛도 보게 하고 놀란 마음을 진정시키려는 의도였지요. 그 고을에 사는 사람들치고 삼장법사 일행을 우러러보지 않는 이가 없었어요.

한편 대장장이들이 세 가지 무기를 만들어 가지고 와서 손오공에게 큰절을 하며 말했어요.

"나리, 저희들 일이 모두 끝났습니다."

"무게가 각각 몇 근씩이냐?"

"여의봉은 천 근이고 아홉 날 쇠스랑과 항요장은 각각 팔백 근입니다."

"그래, 됐다."

손오공은 세 왕자를 나오라 하여 각자 무기를 잡도록 했어요. 세 왕자가 왕에게 말했어요.

"아바마마, 오늘 무기가 완성되었습니다."

"그 무기 때문에 우리 부자가 목숨을 잃을 뻔했다."

"다행히 사부님께서 술법을 써서 저희들을 구해주시고 요괴를 소탕하여 후환을 없애주셨습니다. 정말 바다도 강도 잔잔한 태평한 세상이 되었다고 할 수 있지요."

옥화국 왕, 그리고 왕자들은 대장장이들의 수고에 상을 내리고 다시 폭사정으로 가서 스승의 은혜에 감사했어요. 삼장법사는 제천대성 등에게 여정을 그르치지 않도록 빨리 다시 무예를 전수해주라고 했어요. 그들 삼 형제는 각자 무기를 들고 왕부의 뜰에서 하나하나 무예를 전수해주었어요.

며칠 안 되어 세 왕자들은 모두 무기를 능숙하게 다룰 수 있게 됐어요. 그밖에 각각 일흔두 가지의 치고 빠지는 공격법과 빠르고 느리게 공격하는 수법도 모두 다 알게 됐지요. 왕자들의 결심도 대단했고, 제천대성이 먼저 신통한 힘을 전수해주었기 때문에, 천 근이나 되는 여의봉과 팔백 근이나 되는 쇠스랑, 항요장을 모두 능숙하게 들고 휘두를 수 있었던 것이지요. 처음과 비교해볼 때 그들의 무예는 정말 하늘과 땅 차이였어요. 이를 증명하는 시가 있지요.

경사스런 좋은 인연으로 훌륭한 스승을 만나
무예를 익히매 사자 요괴 자극할 줄 어찌 알았으랴?
요괴 무리 소탕하여 사직을 편안케 하였고
한 몸으로 귀의하여 변방 오랑캐를 안정시켰네.
구령원성의 운수는 원양의 이치에 부합하여
모든 것에 정통하니 도가 이루어지네.
신령한 힘 전수하여 마음 밝히니 그 업적 영원히 전해져
옥화성은 영원히 즐겁고 태평스런 세월을 누리리라.

緣因善慶遇神師　　習武何期動怪獅
掃蕩群邪安社稷　　皈依一體定邊夷
九靈數合元陽理　　四面精通道果之
授受心明遺萬古　　玉華永樂太平時

　　왕자들은 다시 성대한 잔치를 베풀어 스승의 가르침에 감사했어요. 그리고 다시 큰 쟁반 가득 금은을 가져와 작은 성의나마 보답코자 하니, 손오공이 웃으며 사양했어요.

　　"빨리 도로 가져가시게! 가져가! 우리는 출가한 몸들인데 그것들을 어디다 쓰겠는가?"

　　저팔계가 옆에 있다가 말했어요.

　　"금은이라면 정말로 받지 못하겠네. 그런데 그 사자 요괴가 내 옷을 찢어버렸으니, 이 옷이나 바꿔준다면 끔찍이도 고마운 일이지."

　　왕자들은 즉시 재봉사에게 명하여 푸른 비단, 붉은 비단, 다갈색 비단 각각 여러 필을 가져다가 원래의 색깔과 모양대로 세 명에게 옷을 한 벌씩 지어 주었어요. 삼 형제는 기쁘게 받아 비단 승복을 입고 짐을 정리하여 길을 떠났어요.

　　성 안팎의 백성들은 어른 아이를 막론하고 나한이 인간 세상에 내려오셨다느니, 살아 있는 부처님이 내려오셨다느니 하면서 칭찬하지 않는 이가 없었어요. 음악 소리와 휘날리는 색색의 깃발들이 온 거리를 가득 메웠고, 집집마다 문밖에 향을 살랐으며, 문 앞마다 오색등을 내걸었어요. 그들은 멀리까지 전송하고 나서야 돌아갔어요. 삼장법사 일행은 그제야 성을 떠나 서쪽으로 갈 수가 있었지요.

　　이번에 가면서는 세속의 모든 생각들은 완전히 털어버리고 정

과를 이룰 생각에만 몰두했어요. 바로,

　　근심 걱정 없네! 부처님 세계에 왔으니
　　정성스런 마음과 뜻으로 뇌음사로 향하네.

　　　　　　　　　　無慮無憂來佛界　　誠心誠意上雷音

라는 것이었지요.

　결국 영취산까지 얼마나 남았고 언제나 여정이 끝나게 되는지
알 수 없으니, 이에 대해서는 다음 회를 들어보시라.

부록

현장법사의 서역 여행도

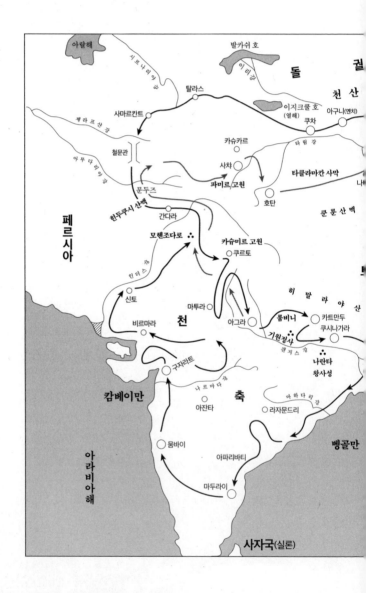

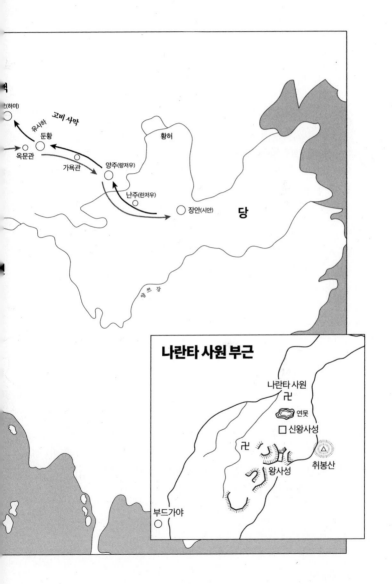

『서유기』 9권 등장인물

손오공

동승신주東勝神洲 오래국傲來國 화과산花果山의 돌에서 태어나 수보리 조사須菩提祖師에게 도술을 배워 일흔두 가지 변신술을 익힌다. 반도 대회를 망치고 도망쳐 화과산의 원숭이 무리를 이끌고 스스로 '제천 대성齊天大聖'이라 칭하며 옥황상제에게 도전했다가, 석가여래에게 붙잡혀 오백 년 동안 오행산 아래 눌려 쇠구슬과 구리 녹인 쇳물로 허기를 때우며 벌을 받는다. 관음보살의 안배로 서천으로 불경을 가지러 가는 삼장법사의 제자가 되어 신통력과 기지로 온갖 요괴들을 물리친다.

삼장법사

장원급제한 수재 진악陳萼의 아들이자 승상 은개산殷開山의 외손자이다. 아버지는 부임지로 가던 도중 홍강洪江의 도적들에게 피살되고, 임신 중이던 어머니는 강제로 도적의 아내가 된다. 죽은 아버지의 직위를 사칭하던 유홍劉洪의 음모를 피해, 어머니는 그를 강물에 띄워 보낸다. 요행히 금산사金山寺의 법명화상法明和尚이 그를 구해 현장玄奬이라는 법명을 주었다. 그는 이후 불가의 수양에 뜻을 두고 수행하다가 관음보살의 배려로 불경을 찾아 서천으로 떠나도록 선발된다. 당태종은 그에게 삼장三藏이라는 법명을 준다.

저팔계

본래 하늘의 천봉원수天蓬元帥였으나 반도대회에서 항아를 희롱한 죄로 인간 세상으로 내쫓긴다. 어미의 태를 잘못 들어가 돼지의 모습으로 태어났으나, 서른여섯 가지 술법을 부리며 요괴가 되어 악행을 일삼다가 관음보살에게 감화되어 삼장법사의 제자로 안배된다. 이후, 오사장국烏斯藏國 고로장高老莊에서 데릴사위로 있었는데, 손오공을 만나 싸우다가 복룡산福陵山 운잔동雲棧洞으로 도망친다. 하지만 곧 굴복하여 삼장법사의 제자가 된다. 아홉 날 쇠스랑[九齒鈀]을 무기로 쓴다.

사오정

본래 하늘의 권렴대장군捲簾大將軍이었으나, 반도대회에서 실수로 옥파리玉滻璃를 깨뜨리는 바람에 아래 세상으로 내쫓긴다. 유사하流沙河에서 요괴 노릇을 하며 지내다가 관음보살에 의해 삼장법사의 제자로 안배된다. 훗날 유사하를 건너려던 삼장법사 일행을 몰라보고 손오공, 저팔계와 싸우지만, 관음보살이 자신의 큰제자인 목차木叉 혜안惠岸을 보내 오해를 풀어주어서, 결국 삼장법사의 셋째 제자가 된다. 무기로는 항요장降妖杖을 쓴다.

금빛 코 흰털 쥐 정령

반절관음半截觀音 또는 지용부인地湧夫人이라고도 한다. 함공산陷空山 무저동無底洞에 살고 있는 요괴로, 본래 탁탑천왕의 양녀였다. 흑송黑松 숲에서 길 잃은 여자로 변신해 있던 그를 삼장법사가 구한다. 진해선림사鎭海禪林寺에서 승려들을 잡아먹고 삼장법사를 납치한 후, 삼장법사의 원양元陽을 빼앗기 위해 그를 유혹하여 결혼하려 한다. 손오공은 복숭아로 변신해 요괴의 배 속에 들어가 굴복시키지만, 요괴는 손오공이 동정을 베푸는 사이에 다시 삼장법사를 납치하여 도망친다. 손오공이 탁탑천왕을 찾아가 따지자 탁탑천왕은 곧 나타태자와 함께 나서서 요괴를 잡는다.

남산대왕

본래 회갈색 털의 고리 무늬가 있는 표범[艾葉花皮豹子]의 정령으로 무은산隱霧山 절악折岳 연환동連環洞에 살며 요괴 노릇을 한다. 쇠몽둥이[鐵杵]를 무기로 쓴다. 분판매화계分瓣梅花計를 써서 삼장법사를 잡아놓고, 손오공 일행이 삼장법사를 찾으러 오자 벌써 잡아먹어버렸다고 거짓말로 둘러댄다. 그러나 손오공이 변신술로 동굴에 잠입해 삼장법사를 구출한 후, 저팔계가 쇠스랑에 맞아 죽는다.

봉선군수

천축국天竺國 변방의 작은 고을을 다스리는 관리이다. 옥황상제께 죄를 지어 온 나라가 몇 해 동안 가뭄에 시달린다. 손오공은 가뭄이 들게 된 사연을 밝혀내어 군수를 참회하게 하고, 자비를 베풀어 옥황상제가 설치한 세 가지 안배(쌀 산, 밀가루 산, 황금 자물쇠)를 깨뜨리고 봉선군에 비를 내려준다.

멸법국 왕

까닭 없이 불교를 억압하며 만 명의 승려를 죽이겠다고 맹세하여 구천구백아흔여섯 명의 승려를 죽였다. 삼장법사 일행은 서천으로 가는 길에 멸법국을 지나다가 만 명을 채우게 되는 위험에 처하지만, 손오공이 국왕과 궁전의 비빈, 궁녀, 환관을 비롯하여 모든 문무 대신들의 머리를 깎아버린다. 국왕은 비로소 잘못을 뉘우치고 삼장법사의 제자가 되며, 나라 이름도 흠법국欽法國으로 바꾼다.

황사 요괴

천축국 옥화현玉華縣의 표두산豹頭山 호구동虎口洞에 사는 요괴로, 자루가 길고 날이 날카로운 사명산四明鏟이라는 자귀를 무기로 쓴다. 그는 손오공 삼 형제의 무기를 훔쳐 잔치를 열려고 하지만, 손오공 일행이 계책을 세워 무기를 되찾고 동굴을 불태워버린다. 쫓겨난 황사 요괴는 자신이 할아버지로 모시는 구령원성九靈元聖에게 도움을 청한다.

구령원성

죽절산竹節山 구곡반환동九曲盤桓洞에 사는 요괴로, 머리가 아홉 개 달린 사자이다. 황사 요괴의 구원 요청을 받고 옥화현을 공격하여 삼장법사 일행과 국왕을 사로잡는다. 술법을 써서 도망간 손오공은 동극묘암궁東極妙巖宮에 있는 태을구고천존太乙救苦天尊을 찾아가 따지고, 그로 하여금 요괴를 거둬들이게 한다.

불교·도교 용어 풀이

【ㄱ】

구전대환단九轉大還丹

도가에서 말하는 신선의 단약. '구전九轉'은 아홉 번 달였다는
뜻이다. 도가에서는 단약을 달이는 횟수가 많고 시간이 오래
될수록 복용한 후에 더 빨리 신선이 될 수 있다고 생각했다.
"아홉 번 달인 단약은 복용한 후 사흘 안에 신선이 될 수 있다"
는 말이 『포박자抱朴子』「금단金丹」에 보인다.

금련金蓮

원래는 '지용보살地湧菩薩'이라고 한다. 『법화경法華經』「용출품
湧出品」에 의하면, 석가여래가 「적문迹門」—『법화경』은 「적문」
과 「본문本門」으로 나뉜다 ― 을 강의한 후 「본문」을 강의하려
하자, 석가여래의 교화를 입은 무량대보살無量大菩薩이 땅 밑에
서 솟아올라 허공에 머물렀다고 한다. 부처와 보살은 모두 연
꽃 자리에 앉아 있으므로 '지용금련地湧金蓮'이라 칭하기도 한
다. 여기에선 수보리조사가 위대한 도의 오묘함을 강론했음을
비유한 것이다.

급고독장자給孤獨長者

중인도中印度 교살라국橋薩羅國 사위성舍衛城의 부유한 상인 수
달다須達多의 별칭이다. 그는 자비와 선을 베풀기를 좋아해서
종종 외롭고 쓸쓸한 이들에게 먹을 것을 베풀어주었기 때문에
이런 별칭을 얻었다. 그는 왕사성王舍城에서 석가여래의 설법
을 듣고 크게 감동하여 석가여래를 자기 나라로 초청했다. 그

리고 태자 기다祇多의 정원을 사서 기원정사祇園精舍를 세워 석
가여래에게 바치며 설법하는 장소로 쓰게 해주었다.

기원祇園

기원祇園, 즉 지원정사祇園精舍를 가리키는 듯하다. 인도의 불
교 성지 중 하나이다. 코살라Kosala국 급고독장자給孤獨長者가
큰돈을 주고 파사닉왕태자波斯匿王太子 제타(Jeta, 祇陀)의 사위
성舍衛城 남쪽의 화원花園인 기원을 사들여 정사精舍를 건축하
여 석가가 사위국舍衛國에 머물며 설법하는 장소로 삼았다. 제
타 태자는 화원을 팔았을 뿐만 아니라 화원에 있던 나무를 석
가에게 바치고 두 사람의 이름을 따 이 정사를 기수급독고원祇
樹給獨孤園이라고 불렀다. 기원은 약칭이다. 왕사성王舍城의 죽
림정사竹林精舍와 함께 불교 최고最古의 두 정사로 알려져 있다.
당나라 현장법사가 인도를 찾았을 때 이 정사는 이미 붕괴되
어 있었다.

【ㄴ】

"너는 열 가지 악한 죄를 범하였다."(제1권 5회 171쪽)

불교에서는 사람이 몸, 입, 생각으로 범하는 10가지 죄악으로
살생, 절도[偸盜], 음란[邪淫], 망령된 말[妄語], 일구이언[兩舌],
욕설[惡口], 거짓으로 꾸민 말[綺語], 탐욕, 격노[瞋迷], 사악한
생각[邪見]을 들고 있다. 십악대죄十惡大罪라고 하면 모반謀反,
모대역謀大逆, 모반謀叛, 악역惡逆, 부도不道, 대불경大不敬, 불효不
孝, 불목不睦, 불의不義, 내란內亂을 가리킨다.

네 천제[四帝]

도교에서 떠받드는 네 명의 천신으로 사제四帝 또는 사어四御
라고 불린다. 호천금궐지존옥황대제昊天金闕至尊玉皇大帝, 중천
자미북극대제中天紫微北極大帝, 구진상천천황대제勾陳上天天皇大
帝, 승천효법토황제지承天效法土皇帝祇를 가리킨다.

녹야원鹿野苑

석가모니가 도를 깨달은 후 처음으로 법륜法輪을 전하고 사체법四諦法을 이야기하였다는 곳으로 전해진다.

【ㄷ】

"다시 오천사백 년이 지나서 해회가 끝날 무렵에는 정貞의 덕이 하강하고 원元의 덕이 일어나면서 자회子會에 가까워지고……"(제1권 1회 27쪽)

여기서는 송나라 때의 소옹(1011~1077, 자字는 요부堯夫, 시호諡號는 강절선생康節先生)이 쓴 『황극경세皇極經世』에 들어 있는 천지의 개벽과 순환에 관한 설명을 빌려 쓰고 있다. 『주역』「건괘乾卦」의 괘를 풀어놓은 글에 '원형이정元亨利貞'이라는 표현이 들어 있는데, 흔히 이것을 건괘의 '네 가지 덕성[四德]'이라고 부르며, 그 하나하나가 네 계절과 짝을 이룬다고 설명하곤 한다. 그런 속설에 입각하면 "정의 덕이 하강하고 원의 덕이 일어난다"는 것은 겨울이 가고 봄이 오기 시작한다는 뜻이된다.

대단大丹

도가 용어로 오랜 기간의 수련과 고행을 통해 얻어지는 내단內丹을 가리킨다.

대라천

도교에서 말하는 서른여섯 층의 하늘 중 가장 높은 곳에 위치한 하늘.

대승교법大乘敎法

1세기 무렵에 형성된 불교의 교파로서, 대자대비한 마음으로 중생을 두루 제도하여 불국정토佛國淨土를 건립하는 것을 최고의 목표로 삼으면서, 개인적 자아 해탈을 추구하던 원시불교와 다른 교파를 '소승'이라고 비판했다. 대승불교에서는 삼세시방三世十方에 무수한 부처가 있다고 여기는 데 비해, 소승불교에서는 석가모니만을 섬긴다.

대천大千

'대천세계大千世界', '삼천대천세계三千大千世界'를 줄인 말로 석가모니의 교화가 미친 지역을 가리킨다. 불교에서는 수미산을 중심으로 하여 사대부주四大部洲의 일월이 비추는 곳을 합쳐서 하나의 소세계小世界로, 천 개의 소세계를 소천세계小千世界로, 천 개의 소천세계를 중천세계中千世界로, 천 개의 중천세계를 대천세계로 생각한다.

도솔천궁兜率天宮

도교 전설에서는 태상노군이 거주하는 곳이다. 불교에도 도솔천이 있는데, 욕계慾界의 육천六天 가운데 네 번째 하늘이다. 욕계의 정토로 미륵보살이 사는 곳이다.

동승신주東勝神洲 · 서우하주西牛賀洲 · 남섬부주南贍部洲 · 북구로주北俱蘆洲

여기에 언급된 4개 대륙은 불경에서 말하는, 수미산을 사방으로 둘러싼 염해海에 떠 있는 4개의 큰 대륙을 가리킨다. 다만 여기서는 그 명칭을 약간 바꾸어 사용하고 있다. '동승신주'는 원래 '동승신주東勝身洲'라고 되어 있는데, 이것은 반달 모양의 그 지역에 사는 사람들이 신체와 용모가 빼어나고 각종 질병을 앓지 않는다는 뜻이었다. 그리고 '서우하주'는 본래 '서우화주西牛貨洲'라고 되어 있는데, 이것은 보름달 모양의 그 지역에서는 소를 화폐로 사용했기 때문에 붙여진 명칭이라고 한다. 또 '남섬부주'의 명칭은 '염부閻浮'라는 나무의 이름을 뜻하는 '섬부贍部'라는 표현을 이용해서 만든 것인데, 수레의 윗부분에 얹은 상자처럼 생긴 이 대륙에 염부나무가 많이 자라기 때문에 붙여진 것이다. 마지막으로 '북구로주'는 '북구로주北拘盧洲'라고 쓰기도 하는데, 정사각형의 그릇 덮개 모양으로 생긴 이 땅에 사는 사람들은 천 년 동안 장수를 누리고, 다른 지역보다 평등하고 안락한 생활을 한다고 했다.

【ㅁ】

만겁의 세월

고대 인도에서는 세계가 일정한 시간이 지나면 멸망했다가 다시 시작된다고 믿었는데, 그 한 번의 주기를 하나의 '칼파kalpa'라고 불렀다. '겁'은 칼파를 음역한 것이다. 80차례의 작은 겁이 모이면 하나의 큰 겁이 되는데, 하나의 큰 겁에는 '성成', '주住', '괴壞', '공空'의 네 단계가 들어 있어서, 이것을 '사겁四劫'이라 부른다. '괴겁'의 때에 이르면 물과 불과 바람의 세 가지 재앙이 나타나 세상은 훼멸의 단계로 들어가기 시작한다고 하는데, 이 때문에 후세에는 '겁'을 '풀기 어려운 재난'의 뜻으로 사용하기도 했다.

"모든 것이 결국은 정과 기와 신이니⋯⋯."(제1권 2회 72쪽)

정신력과 체력[精], 원기[氣], 정력[神]을 가리킨다. 도교에서는 이 세 가지를 조화롭게 키우고 수양하면 신선이 될 수 있다고 생각했다. 이는 주로 『황정경』의 주장을 인용한 것이다.

"무상문의 진정한 법주이시니⋯⋯."(제1권 7회 224쪽)

무상문은 여기서 불문佛門을 범칭하는 것으로 쓰였다. 불교의 삼론종三論宗이 '모든 법이 모두 공'이란 사상을 종지로 삼기 때문에 무상종無相宗이라고 불린다. 법주法主는 불경에서 석가모니에 대한 칭호로 쓰인다. 설법주說法主라고 쓰기도 하며 교의를 선양하는 스승이란 의미를 갖는다.

문수보살文殊菩薩

대승불교의 보살 가운데 하나로, 지혜를 상징한다. 특히 보현보살과 함께 석가모니를 좌우에서 모시고 있는데, 일반적으로 석가모니의 왼쪽에서 머리에 큰 태양과 다섯 지혜를 상징하는 상투를 틀고, 손에는 칼을 쥔 채 푸른 사자를 탄 모습으로 묘사된다.

반야般若

> 범어 '푸라쥬냐Prájuuñā'를 음역한 것으로 '포어루어[波若]'라
> 고도 하며 '지혜'라는 뜻이다. 즉, '모든 사물을 여실히 이해하
> 는 지혜'를 가리키는 것으로 일반적인 지혜와는 다르다.

법계法界

> 불법의 범위로 원시불교에서는 열두 인연[因緣], 대승에서는
> 만유의 본체인 진여眞如, 우주를 가리킨다. 또 불교도의 사회
> 라는 의미도 가질 수 있는데, 여기서는 전자와 후자의 의미를
> 겸한다고 할 수 있다.

법상法相

> 모든 사물에 내재하거나 외재하는 표상을 통틀어 가리키는 말
> 이다.

"별자리 밟으니……."(제5권 44회 117쪽)

> 본문의 '사강포두査勔佈斗'는 '답강포두踏勔佈斗', 즉 도교의 법
> 사가 단을 세우고 의식을 치를 때 별자리를 따라 걷는 걸음걸
> 이를 가리킨다. 이렇게 걸으면 신령을 불러낼 수 있다는 것인
> 데, 이 걸음을 만들어낸 이가 우禹임금이라 해서 '우보禹步'라
> 고도 부른다.

보타낙가산普陀落伽山

> '흰 꽃이 피어 있는 작은 산' 또는 '꽃과 나무로 가득한 작은
> 산'이라는 뜻을 가진 범어 '포탈라카potalaka'의 음역이다. 지
> 금의 저쟝성浙江省 포투어시앤普陀縣 동북쪽 바다 가운데 '보타
> 도'라는 섬이 있다. 이 섬은 옛날에 산서山西의 오대산五臺山과
> 안휘安徽의 구화산九華山, 사천四川의 아미산峨眉山과 더불어 중
> 국 불교의 4대 사찰이 자리 잡은 명산으로 꼽혔다.

복기服氣

> 도교에서는 선인仙人들이 여름에는 화성火星의 적기赤氣를, 겨
> 울에는 화성의 흑기黑氣를 마시면 배고픔을 잊는다고 한다.

"불법은 본래 마음에서 생겨나고 또한 마음을 따라 사라진다네."(제2권
20회 271쪽)

법은 범어 '다르마dharma'의 의역이다. 여기서는 모든 사물과
현상을 가리킨다. '심'이란 모든 정신 현상을 가리킨다. 불교
에는 '만법일심설萬法一心說'이라는 것이 있다. 『반야경般若經』
에 이런 기록이 있다. "모든 법과 마음을 잘 인도해야 한다. 마
음을 안다면 모든 법을 다 알 수 있다. 세상의 모든 법은 다 마
음에서 비롯된다."

불이법문不二法門

불교 용어로, 모든 현상과 모순이 '분별이 없고' 각종 차이를
초월해야 한다는 뜻이다. 이른바 언어나 문지를 떠난 '진여眞
如', '실상實相'의 깨달음으로, 그들은 서로 평등하며 서로 간에
구별도 없다. 보살이 이 '불이不二'의 이치를 깨달은 것을 '불이
법문不二法門'에 들었다고 한다. 여기에서 불이법문은 '불문佛
門'을 뜻한다.

【ㅅ】

사대천왕四大天王

불교에서는 33개 하늘의 군주를 제석이라고 부른다. 이들은 수
미산 꼭대기 도리천 중앙의 희견성喜見城에 거주하고 있다. 이
들 밑에 수미산의 사방을 지키는 외장外將이 있는데 이들을 사
대천왕, 혹은 사대금강四大金剛이라고 부른다. 천하의 네 방위
를 맡아 지키고 있기 때문에 호세사천왕護世四天王이라고도 불
린다. 동방의 다라타多羅吒는 지국천왕持國天王으로 몸은 흰색이
고 비파를 들고 있다. 남방의 비유리毗琉璃는 증장천왕增長天王
으로 몸은 청색이고 보검을 쥐고 있다. 서방의 비류박차毗留博
叉는 광목천왕廣目天王으로 몸은 붉은색이고 손에는 용이 똬리
를 틀고 있다. 북방의 비사문毗沙門은 다문천왕多聞天王으로 몸
은 녹색이고 오른손에는 우산을, 왼손에는 은 쥐를 쥐고 있다.

"사람이 죽어 삼칠 이십일 일 혹은 오칠 삼십오 일, 칠칠 사십구 일이 다 차면 이승의 죄를 다 씻어내고 환생할 수 있습니다."(제4권 38회 228쪽)

불교에서는 7일을 하나의 주기로 삼는다. 죽은 자의 영혼은 이 주기가 일곱 번 끝날 때까지 자신이 내세의 이승에 다시 태어날 곳을 찾을 수 있으며, 그것이 적절한 선택인지 여부는 저승의 판관들이 심사하여 결정한다. 만약 그가 스스로 마땅한 곳을 찾지 못했다면 저승의 판관이 다시 태어날 곳을 지정해 준다. 어쨌든 49일이 지난 후에는 모든 영혼이 반드시 윤회하여 이승의 어딘가에 태어나게 된다.

"사부님, 겁내지 마십시오. 저건 원래 사부님의 껍질이었습니다."(제10권 98회 228쪽)

이것은 본래 불교의 해탈 과정이라기보다는 육신을 버리고 우화등선羽化登仙하는 도교의 '시해尸解'에 가까운 묘사이다. '시해'에는 숯불에 몸을 던지는 '화해火解'와 물에 빠져 죽는 '수해水解', 칼로 목숨을 끊는 '검해劍解' 등 다양한 방법이 있다.

사상四相

불교 용어로, 아래와 같은 여러 가지 다른 의미를 가지고 있다. 첫째 인과사상因果四相이라 하여 생生, 노老, 병病, 사死를 가리킨다. 둘째 만물의 변화를 나타내는 네 가지 상, 곧 생상生相, 주상住相, 이상移相, 멸상滅相을 가리킨다. 셋째 중생이 실재實在라고 착각하는 네 가지 상, 곧 아상我相, 인상人相, 중생상衆生相, 수자상壽者相을 가리킨다.

사생四生

불교에서는 중생의 출생을 네 가지로 나눈다. 사람과 가축 같은 태생胎生, 날짐승과 길짐승 및 물고기 같은 난생卵生, 벌레와 같이 습기에 의지해 형체를 이루는 습생濕生, 의탁하는 것 없이 업력業力을 빌려 홀연히 출현하는 화생化生이 그것이다.

사인四忍

고통이나 모욕을 당해도 원망하는 마음이 없고 편안한 마음으로 불교의 교리를 믿고 지키며 동요되지 않는 것을 말한다. 지혜의 일부분으로 이인二忍, 삼인三忍, 사인四忍 등이 있다.

사위성舍衛城

사위[śrávastī]는 원래 코살라국의 도성 이름이었는데, 남쪽에 있었던 또 하나의 코살라국과 구별하기 위하여 '사위舍衛'라는 도시 이름으로 국명을 대체하였다. 이곳에는 불교를 숭상하는 것으로 유명하던 파사닉왕波斯匿王이 살았는데, 성안에 급고독 장자給孤獨長者가 보시한 기원정사祇園精舍가 있는데 유적이 아직도 남아 있다. 전하는 바에 따르면, 석가모니가 성불한 후 이곳에서 25년 살았다고 한다. 7세기에 당나라 현장법사가 이곳을 찾은 적이 있다.

사치공조四値功曹

도교에서 신봉하는 치년値年, 치월値月, 치일値日, 치시値時 네 신의 총칭으로 신들이 사는 천정天庭에 기도문을 전달하는 관직을 맡고 있다.

삼계三界

불교에서는 인간 세상을 세 단계로 나눈다. 욕계慾界는 온갖 욕망을 다 가지고 있는 중생의 세계이고, 색계色界는 욕계의 윗단계로서 욕망은 없으나 외형과 형태는 존재하는 세계이고, 무색계無色界는 다시 색계의 윗단계로서, 색상色相(사물의 형태와 외관)이 모두 사라지고 오로지 정신만이 정지 상태에 머무르는 중생계이다. 여기에선 인간세계에 대한 범칭으로 쓰였다. 간원坎源이란 수원水源을 의미한다. 『수역』「감괘坎卦」가 수에 속하므로 이렇게 일컫는 것이다.

삼공三空

불가 용어로, 삼해탈三解脫, 삼삼매三三昧라고도 한다. 아공我空, 법공法空, 아법구공我法俱空을 가리키기도 하고 삼공해탈三空解脫, 무상해탈無相解脫, 무원해탈無愿解脫을 가리키기도 한다.

삼관

도교의 기氣 수련에 관련된 용어인데, 그에 대한 해설은 각각 이다. 『회남자淮南子』「주술훈主術訓」에서는 귀, 눈, 입이라고 했고, 『황정경』에서는 손, 입, 발이라고 했다. 명당明堂, 가슴에 있는 동방洞房, 단전丹田의 셋이라고 하기도 하고(『원양자元陽子』), 머리 뒤쪽의 옥침玉枕, 녹로轆轤, 등뼈 끝부분의 미려尾閭의 셋이라고 하기도 한다(『제진현오집성諸眞玄奧集成』).

삼귀오계

삼귀는 '삼귀의三摹依'의 준말이다. 불교에 입문할 때 반드시 스승에게서 '삼귀의'를 전수받게 되니, 즉 부처[佛], 불법[法], 승려[僧]의 삼보三寶를 가리킨다. 오계五戒는 살생하지 말고, 도둑질하지 말고, 음란하고 사악한 짓을 말며, 망령된 말을 하지 말고, 술을 마시지 말라는, 불교도가 평생 지켜야 할 다섯 가지 계율이다. 도가에도 오계가 있으니, 살생하지 말고, 육식과 술을 하지 말며, 속 다르고 겉 다른 말을 말며, 도둑질하지 말고, 사악하고 음란한 짓을 하지 말라는 것이다.

삼단해회대신三壇海會大神

덕이 깊고 넓은 것이나 수량이 엄청난 것을 비유하여 쓰는 말이다. 『화엄현소華嚴玄疏』에 따르면, '바다가 모인다[海會]'고 말하는 것은 그 깊고 넓음 때문이다. 어짊이 두루 미쳐 중생들에게 골고루 퍼지고 덕이 깊어 불성佛性을 구하는 것이 헤아릴 수 없이 넓고 크기 때문에 '바다'라고 한 것이라고 했다.

삼도三塗

'삼악취三惡趣' 또는 '삼악도三惡道'라고도 하는데, 뜨거운 불로 몸을 태우는 지옥도地獄道와 서로 잡아먹는 축생도畜生道, 그리고 칼과 몽둥이로 핍박하는 아귀도餓鬼道를 가리킨다. 불교에서는 악행을 저지른 사람은 죽어서 반드시 이 셋 가운데 하나에 빠지게 된다고 한다.

삼매화三昧火

삼매란 범어 '사마디Samadhi'의 역어로서 '고정되다', '정해지다'의 뜻을 가지고 있다. 보통 한 가지에 집중하여 흩어짐이 없는 정신 상태를 가리킨다. 삼매화란 삼매의 수양을 쌓은 사람의 몸 안에서 돌고 있는 기운이며 진화眞火라고 부르기도 한다.

삼승三乘

승乘이란 물건을 실어 나르는 기구로서, 중생을 구제해 현실 세계인 차안此岸에서 깨달음의 세계인 피안彼岸에 도달함을 비유한 것이다. 불교에선 인간을 세 종류의 '근기根器'로 나눌 수 있다고 보므로, 수양에도 세 종류의 경로가 있게 되고, 수레로 실어 나르는 것의 비유에 따라 세 종류의 수행 방법을 '삼승'이라고 일컬으니, 성문승聲聞乘, 연각승緣覺乘, 보살승菩薩乘이 그것이다. 도가에도 '삼승'이 있는데, 동진부洞眞部가 대승, 동현부洞玄部가 중승中乘, 동신부洞神部가 소승이다.

삼시신三尸神

도교에서는 인간의 신체에 세 가지 벌레가 있다고 여기는데, 이를 삼충三蟲, 삼팽三彭, 삼시신三尸神이라 한다.『태상삼시중경太上三尸中經』에 이르기를, "상시上尸는 팽거彭倨라 하는데 사람 수염 속에 있고, 중시中尸는 팽질彭質이라 하는데 사람 배 속에 있고, 하시下尸는 팽교彭矯라고 하는데 사람 발 속에 있다"고 한다. 송나라 때 섭몽득葉夢得이 쓴『피서록화避暑錄話』에 따르면, 삼시신은 "인간의 잘못을 기억해 경신일庚申日에 사람이 잠든 틈을 타 상제께 그것을 일러바친다"고 한다.

삼원三元

도교 용어로 도교에서는 천天, 지地, 수水를 삼원三元 혹은 삼관三官이라고 한다.

삼재三災의 재앙

불교에는 큰 '삼재'와 작은 '삼재'가 있다. 전자는 한 겁이 끝날 무렵마다 나타나 세상 만물을 없애버리는 바람과 물과 불의 세 가지 재앙을 가리키고, 후자는 기근과 역병과 전쟁을 가리킨다. 여기서는 전자를 의미한다.

삼청三淸

도교에서 추앙하는 세 명의 최고신으로 옥청원시천존玉淸元始天尊(혹은 천보군天寶君), 상청영보천존上淸靈寶天尊(혹은 태상노군太上道君), 태청도덕천존太淸道德天尊(혹은 태상노군太上老君)을 말한다. 도교에서는 사람과 하늘 밖의 선경, 곧 삼청경三

淸境이라는 곳에 이들 세 신이 살고 있다고 생각한다.

"세 송이 꽃 정수리에 모여 근본으로 돌아갈 수 있었고……."(제2권 19회 240쪽)

도교의 연단술에서는 정情, 기氣, 신神을 세 송이 꽃 혹은 세 가지 보물이라고 부른다. 세 송이 꽃이 정수리에 모였다는 것은 신체가 영원히 훼손당하지 않는 경지에 이르렀다는 것을 뜻한다.

세 혼

도가에서는 사람에게 혼이 세 개가 있다고 여겼으니, 탈광脫光, 상령爽靈, 유정幽精이 그것이다. 『운급칠첨雲笈七籤』54권 「혼신魂神」에 따르면, 도가에서는 그 세 개의 혼을 굳게 지키는 법술이 있다고 한다.

"손에 든 여의봉은 위로 서른세 곳의 하늘……."(제1권 3회 107쪽)

범어 '도리천滔利天'의 의역이다. 『불지경론佛地經論』에 따르면, 이 명칭은 수미산 정상의 네 면에 각기 팔대천왕이 자리 잡고 있고, 가운데 제석帝釋이 살고 있다고 해서, 그 수에 맞춰서 붙여진 것이다.

수미산

인도의 전설에 나오는 산 이름이다. '수미須彌'는 '오묘하고 높다[妙高]'는 뜻을 가진 범어 '수메루sumeru'를 잘못 음역한 것이다. 불교에서는 이 산을 인간세계의 중심이자, 해와 달이 돌아서 뜨고 지는 곳이며, 삼계三界의 모든 하늘들을 지탱하는 기둥으로 여긴다.

수보리조사須菩提祖師

'수보리'는 본래 부처의 십대제자 가운데 하나이나, 여기서는 불교와 도교의 수련을 겸한 신선의 하나로 설정된 허구적 등장인물이다.

수중세계[下元]

도교에서는 하늘나라[天上]를 상원上元이라 하고, 육지를 중원中元, 물속을 하원下元이라 부른다.

"신묘한 거북과 삼족오三足烏의 정기 흡수했지."(제2권 19회 240쪽)

이 구절은 도가에서 물과 불을 조화롭게 하고 정精과 기氣가 서로 호응하는 연단술을 사용함을 나타내고 있다. '이離'와 '감坎'은 각각 팔괘의 하나로서, 이는 불이고 감은 물이다. 용과 호랑이는 도가에서 각각 물과 불, 납과 수은을 의미한다. 연단술에서 신묘한 거북은 신장 속의 검은 액체이다. '금오'는 신화 속의 '삼족오'로서 태양을 의미하고, 결국 심장을 뜻한다. '신령한 거북'과 '금오'는 연단술의 정과 기이다.

"신장腎臟의 물 두루 흘려 입속의 화지로 들어가게 하고……."(제2권 19회 240쪽)

도교에서는 혀 아래쪽에 있는 침샘을 화지華池라고 부른다. 여기서는 오행 가운데 물에 해당하는 신장腎臟에서 정화된 기운이 온몸에 흐른다는 관념을 엿볼 수 있다.

십지十地

불교 용어로 '십주十住'라고도 한다. 보살이 수행하는 열 가지 경계를 말한다. 『화엄경華嚴經』에 따르면, 이것은 환희지歡喜地, 이구지離垢地, 발광지發光地, 염승지豔勝地, 난승지難勝地, 현전지現前地, 원행지遠行地, 부동지不動地, 선혜지善彗地, 법운지法雲地를 가리킨다.

【ㅇ】

"아래로는 십팔 층 지옥……."(제1권 3회 107쪽)

지옥은 범어 '나락가那洛迦'의 의역이며, 불락不樂, 가염可厭, 고기苦器 등으로도 쓴다. 지하에는 팔한八寒, 팔열八熱, 무간無間 등이 있다. 불교에서는 사람이 생전에 악업을 지으면 사후에 지옥에 떨어져 각종 고통을 당한다고 한다. 『남사南史』「이맥전夷貊傳」에 따르면, 유살하劉薩何가 갑자기 병으로 죽었다가 나중에 다시 소생했는데, 스스로 십팔 층 지옥에 다녀온 적이 있다고 말했다는 기록이 있다.

아비지옥

불교에서 말하는 팔대지옥 중에서 여덟 번째 지옥으로서 거기에 떨어지면 영원히 벗어나지 못한다.

"아홉 등급 연화대가 있네."(제1권 7회 224쪽)

구품화九品花란 곧 구품 연화대蓮花台를 가리킨다. 불교 정토종淨土宗에서는 수행자의 공덕이 각기 다르므로 극락왕생해서 앉게 되는 연화대 또한 등급이 있게 된다고 본다. 상상上上, 상중上中, 상하上下, 중상中上, 중중中中, 중하中下, 하상下上, 하중下中, 하하下下 총 아홉 등급이다.

여산노모驪山老母

여자 신선의 이름이다. 전설에 따르면, 은나라와 주나라가 교체될 무렵에 천자가 된 여인이라고 한다. 당나라와 송나라 이후로 신선으로 받들어져서 '여산모驪山姆' 또는 '여산노모'라고 불렸다. 『집선전集仙傳』에 따르면, 당나라 때의 이전李筌이 신선의 도를 좋아했는데, 숭산嵩山 호구암虎口岩의 석벽에서 『황제음부경黃帝陰符經』을 얻고, 그것을 베껴 수천 번을 읽었으나 그 뜻을 이해할 수 없었다. 그러다가 여산에서 한 노파를 만났는데, 신령한 생김새가 예사롭지 않았다. 마침 길가에 불에 탄 나무가 있었는데, 노파가 "불은 나무에서 일어나지만 재앙은 반드시 극복된다(火生於木 禍發必剋)"고 중얼거렸다. 이전이 깜짝 놀라서 "그건 『황제음부경』의 비밀스러운 문장인데, 노파께서 어찌 알고 언급하시는 겁니까?" 하고 물었더니, 노파는 이전에게 그 경전의 오묘한 뜻을 풀어 설명해주고 보리밥을 대접해주고는 바람을 타고 사라져버렸다. 이전은 이때부터 밥을 먹지 않아도 배가 고프지 않아서, 그 참에 곡식을 끊고 도를 추구했다고 한다. 여산은 당나라 때 장안 부근(지금의 산시성陝西省 린동시앤臨潼縣 동남쪽)에 있는 산이다. 당나라 현종玄宗은 이곳의 온천에 화청궁華淸宮을 지어 양귀비楊貴妃와 함께 놀았으며, 근처에는 진秦 시황제始皇帝의 무덤이 있다.

연등고불燃燈古佛

정광불錠光佛이라고도 한다. 『지도론智度論』의 기록에 따르면,

그가 태어났을 때 몸 주변의 빛이 등과 같아서 그런 이름이 붙여졌다고 한다. 석가모니가 부처가 되기 전에, 연등불燃燈佛은 그가 장래에 부처가 될 거라고 예언했다고 한다.

영대방촌산靈臺方寸山

'영대'는 도가에서 사람의 마음을 비유하는 표현이며 '영부靈府'라고도 한다. '방촌' 역시 사람의 마음을 나타내는 표현이다. 이런 표현 때문에 일반적으로 『서유기』는 사람이 마음을 수양하는 과정을 비유와 상징으로 묘사한 작품이라고 여겨지곤 한다.

"예로부터 연단술과 『역경易經』, 황로黃老 사상의 뜻을 하나로 합쳤으니……."(제10권 99회 258쪽)

동한의 방사方士 위백양魏伯陽은 『주역참동계周易參同契』를 지어 『주역』의 효상론爻象論을 통해 연단하여 신선을 이루는 법을 설명하면서, 연단술과 『주역』, 황로 사상을 합쳐 하나로 만들었다.

예수기고재預修寄庫齋

기고寄庫란 요나라에서 제사 의식을 이르던 말이다. 또 한편으로는 민간신앙의 하나로 생전에 지전을 사르며 불사를 행하여 저승 관리에게 미리 돈을 주어 사후에 쓸 수 있도록 준비하는 의식을 가리키기도 한다.

오방오로五方五老

도교에서는 농왕공東王公(동화제군東華帝君), 단령丹靈, 황노黃老, 호령晧靈, 현로玄老를 오방오로라고 한다.

오온五蘊

'오음五陰'이라고도 하며 색色, 수受, 상想, 행行, 식識의 다섯 가지를 가리킨다. 이것은 순서대로 형상形相, 기욕嗜慾, 의념意念, 업연業緣, 심령心靈을 의미한다. 불교에서는 일체의 중생이 다섯 가지에 의해 이루어진다고 여긴다.

옥국보좌玉局寶座

태상노군의 보좌를 가리킨다. 옥국玉局은 지명으로 현재 청뚜

시成都市에 있다. 도교의 전적에 따르면, 동한東漢 환제桓帝 영수永壽 원년(155)에 태상노군이 장도릉張道陵과 함께 이곳에 도착했는데, 다리가 달린 옥 침상이 땅에서 솟아올라 태상노군이 보좌에 앉아 공중으로 올라가 장도릉에게 경전을 강설하였다고 한다. 그리고 그가 떠나자 침상은 사라지고 땅에는 구멍이 생겼는데, 후에 그것을 옥국화玉局化라고 불렀다 한다. 송나라 때는 이곳에 옥국관玉局觀이 설립되었다.

"우리는 정精을 기르고, 기氣를 단련하고, 신神을 보존해서 용과 호랑이를 조화롭게 만들고, 감坎으로부터 이離를 채워야 하니⋯⋯."(제3권 26회 151쪽)

도교의 연단煉丹에 대한 설명이다. 용과 호랑이는 음양오행의 원리에 따라 내단內丹을 설명하는 말이다. 용은 양陽에 속해서 이離에서 생기는데, 이는 불에 속하기 때문에 "용은 불 속에서 나온다(龍從火裏出)"고 한다. 이에 비해 호랑이는 음陰에 속해서 감坎에서 생기는데, 감은 물에 속하기 때문에 "호랑이는 물가에서 태어난다(虎向水邊生)"고 한다. 이 두 가지를 합쳐서 '도의 근본[道本]'이라 하는 것이다. 인체의 경우 간肝은 용에 해당되고 신장腎臟은 호랑이에 해당한다. 용과 호랑이의 근본은 원래 '참된 하나[眞一]'에 있으니, 음양의 융합이란 곧 그 근본을 합쳐 하나가 되는 것을 가리킨다. 한편, 외단外丹에서도 용과 호랑이로 음양을 비유하며, 수은[汞]을 구워 약을 제련하는 것을 일컬어 "용과 호랑이를 만든다(爲龍虎)"라고 하는데, 이 또한 음양의 융합을 가리키는 말이다.

원신元神

도교에서는 인간의 영혼이 수련을 거친 경우에 그것을 '원신'이라고 부른다. 신선의 도를 터득한 사람은 원신이 육체를 떠나 자유자재로 다닐 수 있다.

원양元陽

원양지기元陽之氣를 가리킨다. 도교에서는 이것을 선천적으로 타고나는 것이자 후천적인 양생의 노력으로 키울 수 있다고 본다. 이 기운은 타고난 정기精氣가 변화된 것으로, 오장육부 등의 모든 기관과 조직의 활동을 추동하고, 생명 변화의 원천이 된다.

육도六道

불교 용어로 '육취六趣'라고도 한다. 불교에서는 중생의 세계를 여섯 가지, 즉 하늘, 사람, 아수라阿修羅, 아귀餓鬼, 축생畜生, 지옥地獄으로 나눈다. 『엄경楞嚴經』에 따르면, 불문에 귀의하지 않으면 영원히 이 여섯 세계 안에서 윤회를 거듭하고 해탈할 수 없다고 말한다.

육도윤회六道輪廻

불교에서는 중생이 선악의 업인業因에 따라 지옥과 아귀餓鬼, 축생, 수라修羅, 인간, 천상의 여섯 세계를 윤회한다고 여겼다.

육욕

여섯 가지 탐욕. 첫째는 색욕色慾으로 빛깔에 대한 탐욕이고, 둘째는 형모욕形貌慾으로 미모에 대한 탐욕, 셋째는 위의자태욕威儀姿態慾으로 걷고 앉고 웃고 하는 애교에 대한 탐욕, 넷째는 언어음성욕言語音聲慾으로 말소리, 음성, 노래에 대한 탐욕, 다섯째는 세활욕細滑慾으로 이성의 부드러운 살결에 대한 탐욕, 여섯째는 인상욕人相慾으로 남녀의 사랑스런 인상에 대한 탐욕을 가리킨다.

육정六丁과 육갑六甲

도교에서 받들고 있는 천제天帝가 부리는 신으로 바람과 우레를 일으킬 수 있고 귀신을 제압할 수 있다. 육정은 정묘丁卯, 정사丁巳, 정미丁未, 정유丁酉, 정해丁亥, 정축丁丑으로 음신陰神, 즉 여신이고, 육갑은 갑자甲子, 갑술甲戌, 갑신甲申, 갑오甲午, 갑신甲辰, 갑인甲寅으로 양신陽神, 즉 남신이다.

은혜

불교에서 말하는 "네 가지 크나큰 은혜[四重恩]"란 세상 사람들이 마땅히 갚아야 될 네 가지 은덕을 가리킨다. 『석씨요람釋氏要覽』「권중卷中」에 따르면 두 가지 설이 있다. 하나는 부모의 은혜, 중생의 은혜, 임금의 은혜, 삼보三寶의 은혜를 말한다. 다른 하나는 부모의 은혜, 스승과 나이 많은 어른의 은혜, 임금의 은혜, 시주施主의 은혜를 말한다.

일곱 부처

불가에서는 비파시불毗婆尸佛, 시기불尸棄佛, 비사부불毗舍浮佛, 구류손불拘留孫佛, 구나함모니불拘那含牟尼佛, 가섭불迦葉佛, 석가모니불釋迦牟尼佛을 '과거의 칠불' 혹은 약칭으로 '칠불'이라 부른다.

입정入靜

불교에서 좌선을 하고 모든 잡념이 끊어진 고요한 상태에 들어가는 것을 일컫는 말이다.

【ㅈ】

작소관정鵲巢貫頂

석가여래가 참선을 하느라 나무 아래 앉아 있는데, 새 한 마리가 그런 석가여래를 나무인 줄 알고 머리에다 집을 짓고 알을 낳았다. 참선을 끝낸 석가여래는 머리 속에 알이 있는 줄 알고는 참선을 계속하여 그 알이 부화하여 새가 되어 날아간 다음에야 일어섰다는 이야기에서 유래한 표현이다.

장생제長生帝

도교에서 숭상하는 태산신泰山神을 가리킨다. 이 신이 인간의 생사를 주관한다는 전설이 있다. 그래서 '장생제'라고 부른다.

재동제군梓潼帝君

도교에서 공명功名과 녹위祿位를 주재한다고 여겨 모시는 신이다. 『명사明史』「예지禮志」와 『삼교원류수신대전三教源流搜神大全』에 따르면, 그의 이름은 장아자張亞子이고 촉蜀 땅의 칠곡산七曲山(지금의 쓰촨성四川省 쯔퉁시앤梓潼縣 북쪽)에 살았다고 한다. 그는 진晉나라에서 벼슬살이를 하다가 전사했는데, 후세 사람들이 그를 위해 사당을 세워주었다. 당나라와 송나라 때 여러 차례 벼슬이 더해져서 '영현왕英顯王'에까지 봉해졌다. 도교에서는 그가 문창부文昌府의 일과 인간 세상의 벼슬살이를 관장한다고 여겼기 때문에, 원나라 인종仁宗 연우延祐 3년(1316)에는 '보원개화문창사록굉인제군輔元開化文昌司祿宏仁帝君'에 봉해져서 흔히 '문창제군文昌帝君'으로 불렸다.

"절로 거북과 뱀이 얽히게 되리라."(제1권 2회 73쪽)

모두 도교에서 내단內丹을 수련함을 의미하는 용어이다. 옥토끼는 달에서 약을 찧고 있다는 신화 속의 동물이고, 까마귀는 해에 산다는 다리 셋 달린 새로서 보통 금조金鳥라고 부른다. 여기에선 이것들로 인체 내의 정, 기, 신, 음양이 서로 어울려 조화되는 이치를 비유하고 있다. 거북과 뱀이 뒤얽혀 있다는 것은, 도교에서 떠받드는 북방의 신 현무玄武로서 거북과 뱀이 합체된 모습을 하고 있다. 북방 현무가 수水에 속한 것을 가지고 중의中醫에서는 오행 가운데 수에 속하는 콩팥[腎臟]을 비유하고 있는데, 콩팥은 타고난 원양 진기眞氣를 보존하는 곳이다.

"제호醍醐를 정수리에 들이부은 듯……."(제4권 31회 16쪽)

불교 용어로 지혜를 불어 넣어 깨닫게 한다는 뜻이다. 제호醍醐란 치즈[峯酪]에서 추출한 정화로, 불가에서 최고의 불법을 비유하는 말이다.

좌관坐觀

자기 몸 하나가 들어갈 만한 작은 방에 들어가 외부와 일체의 교섭을 단절한 채 수행하는 것으로 90일이 한 단위가 된다.

지장왕보살地藏王菩薩

불교의 대승보살大乘菩薩 가운데 하나로, 범어 '걸차저얼파乞叉底蘖婆'의 의역이다. 그는 "대지처럼 편안히 참아내는 부동심을 갖고 있고, 비장의 보물처럼 고요하게 생각에 잠겨 깊고 은밀한 성품을 나타낸다(安忍不動如大地 靜慮深密如秘藏)"(『지장십륜경地藏十輪經』)는 데서 '지장'이라는 이름을 갖게 되었다. 불교에서는 그가 석가모니가 사라지고 미륵彌勒이 세상에 나타나기 전에 육도六道에 현신하여 천상에서 지옥에 이르기까지 모든 중생의 고난을 구제해주는 보살이라고 한다.

진언眞言

불교 밀종의 경전을 진언이라고 하니, 범어 '만다라mandala'의 의역으로서 망령되지 않고 진실된 말이란 의미이다. 또 승려나 도사가 귀신을 항복시키고 사악한 기운을 쫓기 위해 암송하는 구결을 진언이라고 하기도 했다. 여기서는 후자에 해당한다.

진여

'진眞'은 허망하지 않고 진실한 것을 가리키며, '여如'는 '여상如常', 즉 항상 변하지 않는 것을 가리킨다. 이런 경지는 투철한 깨달음을 통해서 도달할 수 있는 것이라고 한다.

【ㅊ】

천강성天勍星

도교에서는 북두성 주변에 있는 36개의 별을 지칭하여 천강성天勍星이라 한다.

천화天花

양나라 무제 때 운광雲光법사가 경전을 강의하자 하늘이 감동하여 천화가 떨어져 내렸다는 말이 양나라 혜교慧皎의 『고승전高僧傳』에 실려 있다. 또 『법화경』 「서품序品」에 의하면, 부처가 『법화경』 강론을 끝내자 하늘에서 만다라화, 마하만다라화, 만수사화와 마하만수사화가 부처와 청중들 몸으로 어지러이 떨어져 내렸다고 한다. 여기서는 이 두 가지 의미를 함께 가지고 있다.

칠보七寶

불교 용어로 『법화경法華經』에 따르면 금, 은, 유리, 거거硨磲(인도에서 나는 보석), 마노瑪瑙, 진주, 매괴玫瑰(붉은빛의 옥)를 칠보라 한다.

【ㅌ】

탈태환골

　　도교의 연단煉丹에서는 어미의 몸에 태胎가 생기는 것으로 정精, 기氣, 신神이 뭉쳐 내단內丹을 이루는 것을 비유한다. 이런 경지에 이르면 보통 인간의 육신을 벗어던지고 신선의 몸으로 탈바꿈한다는 것인데, 이것을 일컬어 '탈태환골'이라 한다. 오대五代 무렵의 진박陳樸이 편찬한 『내단담內丹談』에 따르면, 도가의 수련은 아홉 단계를 거쳐 연단하게 되는데, 그 과정은 다음과 같다. 첫 번째 단계를 지나면 생기가 유통하고 음양이 화합하면서 내단이 단전丹田을 향해 내려오기 시작하고, 두 번째 단계를 지나면 참된 정기가 단약처럼 둥글게 뭉쳐 단전으로 갈무리되고, 세 번째 단계를 거치면 신선의 태가 어린애 같은 모양을 갖추고, 네 번째 단계를 거치면 신선의 태와 정신이 넉넉해져서 혼백이 모두 갖춰지고, 다섯 번째 단계를 거치면 신선의 태가 자라면서 마음대로 신통력을 부릴 수 있게 되고, 여섯 번째 단계가 지나면 신체 안팎의 음양이 모두 넉넉해져서 신선의 태와 정신이 인간의 육체와 하나로 합쳐지고, 일곱 번째 단계가 지나면 오장五臟의 타고난 기운이 모두 신선의 그것으로 바뀌고, 여덟 번째 단계가 지나면 어린애에게 탯줄[臍帶]이 있는 것처럼 배꼽 가운데 '지대地帶'가 생겨서 태식胎息, 즉 코와 입을 쓰지 않는 호흡을 통해 기운을 온몸에 두루 흐르게 할 수 있으며, 최후의 아홉 번째 단계에 이르면 육신이 도와 하나가 되어 지대가 저절로 떨어지고 발아래 구름이 생겨 하늘로 날아오를 수 있다고 한다.

태상노군급급여율령봉칙太上老君急急如律令奉勅

　　'급급여율령急急如律令'이란 도교에서 사용하는 일상적 주문이다. 원래 한나라 때의 공문서에 '여율령'이라는 표현이 자주 쓰였는데, 나중에 도교에서 '신을 부르고 귀신을 잡는[召神拘鬼]' 주문의 말미에 종종 이 표현을 모방해서 썼다. 이것은 율법의 명령과 같이 반드시 긴급하게 집행해야 한다는 뜻을 나타낸 것이다.

태을太乙

태일太一이라고도 한다. 여기서는 하늘과 땅이 나뉘지 않고 혼돈된 상태로 있을 때의 원기元氣를 의미한다. 도가에서도 텅 비어 있는 '도道'의 별칭으로 쓴다.

태을천선太乙天仙

천선이란 도교에서 승천升天한 신선을 가리키는 말이다. 『포박자抱朴子』「논선論仙」에 따르면, "『선경仙經』에 이르기를, '상사上士'는 육신을 이끌고 허공으로 올라가니 천선天仙이라 하고, 중사中士는 명산에서 노니니 이를 지선地仙이라 하고, 하사下士는 죽은 후에야 육신의 허물을 벗으니, 이를 시해선尸解仙이라 한다'고 하였다"고 한다.

【ㅍ】

팔난八難

팔난이란 부처님을 만나고 불법을 구하기 어려운 여덟 가지 상황을 말하는 것이다. 즉 지옥, 축생, 아귀, 장수천長壽天, 북울단월北鬱單越, 맹롱음아盲聾瘖瘂, 세지변총世智辯聰, 불전불후佛前佛後이다.

팔대금강八大金剛

팔대금강명왕八大金剛明王의 약칭으로 금강수보살金剛手菩薩, 묘길상보살妙吉祥菩薩, 허공장보살虛空藏菩薩, 자씨보살慈氏菩薩, 관자재보살觀自在菩薩, 지장보살地藏菩薩, 제개장보살除蓋障菩薩, 보현보살普賢菩薩을 가리킨다.

【ㅎ】

현무玄武

도교의 사방신四方神 가운데 북방의 신을 가리킨다. 그 모습은 대체로 거북과 뱀이 합쳐진 모양으로 묘사된다. 송나라 대중상부(大中祥符, 1008~1016) 연간에는 휘諱를 피하기 위해 '진무眞武'라고 칭했다. 송나라 진종眞宗 때는 '진천진무령응우성제군鎭天眞武靈應祐聖帝君'으로 추존되어 '진무제군'으로 불리기 시작했다. 도교 사당에 조각상이 모셔진 경우가 많은데, 그 모습은 검은 옷을 입고 머리를 풀어헤친 채, 손에 칼을 짚고 발로 거북과 뱀이 합쳐진 괴물을 밟고 있으며, 그 하인은 검은 깃발을 들고 있는 것으로 묘사된다.

현장玄奬

당나라의 실존했던 고승으로, 속세의 성명은 진위(陳褘, 602~664)이며, 낙천洛川 구씨柳氏(지금의 허난성河南省 이앤스시 앤偃師縣 꺼우스쩐柳氏鎭) 사람이다. 어려서 출가하여 불교 경전을 연구했고, 천축天竺, 즉 인도에 유학하여 17년 동안 공부하고 장안으로 돌아와 불경의 번역에 힘써서, 중국 불교 법상종法相宗의 창시자 가운데 하나가 되었다. 『서유기』에서는 비록 이 인물을 모델로 삼았지만, 오랫동안 민간에서 전설로 전해지면서 실제 역사에 나타난 것과는 많은 차이가 생기게 되었다.

현제玄帝

노자老子를 가리킨다. 당나라 고종高宗 건봉乾封 원년(666)에 노자를 태상현원황제太上玄元皇帝로 추존하였는데, 간략히 현제라고도 불린다

화생化生

『유가론瑜迦論』에 따르면, 껍질에 의지해서 나는 것을 난생卵生, 암수 교합을 통해 몸에 담고 있다가 낳은 것을 태생胎生, 습기를 빌려 나는 것을 습생傀生, 아무것도 없는 상태에서 변화하여 생겨난 것을 화생化生이라 한다고 했다.

『황정경黃庭經』

도가의 경전 가운데 하나로, 원래는 『태상황정내경경太上黃庭內景經』과 『태상황정외경경太上黃庭外景經』이라는 두 권의 책으로 되어 있다. 이 책에 담긴 내용은 주로 양생수련養生修練의

방법들이라고 한다.

"할멈과 어린아이는 본래 다름이 없다네."(제3권 23회 63쪽)

시에서 '할멈'은 도교에서 신봉하는 비장脾臟의 신이다. 비장
은 오행 가운데 토土에 속하고, 그 색은 황색이기 때문에 이런
명칭이 붙었다. 『서유기』에서 황파는 종종 사오정의 별칭으로
쓰인다. '어린아이'는 심장의 신으로, '적성동자赤城童子'라고
도 한다. 심장을 상징하는 색은 적색이기 때문에 이런 명칭이
붙었다.

서유기 9

1판 1쇄 인쇄	2019년 10월 30일
1판 3쇄 발행	2024년 9월 26일

지은이	오승은
옮긴이	홍상훈 외
펴낸이	임양묵
펴낸곳	솔출판사

편집	윤정빈 임윤영
경영관리	박현주

주소	서울시 마포구 와우산로29가길 80(서교동)
전화	02-332-1526
팩스	02-332-1529
블로그	blog.naver.com/sol_book
이메일	solbook@solbook.co.kr
출판등록	1990년 9월 15일 제10-420호

ISBN	979-11-6020-113-0	(04820)
	979-11-6020-104-8	(세트)